悄吟文丛（第二辑）

古耜 主编

给树把脉的人

的人

刘云芳 著

中国言实出版社

图书在版编目（CIP）数据

给树把脉的人 / 刘云芳著 . -- 北京：中国言实出
版社，2020.12
（悄吟文丛 / 古耜主编 . 第二辑）
ISBN 978-7-5171-3637-8

Ⅰ . ①给… Ⅱ . ①刘… Ⅲ . ①散文集－中国－当代
Ⅳ . ① I267

中国版本图书馆 CIP 数据核字（2020）第 254379 号

出 版 人　王昕朋
责任编辑　霍　瑶
责任校对　史会美

出版发行　**中国言实出版社**
　　　　　地　　址：北京市朝阳区北苑路 180 号加利大厦 5 号楼 105 室
　　　　　邮　　编：100101
　　　　　编辑部：北京市海淀区花园路 6 号院 B 座 6 层
　　　　　邮　　编：100088
　　　　　电　　话：64924853（总编室）　　64924716（发行部）
　　　　　网　　址：www.zgyscbs.cn
　　　　　E-mail：zgyscbs@263.net
经　　销　新华书店
印　　刷　北京中科印刷有限公司
版　　次　2021 年 1 月第 1 版　　2021 年 1 月第 1 次印刷
规　　格　787 毫米 × 1092 毫米　1/32　9.875 印张
字　　数　187 千字
定　　价　59.00 元　　ISBN 978-7-5171-3637-8

目录

第一辑

一座山的呼吸

一座山的呼吸

一

　　就算那天我被姥姥狠狠打了屁股，黑狗的木食盆被摔烂，害它许多天只能在一个漏洞的瓷盆里吃食，我还是要说，我对那天所做的事情一点也不后悔。无论是睡梦还是回忆里，我的大脑会自动把这一段惩罚切除，而内心却依旧保留着那些树梢、山石带给我的愉悦，那是一种美妙的感觉：我的身体从灌木间挤进去，竟然不惧怕蜘蛛，不惧怕脚下可能会出现的蛇。我几乎有了风或阳光甚至是空气一般的质地，不用从土地上踩出脚印，就能到达一座山的内里。我一眼就能给野樱桃和山桃定位，比老鹰和松鼠更准确。甚至不需要辨别哪条是羊肠小道，无论往哪个方向走，都是大自然清晰的发线。遇到悬崖，我能像蜘蛛一般滑下去，在水之上安全着陆，却不与水相互干扰。之后，我踩着细碎的鹅卵石，爬上一块长着松树的巨石，这有点奇特，但它是真的。

接着，我不断爬山，身后的黑狗咬着我那白色的裙摆。连它都知道，不能再上去了，上边是座建于东汉的古庙……

每次在这个时候，我都会醒来，但事实上，二十多年前的那天，并非我一人，我和表哥、表弟以及我弟弟，外加黑狗从姥姥家院子的西边出发，一路下山，到了峪里河，再沿着河道，像几朵小浪花一样向着它要涌向的汾河方向前进，又在前边的一个分支处，向山上爬，到了最高处又往回折。太阳是看着我们走进小山凹，才滑进它黑色的被窝里的。接着，作为这件事主谋者的我被满山找人的大人们一顿教训。大人们的担心是对的，但他们无法理解我们提起大山的那种兴奋，虽然我们都出生在山里，但那一天，我们才真正开始与这座山对话。受它的吸引，我们并排坐在石头上，让风挠着脚心，齐声笑起来，忍不住说"真好"！

对于我们来说，所有的石头都有独一无二的形状，有的像沙发，有的像电视，有的像泊在那里的汽车……对于当时的我们来说，那是一个应有尽有的美妙世界，我们内心的触角被打开，好像我们也是其中的一棵树，一块石头，也蕴含了大山穿越千年的密码。

那天我们确实去了那座古庙。我扒着庙门往院里看，巨大的香炉，寂静的三层神殿，一个老人正在清扫。黑狗疲惫地伸着舌头，我们出来时只带了一大包苹果，它虽然在春天吃苹果花，却不吃苹果。表哥说："快回吧，女娃娃是不能进庙的。"我反问为什么，而他只会回答"不好"。这两个字带有太多的神秘，像个唬人的神秘包袱，让我一直背着却总也不敢打开，无奈，我收回身子，快快地跟着他们走了。

后来，姥爷曾多次问我们，那天到底去了哪里，我们说得极为热闹，说了漂亮的石头、迷人的树木和从未见过的花朵。那是大人不曾带我们去过的地方，我们尝试着为它们命名，试图用最准确的方式形容它们，但他们根本无法与那些方位对号。现在，我才明白，我们描述的是那些风景在我们心里的倒影。但是最终，他们不得不承认：我们那天到了山底又上到山顶，没有走一条重复的路，竟然绕回了家。

我们曾发誓：以后还要再绕着河走一次。但大人们多次警告，说走在河里是多么危险，山里下来洪水的时候，连一群牛都能瞬间冲走，何况你们？我那时倔，低声回道："那就去汾河找我们去吧！"

不用他们警告，我们就已经离那条河越来越远，并且踏进了形形色色的河流，被不同的洪水冲着走。

总有人问我，你经常怀念的，让你陶醉的那座山为什么不是你家所在的那座山，而是河对岸的另一座山，难道是因为它们虽然相邻，却隔了河，又隔了县？我在心里默答道："它们之间还隔了生死。"可这句话太沉，它根本爬不到一个人的发声部位。

二

隔着峪里河，可以清楚看见，我们村庄所在的那座山像是得了牛皮癣。绿色中间不时裸露出一片土地，这些土地上布满了低矮的洞口，虽然政府已经严禁挖矿，但想让这些挖空的土地重新长满植被并不那么容易。

几年前，从裸露的山体断面上可以看出，这座山的地下好像埋着一道彩虹，最上边是土，接着是一层沙石，然后是黑灰色不成形的煤渣，再是红的、黄的、甚至黑的矿层。发黑的铁矿最值钱。山下就有冒着浓浓黑烟的钢厂，它们之间的连接，让人心沸腾起来。那时，在这里活跃着一群人，他们穿着最破的衣服，在膝盖上打满补丁，看上去活像一帮乞丐。

洞口附近沾染着各种颜色的矿渣，四周散乱着很多塑料袋、果核、鸡骨头……在还没能挖空一座山之前，他们就轻易地造了一座垃圾山。

在大山面前，人们跪下去，曲着身子就成了蚂蚁。他们钻到地底，盗取着大地蕴藏着的密码与记忆，把它们运到山下的钢厂来丰满自己的生活。假如能扫描到土地的内部，就能看到那些矿洞的走势，像是人体内交错着插入了很多枚曲别针，而那些曲别针还在不断前行，不断变换方向。我父亲曾在矿洞里听到有人在墙里边隐约说着话，他把头上的矿灯拧到最亮，也照不清楚什么状况，当他感觉到一阵震动的时候，本能地往后一闪，忽然，眼前的矿墙露出一个人脑袋那么大的洞来，那边，是同样戴着矿灯的我的小姨父。

其实这样的会面并不新鲜。有一次，我叔叔在矿洞里就感觉到晃晃悠悠，矿洞顶上不断往下掉石子儿，他以为是地震，赶紧往外跑，还没出去，就听见"扑通"一声，伴随着尖叫，一个穿着破衣烂衫的人落进洞里，那人回过头来，嘴里骂骂咧咧。

这样忽然的"遇见"让他们笑弯了腰。没人觉得这实际上是一座山发出的某种警告。

我去洞口的时候，那些发红的矿渣流泻到山崖下边的河沟里，这个矿洞多像一张流血的大嘴，而遍布在山里的那些矿洞，就是许多张嘴。没人知道，这些嘴是要吃东西的。土地通过崩裂，通过空气把时间、空间一脚脚踩踏下去，经过了漫长的时间，才拥有了那么多矿石，它怎么能允许人类这样轻易又这么混乱地将它们挖空。

我心疼我那些蚂蚁一样爬进爬出的长辈，也心疼被挖血挖肉的山林。

矿管所的人时不时来查，传单发下去。人们拿它当引火纸生了炉子，有的干脆当了厕纸。矿管所的人带着村干部砍了一些带刺的灌木，像个封条一样把矿洞挡住。大喇叭天天在喊话，说着生态和自然的重要性，胡乱开采的危险性。人们知道那都是对的，但就像知道天上的星星是亮的一样，它再亮，也驱不尽自家小屋里的黑，而眼前的黑，才是大家最关心的。矿管所的人一走，人们心里好像长了一块磁铁一样，在家里坐卧不宁，又走向通往矿洞的路。

这座山一定非常羡慕河对面的那座山，我姥爷一家人作为那座山上唯一的一户居民，他们从不砍伐，也不挖矿，只靠出售自家树上的果子为生。而若干年前，它也有这样美好的光景，隔着一条河的两座山，就像它自己的前世与今生。

一座山的静默是可怕的，它看似无声无息，却瞬间用一股有毒的气体把三个活生生的人从世间划去，他们的尸体躺在矿洞里，看上去毫发无损，像是醉了一样。其中，就有我的小姨父。

后来，这座山用那些矿洞吞入了许多条年轻的生命，它把许多人的灵魂含在嘴里，不断咀嚼，似乎在为它痛失的那些矿藏疗伤。它在短短几年间，让人们有了新房子，也在短短几年里，制造了那么多的孤儿和寡妇，这是多么强烈的复仇与警告。

那些鼓起的坟头成为最有力量的宣传单，再没人去挖矿了。他们的妻子带着孩子远嫁他乡，房子空了。这些房子的空与矿洞的空对应着，酝酿出的悲凉多年挥之不去。

三

爷爷说，老辈人曾经在半山腰见过成群的"四不像"。

"四不像"就是麋鹿，它在《诗经》里被"王"所豢养（"王有灵囿，麀鹿攸伏"）。人类世世代代都喜欢它们，但喜欢的方式，却是驯养与捕杀。麋鹿是喜水的，它们热爱游泳，因此可以想见那时峪里河里的水还是很丰沛的，不似后来这般干涸。从一些资料里可以看到，这种有着200多万年历史的动物确实在汾河流域生活过，只不过那是很久远的事情了，因为气候的变异、人类的捕杀，它们最终在这片土地上灭绝。

那时的大山一定有着别样的壮美，我羡慕生活在这里的先民们能拥有"麋鹿游我前，猿猴戏我侧"的景致。在我生活的年代，连狼也非常少见。爷爷小的时候，它们常常对着月亮哀鸣；在父亲幼年，它们常在夜晚偷走村里的羊或者鸡。而我竟然没有在这座山里见过狼。那年，爷爷去山下捡柴禾，看见一大一小两匹狼直往桥下钻，爷爷跑到桥上往下看。狼们不住往里躲，连影子都不敢露出来。在这之前，打狼、打兔是人们农闲时最愉快的活动。我小学时的老师就喜欢在麦地边上用铁丝套兔子。后来年轻人更是骑了摩托车去撞兔。在夜晚，摩托车的大灯一开，兔子眼前的路立马被抹掉，几个人轻松就能逮住它们。狼和兔子，作为这片土地上最为平常的动物，它们一定不会想到，最后不得不面临麋鹿那样的下场。

自从山外来了收蛇的，胆大的人开始捕蛇。酸枣、松子、草药都能卖钱。人们意识到我们山上和对面山上到处是宝的时候，变得躁动而亢奋。每天，天还不亮他们就开着三轮车出发了。在山上，人们恨不得自己像哪吒那样多长出几只手来。当摘和挖都不能满足他们的欲望时，索性撅下整个枝头，或者将整棵树尸首一样地拖拽进三轮车里……纵然这些树有再强的生命力，也需要花很长的时间用力长胳膊长腿，还要再花更久的时间，才能再见这样的硕果累累。

这些年，人们大多去往城里打工，山里忽然清静了不少。我回乡时，与村里几位在城里打工的长辈同坐一辆车。许是与故乡隔开了距离，大家终于学会仔细端详这些山脉上的风景。人们看着大山上未能完全愈合的伤口——曾经的矿洞，都不说话。

大山经过几年的休养，空气好转，河里竟然有泉水流过。我忽然想起儿时，这河里确实流动着泉水，每次去姥姥家，父亲就让我伏在他背上，我手里提着他千层底的鞋子。河里干涸得太久，让我们都忘记了曾经还有过那样的时刻。

父亲点亮的村庄

整个秋天，父亲都开着三轮车在田地和各家的院落间往返，好像村庄最鲜活的血液。

他一进村庄，留守的老人们便向一个地方聚集，他们一起把父亲倒在某个院落里的棒子剥皮，编成一条长龙。父亲攀上颤颤悠悠的简易木梯，从人们手里接过这条"长龙"，把它围在一根倚着房子的长木杆上，好让风和阳光把玉米体内的湿气完全抽干。父亲终于搭好，回过头来，看着大家的目光，他一定想起三十年前，不知道这样攀爬了多少回梯子，才让一个叫作"电线"的长蛇攀上各家的房顶，垂钓着葫芦样子的灯泡。等他把电闸推上去，整个村庄被点亮，那一瞬间，人们都沸腾了。

现在，父亲已经不是电工。几年前电力系统调整，他这个三十年的"临时工"下岗了。得到消息的母亲很欣喜，一是父亲五十岁的身体再也不用爬电线杆，她再也不用跟着悬心；二是我们家再也不用给别人搭电费了。父亲对于这事却总是不表态。

给树把脉的人 / 刘云芳

尽管塬上的村庄已经通了电话，修了马路，可私人煤矿一禁止，人们就像大迁移一样，先是三三两两，后来所有的劳力干脆都转向城市。有的人家整户都走了，就连学校也变成了一座空房子，留下一窝春来秋走的燕子，和一个比人头还要大一些的蜂窝。

父亲本来不想离开村庄。可眼看着村里娶媳妇的彩礼一高再高。为这件事，母亲已经愁白了头。张家娶媳妇，光彩礼花了八万，李家娶媳妇，彩礼送了十五万。王家本来送了十五万，可女方偏要十八万，结果婚事黄了。父亲想，他必须得给儿子攒点钱，帮他娶到媳妇。别人家有长女的都不愁，女儿出嫁时多要些彩礼，给儿子结婚打基础。我的父母跟他们不一样，不仅尊重唯一的女儿嫁到千里之外的选择，连女儿裸婚也接受了。

那一年，父亲早早把棒子收进粮仓，又把麦子种进土里，背上扛一个圆滚滚的编织袋，里边装着卷得紧紧实实的被褥、枕头。父亲从人群里挤过去，他总是不安地用手摸一摸腹部，在车厢里觉也睡不安稳。母亲在他的内裤上缝了一个小口袋，他生怕别人看透这个机关。其实只有六百块钱，在他看来，这已经不是个小数目。本来他说只拿二百，是母亲硬把钱给他缝进内裤里层的。

父亲此行要去北京，在那里打工的表叔来电话说，有地方要招两个保安，管吃管住，还给发衣服。邻村的李叔很有兴趣，一撺掇，父亲就和他一起加入了北漂的队伍。

到了北京，他们顾不上让眼前的景致与心里的那些印象接轨，就从林立的高楼间穿过，按照纸上的地址，多次打听，又多次转车，终于找到了在医院当护工的表叔。表叔看到他们俩，眼睛都瞪大了，招保安不假，但是他们的年纪太大，明显不合适。

可既然来了，就不能轻易回去。父亲口袋里揣着电工证和高中毕业证，而他那双粗糙的手，足以证明他半生里出过的力气，不惧怕任何苦活累活。

表叔人托人给他们找起了工作。父亲坐在表叔临时租住的地下室里，就着一股子霉味，和李叔面对面抽烟。零钱已经花完了，父亲把内裤上那个口袋拆开，他原本想着来以后就能上班，管吃管住，这些钱一时半会儿是用不上的。可每次吃饭，李叔都没有掏钱的意思，父亲只好都结了。后来他才知道，李叔的钱早已花光。

表叔终于带来消息，说面包厂需要门卫。他们赶紧去面试，对方让父亲上班，李叔没能被录取。义气的父亲看到李叔一脸落寞的神情，当时就拒绝了："他一个人都不敢上街，我上班了，他怎么办？"

表叔因此给中间人说了很多好话，甚至生父亲的气，不愿再管他的事。

必须得找工作。父亲鼓起勇气跟陌生人交流，浓重的乡音显然成为阻碍。他和李叔只好跟着收音机学起了普通话。

眼瞅着口袋里的钱只出不进，父亲感觉花钱比掉块肉还难受。他分出二百块钱来，塞进内裤的口袋里，留着实在待不下去的时候回家用。他捍卫这二百块钱，好像捍卫一条回家的路一样。他必须更加节省，早上少吃一根油条，中午吃咸菜就馒头。后来，烟也戒了，实在难受的时候，他就从地上捡别人扔掉的烟头，过口瘾。

这期间，他给我打过一个电话。我所在的城市距离北京已经很近，我希望他来看我，或者我去看他。当我问他是否需要钱，他停了一下，声音马上高亢起来，说"不用！"他说他很快就能上班了。我想象着父亲决定打电话时的犹豫，和拿起电话后捍卫他尊严的那种语气。是的，父亲一直是强者，在村庄里，通过他，人们第一次认识了"电"这种东西，他当时多么受人尊重。电工的收入微薄，他一有时间就去煤窑上班，想尽办法，让孩子和妻子能够穿得体面，好像一切事情他都能自己扛着。他习惯了这样的捍卫，所以不愿意轻易回乡。

去工地是最后的选择。包工头一听他们没经验，年龄还明显偏大，就拒绝了。但在这里父亲认识了一位热情的山东工友，他带着他们去工地的食堂蹭饭。那大约是父亲在北京吃得最饱的一顿饭。好几年过去了，他还在称赞那儿的包子好吃，他的言语里依旧充满感激。我想他怀念的不仅是那种包子味，还有身在异乡陌生人给予的温暖。

父亲总摸他那二百块钱，像念咒语一样，想着千万不能花掉。可有一次，他们被一个年轻人拦住，那人说丢了钱包，希望父亲能"借"他二十块钱。父亲犹豫了片刻，还是从自己万不能碰的二百块钱里找出二十块钱递给了他。"你爸没社会经验，要饭要钱的大部分都是骗子，可你爸偏就相信！"这是表叔后来告诉我的。父亲自己却没觉得受骗，他站在北京的街道上跟表叔争执起来，他说："我的孩子们也在外边打工，我帮他是给我的孩子们积德！"

为了补上这二十块钱，父亲白天找工作，晚上捡破烂。他把瓶瓶罐罐捡回表叔本来就很小的屋子，表叔自然不高兴。他虽然嘴上答应表叔再也不去捡，可是等表叔他们睡了以后，他一个人拿着手电筒就出去了。即使捡破烂竞争也很激烈，父亲总能遇到同样捡破烂的人，他们中间还有一些衣着体面的年轻人。

后来，父亲和李叔搬出了表叔的出租屋，在工地认识的山东朋友让他们临时住在了工棚，这里天南地北热情的声音让父亲的北京之行感到快乐。那几天，父亲和李叔在不同的工地上辗转，终于有包工头接受了他们。可父亲很快就听到工友们的怨言，他们好久没发过工资了。这事并不新鲜，父亲早就看过很多类似的新闻。可他们不想就这么回去，来北京一趟，除了花钱什么也没干。他们决定，骑驴找马，为了吃住，一边干活，一边再找更合适的工作。

没过几天，父亲就在工地门口看到了焦急的表叔。当时，母亲躺在医院里，脑出血，昏迷不醒。

父亲必须离开，在北京漂泊和挣扎的那条路一下子解脱了，心里却涌上了更痛苦的滋味。李叔当然不愿意一个人待在北京。父亲内裤口袋里的二百块钱终于派上用场。在离开之前，父亲去了先前那个工地，把自己的被子留给山东工友，只把褥子和枕头带走。他对母亲说："他的被子太薄，怎么过冬呢？"我知道，父亲想尽可能偿还欠着山东工友的一份人情。

得知从火车站步行就能到天安门。父亲想起自己出村前的愿望，他想信步走在天安门广场，这个多少年在他心里一直发着光的地方。可这一刻，他心里全是自己的妻子，眼里容不下任何风景。

那一天，父亲带着一身汗臭味背着编织袋走进故乡小城的病房时，我从他胡茬茂密的脸上感到一丝陌生。母亲依旧昏迷，他第一次在众人面前拉着她的手，让心里的声音流动，而我第二次看到了父亲的眼泪，第一次，是在我的婚礼。

为了照顾母亲，父亲必须回到村子里，每天做饭、喂牛，去田地里巡视，一个人承担家庭的重担。

他已经不是电工了，有时候，忽然就有一辆三轮车或者摩托车停在了门口，高声喊着父亲去看看电路有什么毛病。父亲就像许多年前一样，背起电工包，拿着他的工具，匆匆跟人上了车。母亲拖着半个身子追出去，然后跟我抱怨，也不给钱，你说他忙活个啥？

从父亲拿着电工包走路的节奏，我感受到了他的心境，这是一种被需要的节奏，是数十年形成的习惯。对于父亲来说，这些村庄的灯像是一双双孩子的眼睛，他不允许它们看不到光明。

父亲也跟人讲起他的北京之行，他说，北京是个大城市，只要不懒惰，就能好好活着。就算捡破烂也是一个好活计。他的心依旧被那些舍予的饭菜温暖着，也被半夜里一起捡破烂的年轻人的坚韧鼓舞着。父亲说，他们遇到难事的时候，一个人扛着，不愿意向家里伸手，都是好样的！父亲完全没有想到，这句话同样也概括了他自己。

父亲渐渐成了村子里最年轻的劳力。夜晚，村庄亮的灯越来越少了。他似乎不只管他们屋子里的电。谁家的玉米收了，也叫父亲开着三轮车去拉，谁家的炉子坏了也叫父亲去修。来的都是些老人，父亲不忍心拒绝，敲打着自己酸痛的腰、背，就跟着去了。我回家的那些天，发现一到节日，家里的电话就成了客服热线。不同城市的电话先后打来，有嘱咐老人吃药的，也有问候家人的，还有告知别的事情的……父亲在本子上一一记下。那个本子上的另一些页面，字迹歪歪扭扭，是半个身子瘫痪的母亲用左手一笔一画记下的。母亲说，那个时间，父亲正好不在家。

经历过北京的打工生涯，父亲好像一个窥破秘密的人一样，他再也不把这些归来人身上的光鲜当成一种高度，让自己觉得矮下去。他体会到他们的不容易，尽自己的能力为他们做着一些小事情，为他们家里的老人买药，帮他们把粮食种进地里，把地里的庄稼收回院子。为这事，母亲没少跟他吵嚷，就连我也不止一次说他为什么不顾自己有滑膜炎的腿。父亲每一次都答应我们不再去了，可是当村里的老人把新扯下来的玉米皮倒进我们家的牛槽，将一把自己种的蔬菜放在我们家的篮子里，在旁边静静等父亲的回答时，我们都说不出话了，只好看父亲又一次发动三轮车，载着老人摇摇晃晃行驶在秋收的路上。

就在去年冬天，那场大雪把山里的公路给中断了。年三十，父亲把村子里的手电凑齐了，装进那个已经缝过好几次的电工包里，他拿着它们去迎接一群终于回家的人。清冷的夜里，背着大包小包的人看着父亲从盘山道上出现，他踩着厚雪一步一个脚印地往前走。父亲说，那一刻，他听到了人们的欢呼，他们仿佛看到了最亲的人。

春节过后，人们同父亲一起把村里所有的道路修通，然后就各自上路。父亲送他们回来时，手里抓着好几把钥匙。村里好几户人把自己的家托付给父亲，希望他在夏天的时候看看有没有漏雨，时不时让他们的屋子透透风。

我总想象着，某一个冬天，我们村庄所在的那个塬沉在了雪里，父亲用一把钥匙将铁锁唤醒，推开不同的门，把每一户的灯光点亮，然后他拿着手电筒，去往迎接归乡人的路上。我知道，他不仅得到一把把象征信任的钥匙，他还开启了一颗颗漂泊他乡的心。是他，点亮了村庄的眼睛。

那些年倒下的树

我们这座山像是一个秃顶的老头，头顶没有树木，只有长得很慢的酸枣树和草本植物。松树、柏树还有枫树等都在半山腰和山下。山腰到处是石头和树，山上是一层层的梯田，这种地貌叫塬。我们的村子就在塬上凹进去的小山沟里。村子里有巨大的槐树、桐树、椿树什么的。夏天，村子就被隐在接连不断的树冠里。这村子的人们对树有很大的需求。家里有孩子的早早种几棵榆树、桐树或者槐树，等孩子大了，作家具使。家里有老人的也种几株柳树，等老人残年的时候，做副好棺材。盖房子、做门窗、做平板车也都需要木头。总之，树是很重要的东西。兄弟几个，小时候一高兴种几棵树，等长大了，各自成家，没准会因为这棵树归谁吵得天翻地覆。有的树并不是人种下的，树的孢子随风飞舞，没准在哪里就安了家，树的根部有一截露出地面，没准在哪个季节，忽然就发出了新芽。总之，树在这村子的历史里是不可或缺的一部分。

给树把脉的人 / 刘云芳

一

许多年前吃大锅饭的时候，我们村不知从哪里弄来很多梨树苗。人们把它们种在村东头的田地里，不几年，梨树开出一树树雪白，结出鲜美的大黄梨来。那梨成熟了，这里就变成了梨园子。梨园子的梨树枝垂下来，挨着地面了也没有人摘。当时，没人稀罕，人们把分来的梨亲戚朋友地送。很多年以后人们却一直怀念着它的甘甜。

梨树倒下的那一年，我记得不是很清楚，也许那时候我正在山那边的学校里念书；也许，我正在河另一边的姥姥家长住。我只记得，我从一个地方回来的时候，梨园子就不存在了。地里一个连着一个的深坑，旁边是坟丘一样的土堆。到处是砍断的树枝，原本挂在树上红绿相间的叶子，一大部分都面贴着土地，被风吹动，浸满泥土的叶子在风里不住颤抖。各家院里都躺着梨树干。为什么要把好好的梨树都砍掉？我问正在用卷尺量梨木的父亲。父亲说，上边让换地，这梨树早已经分到各家了，换地，不换梨树，人家地里怎么种粮食，种了粮食，你去摘梨，难免祸害人家的地。说来说去，谁都觉得自己家吃亏，干脆都砍了。

梨园子只剩下肖爷爷的两棵树。肖爷爷年岁大了，他本想央求村里的年轻人帮他砍，结果他看见地里不断倒下去的梨树就在地中央停了步。他找地的主人梁奎说，我要它也没用，这梨树归你，每年给我俩梨吃就行。梁奎白白得了树，当然乐意。于是，梨园子就变成了两棵树的梨园子。

孩子们围坐在麦秸堆旁议论：梨园子的梨熟了，别的树倒了以后，那两棵树的梨变得更甜了。有人提议去偷梨。梁奎的儿子说那可是他们家的地，不能偷！结果领头的孩子说，你不去，以后我们就不跟你玩。他就屁颠颠跟在他们后边。

那天下午，村庄的各个角落都响彻着梁奎老婆骂人的声音，她从地里边骂边走，一直骂进村里。骂到该做饭了，她就边择菜边骂。后来人们才知道，是因为偷梨的孩子踩坏了她的庄稼。这时候天已经黑了，梁奎老婆忽然想起自己的儿子还没回来。那天过得很不平常。我们被集中在肖爷爷家里，大人们拿着手电，举着火把，村里村外帮梁奎找儿子。几个小时过去了，还是没有一点消息。那个时候我们的村子里偶尔还会有狼出没，我们想他肯定让狼吃了，也可能是蛇。我们就围在一起，感觉身子周围全是神秘的不可见的东西。

第二天我一睁眼，母亲就笑着说梁奎的儿子找着了。他怕挨打藏在了他妈陪嫁的大红衣柜里。梁奎老婆拿着手电筒正想给梁奎拿大衣让他去邻村找找，结果一摸就摸到了一个肉乎乎的东西。她吓倒在地，腿哆嗦着站不起来。这时，柜子自己开了，大声喘着气。梁奎从另一间屋子里赶过来的时候，就看见坐在地上的老婆裤子都湿了，他们的儿子在柜里揉着眼睛喊爸妈。等她恢复往日的精神头的时候，就做了一个重大的决定：把梨树砍掉！别人都没有的东西，咱们要它干什么！这不是遭人惦记吗？把个庄稼踩得稀烂。凭什么一村子人，就咱们庄稼挨踩？

初冬，梁奎两口子在地里放倒那两棵树，在这之前，他们告诉了肖爷爷，肖爷爷叹了气，说你们自己做主吧。人们都来看梨园子最后的两棵树怎么倒下。尽管他们说可惜，不一会儿也都加入到砍树的队伍。我听见"咔咔咔"一声接连一声的巨响，树的枝干被人们捆了绳子远远拉着，接着"咔嚓"一声，在一群男人的喊声里，那棵梨树像一个无力的巨手一样倒下。有小孩爬上去从树上采下一个小蜂窝，一群孩子围上去，接着，另一棵梨树也倒了。

雪花纷纷扬扬落下来，落在大人孩子的头发上，衣服上，落在麦地里，落在山坡上，落在倒下的树枝上——明年春天原本会开花的地方。

二

我们院子里有几棵桐树，夏天的时候把院子的一块天遮得严严实实，却经常听见有鸟啾啾唧唧地叫，抬头看，只能看见大片的叶子重重叠叠连接在一起，形成一片完美的树荫。每年天气刚刚回暖，我们摆上父亲做的矮桌和小凳，一天三顿在树下吃饭。春天，梧桐花大朵落下来，像紫色的大裙子，桌子上，地上到处都是。到了秋天，树叶大片大片落下来，每个清晨，母亲做的第一件事就是清扫树叶，母亲把它们扫到粪堆里，用火点着，接着就有细小的火焰和一缕青烟，摇摇晃晃升到比树顶还高的地方。这时候，鸟窝露出来，鸟却早已飞走了。空空的巢穴被树枝有力地托住。

去往奶奶家的路上有五棵榆树，父亲很小的时候从不同的地方把它们移植到这里。母亲说，今年我们就不种树了，把这五棵树放倒了做家具。砍树可不是一个人的事儿，父亲得去爷爷家找帮手。父亲跟爷爷、叔叔一起把树放倒，就抬放到我们院子里。母亲天天给木匠做饭，看木匠们锯板子刷漆。最后那几棵树打了一个大衣柜，还打了一对床头柜。木匠把工钱拿走以后，这些东西就跑到了叔叔的婚房里。母亲不是没有生气，但是没过门的婶婶说没有家具就退婚以后，母亲就不再说话。

父亲要再种几棵树，等我弟弟长大了娶媳妇用。在我们村子里，媒婆的眼睛不但要看小伙的模样、家里人的农具是不是齐全，最重要的还要看这家人有多少正在长着的和已经倒下的树，这些树让姑娘和她的家人在脑海里幻想树木变成自己渴望的家具，让他们对自己的未来产生安定感。一个小伙子订了婚，便有许多树倒下去，许多鸟被惊飞。不多久，就有木匠来到这户人家住上一段时间。院子里有两个人来回拉大锯，电锯不时吱吱响动着。谁家做家具，孩子们都会围着去看。木匠用墨盒在木板上印出直直的线，木匠把铅笔架到耳朵后边接主人递过来的香烟……引得村里好几个男孩子都想去当木匠。

母亲说，别种树了，就一个儿子，种那么多树干吗？村里别的人家也都不想种树。那些已经长在土里的树有可能被风刮倒，也有可能忽然就不再发芽了，也有可能这一家人懒惰没有及时修理，树自己随心所欲长起来，弯弯曲曲成不了材。总之，村子里的树少起来。

相亲的时候，人们向不急着用树的人家借来几棵树请媒人相看。其中就有娘家人偷偷来打听那树到底是不是他们家的，第一次发生这样的事儿就把小伙子的婚事整黄了。后来村子里的人就长了记性，要借树就实实在在借了，把树砍倒放到自己家院里打成女方想要的家具。马上还树不可能，于是还来的东西折成几袋粮食，折成几筐矿石，有的干脆就天长地久地欠下去，成了谁也说不清的陈年账。

有几年，村里人开始挖矿。人们从东边的山沟里几镢头下去就见着黑褐色的矿石。山下五十里的村庄里就有钢厂。一车车矿石送出去，一张张人民币拿回来。尘土飞扬的路上，村里的男人们直挺挺坐在自家三轮车的驾驶座上，无比得意。还有谁会去种树，还有谁愿意把一棵树埋进土里，耐心等它在土里几十年几十年地慢慢生长。即使种了树的人家，也再也派不上用场。家具店里的家具款式又好又洋气，谁还要这笨重的实木家具。那些小伙子早已忘了自己的木匠梦，就连木匠们自己都跑到矿石沟里挖矿去了。

那几棵梧桐树也因为要支撑矿井的顶层被父亲和他的工友放倒了。那天，一群孩子在树下仰着脖子看着，有人上树把细小的树枝砍下来。几只大鸟在树的顶端不住惊恐地尖叫。接着，扔下来一个鸟窝，里边的鸟蛋摔在地下流出黄色的蛋液。最终，树向一个方向倒去，村庄和房子似乎都抖动了一下，树的上空忽然就腾出一块天，空旷旷的，那一片天的颜色有点丑陋，有点刺眼。那两只鸟躲在远处的房顶上蹦来蹦去，不住地哀鸣。

三

村里原来有四棵老杏树，一棵在我们家，一棵在大爷爷家，一棵在李旦家，一棵在苏大红家。

儿时，收杏像一次盛典。那时院子里晾晒着刚收完的麦粒，姑姑们领着自己的丈夫和孩子回来。我们展开巨大的床单，好几个人抻着。父亲爬上树梢用力摇晃，大黄杏"噼里啪啦"地掉下来，忽然就响起一个人疼痛的尖叫，激起一片嘎嘎的笑声。其他的几家大约也是这样，拥有杏树的那份骄傲像是拥有一座宝山。现在这些杏树中的三棵已经倒下，它们的树干有的被扔进了炉膛变成了烟灰，有的做了羊圈，有的被扔在院子里的一角，经受着日晒雨淋。

先被砍掉的是李旦家的那棵，那是李旦爷爷死后，他的叔婶带自己家的亲戚来摘杏，结果李旦妈不乐意了，一个说这树有他的一半，一个说这树长在他的院子里。两家人大吵一架，这棵树就被砍掉并且一分为二，爷爷和他另外两个老伙伴看着，叹着气说，人没了，树也保不住。

　　然后被砍掉的是大爷爷家那棵杏树。村里拓宽马路，村里人说长了六十年的树哪有说砍就砍的？没想到大爷爷带领儿子连夜就把树给连根刨了。他说他是共产党员，这样的事儿必须带头干。于是原来那棵树生长的地方就被石灰结结实实地压了好几层，似乎要让这棵树永世不得超生。

　　这几年，政府不让挖矿，村里人只好进城打工。苏大红家也走了，剩下她爷爷一个人住在自己的土窑洞。他腿脚不好，走路不方便。孩子们总也不回来，他干脆把一棵刚长起来的榆树砍了，又削了树皮做成拐棍。他自己做饭，做饭就得生火。以前从山上捡来的柴禾早进了炉膛，煤炭也烧完了，就连儿子院里的柴禾也烧光了。他就打起树的主意，他先砍了一棵长歪了的香椿树，又砍掉了两棵槐花树，后来把梨树也砍了。一院子就只剩下那棵杏树。他先勾着低处的树枝一点点折下来，上边的够不到了，就把斧头系在长木棍上砍高处的树枝。那棵树像是被行刑似的，一点点被切割。可是它还活着，还用剩下的那些枝条开花，用更少的枝条挑着星星点点黄色的大杏。

　　眼看要麦收了，他儿子还是没有回来。他儿子说，家里的地都靠天吃饭，总共也打不了几斤粮食，还不够路上折腾的。我随爷爷去看他，一开门，屋子里什么也看不见，却从不远处发出一个熟悉的声音说，你们坐。过了好半天，我才从昏暗的屋子里看见他，他站在地上的棺材里，猫着腰正往袋子里装粮食。他低声说，该磨面了。爷爷帮他把靠着棺材的袋子扶正了，扎上口，又伸手把他扶出来。他一拐一拐走到门口，从门后的背篓里抓一把核桃给我。

好几天，他的门都紧闭着。爷爷说，他推门进去哪都没找到人。后来爷爷从炉子旁摸着火柴，划着了照亮屋子，看见他穿戴整齐地躺在棺材里，手里还捏着半个已经烂了的杏。

苏大红全家回来的时候，村里人已经帮他们把麦子都收回了家。他们全家大哭特哭了一场，没几天，他们又都走了。走之前，苏大红她爸把树上的杏摘下来，把那棵被砍得相貌怪异的杏树砍了，他说，家里没有人，省得孩子们祸害。其实那时候村里连学校也没了，小孩们都去了别的村子上学。

杏熟了的时候，爷爷站在树下，对着父亲念叨，姑姑们怎么也不回来？外村上学的孩子怎么还不放假？父亲已经五十多岁，他不再爬树，从低处摘点杏，给村子里的老人们送去。那些高处熟透的杏就自生自灭，落在地上。杏肉烂掉，杏核在下一年发芽，长成新苗。爷爷拿着小树苗挨家问谁要，他们大笑着说，谁要？等杏结上了，我们也该去听蛐蛐叫了。爷爷就说前人种树，后人乘凉。他们又笑了，村里人都走光了，留着树给蛐蛐乘凉吗？

给树把脉的人 / 刘云芳

那之后，村子里的树似乎再也没有多起来，这村子变得颓废。每年回家，我还是忍不住把桌子凳子搬出去，在原来有树荫的地方坐下。许多个清晨，我还能闻到梧桐花的清香。有时候我梦见自己坐在村庄的上空，坐在巨大的鸟的翅膀上，村子在我脚下，隐在一堆密密麻麻连接的树梢里，树上有清脆的鸟鸣。许多个深秋的早晨，我行走在城市里，我的记忆被冰冷的空气唤起，忽然就看见母亲在故乡的院子里清扫大片大片的梧桐树叶，然后在粪堆里，燃起一缕歪歪斜斜的青烟。有一年回家的时候，我发现苏大红爷爷家门前挺起一棵杏树来，院子里，原来被砍掉树的地方又都长出新的树苗来。看来，想整死一棵树也不是那么容易的事。我忽然发现这村子里多了很多小树苗。就像爷爷说的，村子里的人都走光了，这些树再也碍不着谁，它们一旦发芽，有点风，有点雨，有点阳光，自己就长起来了。

给树把脉的人

　　鸟在院子上空不住乱叫，好像在商量如何将太阳从山那边拎出来。

　　我掀开窗帘的一角，寻找它们的踪迹。但叫得好听的鸟大多是藏身专家，我每次都看不到它们，只能看见一些寻常的鸟类。麻雀三三两两落在柴垛上，像枯叶子，与柴禾融为一体，不易被发现。喜鹊拖着长尾巴，从高处跳下来，扭头看看这里，又看看那里，挑选搭窝用的材料。它们把窝安在一旁的梧桐树上。一棵树上有三个窝，是一个大家族分成了几个小家庭。与其他的鸟窝相比，喜鹊的窝完全无美感，是一堆凌乱的柴禾堆上了树。在冬天，村里很多树上都露出那样一小堆一小堆的柴禾来，像是树脑袋里某种纷乱的思绪。

　　大路小路连接着村庄，像一棵躺倒的树。爷爷踩在各个分枝上，来回转悠。熟悉的老宅大多已经荒芜，找不到可以说话的老人，他只好去察看村子里的树。八十六岁的爷爷像只啄木鸟一样，抚摸那些树皮、树干，不时敲击着，为这些树诊脉，又像是在叫醒它们。许多个上午，他腰间别一把斧头就出了门。将那些断定活不过来的树木砍掉，再拖回家。爷爷会说，这棵老梨树已经有五年没发芽，肯定是活不过来了。一棵四季都光秃着脑袋挺立的树木，不知道藏了多少村庄的故事，那故事一定比一个人的记忆、感受更细密。这棵枯死的树如果不被砍倒，风会将它的细枝一点点吹掉，虫蚁会将它的躯壳慢慢吞噬，像古老的传说逐渐丧失了细节。这棵树在偶然的一天停留在柴垛前，等着斧头来分离，树干用来熬粥、做饭，树梢用来引火。斧头是无情的执行官，它轻易就能辨别出树木的年轮、种类。接着，柴禾被整齐码放在柴垛里，此后，在阳光里慢慢修行，让身体里仅有的一丝湿气借着光线攀升。

勤快的人家，柴垛码放得格外整齐，高高的，像是一面墙。柴垛是他们精神深处的地图。农闲的时候，总是有人一次次跑进深山老林，也像我爷爷那样，为一棵棵灌木把脉，将枯枝带回家。

我父亲更愿意与果树亲近，他喜欢看它们开花、结果，接着在冬天里沉默。每年春天，他都会带一把剪刀，察看院子里、田地里那些果树的花朵，开得过于稠密的，要帮忙疏花，像是告诫这棵树，莫要贪心。开得过稀的，父亲就要在心里对自己说，要再等一等。他牢记上一年秋天许多果实的味道，要对树木施行"魔法"——进行嫁接。让甜果子来救治苦果子。原有的树木必须舍弃一段枝条，在断截面上切出小口，再把拿回来的树枝插进去，用布条牢牢绑住，过不了多久，这截树枝便像一个年幼时被领养的孩子，在新树桩上没心没肺地长叶、开花、结果。一截优质的陌生枝条就这样被收养到了一棵果树的身体里。甘甜的味道是有魔力的，很容易就驱散了原来树里的苦涩。大约是两棵树伤口形成的记忆，让这树有了某种顿悟，味道变得丰富。那是两种基因：甜和涩的较量，而结果多是喜庆的大团圆。

结过苦果子的树枝总是被砍掉，当作柴禾。这一棵树苦涩的档案就这样被剔除了。当然，也有失败的时候，它们复制了甜果子的外表，却保留了酸涩的味道。父亲是有耐心的，他说，还有来年。我记得有棵嫁接成功的苹果树，单个苹果能达到七八两重，味道甘甜，每年，我们一看见这树开花，它的味道便会泛上舌尖，馋得咽口水。但有一年，苹果树只开了一朵花，它被挡在树干的一侧，像这棵树的小小心事。我是后来才知道：一棵果树也是会变老的。果实仿佛是它们与这个世界对谈的语言。我看见那些衰老的树冠这一年只开花，不结果，下一年，不开花了，再后来，连叶子都不长了。这棵树已经悄悄地离去了。但它们还是习惯性地撑着一小片天。父亲总是不忍心下斧头将它砍掉。他感叹柿子树是多么长寿，从山下去往城里的道路两侧，那些柿子树还像五十年前一样茂盛，它们每年都信守承诺，准时点起橙色的灯笼。父亲说，要是把柿子树长寿的基因嫁接到别的树上就好了。但最后那些死去的果树，还是进了柴垛。当电视里说果木当柴禾做的饭更加香甜的时候，他总是一脸质疑地看看

给树把脉的人 / 刘云芳

我们家的炉子。

很小的时候，大人便会告知我们：用斧头直接砍伐树木，那不是一个拾柴人应有的良心。通常，我们要为一棵树把脉，从繁茂的森林里找出枯死的那些树。拾柴的人只要用手轻轻一拽，或者用脚轻轻一踩，那树干便发出干脆的声响。那是柴禾对人的回应。

我在山里转悠，吸引我的不是那一段段枯柴，而是山里好看的野花。彼岸花像盛开后忽然停住的烟火，紫色的铃铛花无声地摇摆着，还有很多我叫不上名的药材，它们总是冒出独特的气味来。对于这些药材来说，气味好像是姓氏，让人容易找到它们的位置。我总是借着拾柴的名义，去探望这些隐居在林间的生命。

不光是我，大人们也常会被山里其他的什么东西所吸引，他们有时候拾着拾着柴，就去撸连翘了，有的挖了一大把粗壮的柴胡，还有的干脆采了一大抱野韭菜。父亲呢，他总是想着把一些又小又涩的野果嫁接成可以食用的水果，让其他拾柴的人忽然得到一阵惊喜，但最终却没有去实施。

总是在太阳快要落下的时候，我才急忙去找干柴。先铺上细绳，将柴禾码齐，再用绳子捆好。最后，留一截粗些的光溜的柴禾，横着从绳子中间撬出去，架在肩膀上往回背。

那些一心拾柴的人不到一个下午，一辆三轮车就装满了。

太阳落下，静默的山里走出一群群羊，几头牛，或者几个拾柴人。牛羊的铃铛叮当响着，人欢笑着说话。机动三轮车不得不慢腾腾跟在牛羊的后边。

我喜欢采集一些好看的树叶，用来装饰那捆柴。走在盘山的羊肠小道上，我感觉自己正在变成陪伴柴禾行走的一朵小花。

从山林里拾取柴禾就像为一个人剪去长了的指甲，这是我们这些山民与大自然之间最简单也最直接的一种交流。第一次进山拾柴，我心里无比兴奋。我以为自己也会成为那种对树木了如指掌的人，像爷爷和父亲那样，知道哪一种柴禾在炉子里是沉郁的，慢吞吞冒着小火，哪种柴禾是火爆脾气，一见火，马上就噼里啪啦烧个不停，但没多久，我便迷上了蜗牛、野花和野果。如果不是身边的人一声声叮嘱，我或许会迷路。

我远走他乡多年，每次回来，地里的果树变化并不明显，家里的柴垛也总是整齐地排列着，好像生活是一成不变的。我总是从中挑选一些自己没见过的干柴，猜想它们活着时的样子。一棵在山间成长的树，是如何渐渐干枯的？那些并不算粗的枯树掩在一片青翠之中，最终被拾柴人发现，带回。它们被燃烧的过程，是不是正好是在经历一场超度。生与死在一碗饭的背后拥挤、圆满，最终化成了虚无。

在爷爷眼里，给树把脉是门学问，拾柴也是。拾柴者码放的柴垛能看出一个人的品性。那些在山里用斧头大开杀戒，把一片树木不由分说砍倒，等着晒干再拉回家当柴禾的人是无德的，他们依靠伤害大山来提高效率。而那些把柴禾胡乱码放的人过日子的心是潦草的，随意的。我不知道这话是对还是错，但爷爷坚信自己的经验。很多年轻人已经不再拾柴了，他们使用电、煤炭或者燃气，根本不愿意自己的时间如羊群般在山间徜徉。完全不像那些老人，将拾柴当作一种本能。

爷爷有两个儿子，哪个儿子做了饭请他吃，他便早早来到他们的院子，劈柴。斧头与柴禾碰撞的声音在小院里一声一声响起，不急不躁，这特有的节奏，让听了的亲人心安。

这一年的春天，我从远方回来，特地告诉他，中午给他做饭吃。他在饭前，拖了一棵干枯的榆树回来。这让我想到一只鸟衔来一截树枝递给它的幼鸟，想着想着，泪流满面。爷爷却像往常一样，把这棵树分成一段段柴禾，码放得整齐。

父亲从医院回来，左半边的身体瘫痪，爷爷却表现得出乎意料的平静，他依旧在阳光下劈柴，在某些夜晚，也轻轻抚摸父亲瘫痪的那一侧，那样子，像是在给一棵树把脉。之后的日子，爷爷每天来看父亲的手、脚，似乎在推断这棵"树"到底能否发芽。

父亲坐在轮椅上，有凉风的日子，忽然抬起头看天，说，太阳太大了，它要是像果子一样，每年都从不同的树上冒出来，人就能将它摘下随手取暖了。他很长时间里都接受不了身体瘫痪的事实，总是用怀疑的眼神盯着母亲，仿佛命运之神将母亲右边身体的瘫痪偷偷嫁接到了他的身上。他也总是望着那些身体康健的人，脸上流露出复杂的神情。

爷爷递给弟弟一把斧头，祖孙俩一人坐在柴垛的一侧，小院里顿时响起两种节奏来，仿佛是两段柴禾在一唱一和。而父亲始终沉默。

那些柴禾最后喂养了炉子，炉火奔腾着，似乎在粉碎、吞噬一段不愿被人知晓的秘密。接着，我看到烟囱向天空铺设了一条淡蓝色的路。它歪歪斜斜，似有似无，这大概就是灵魂的样子吧。父亲抬起头看着这些炊烟布满院子的上空，始终想问什么，而烟只是上升，并不作答。他低下头，看看柴垛，没有斧头的时候，柴也是沉默的，只有在接连几天的雨后，它们才显现出自己的不安分，长出一只只黑色的耳朵。

院子里，父亲前一年栽下的两棵石榴树还未发芽，我们都说已经死了，只有他坚持说，它们还活着。果真，几天之后，两棵树的根部冒出了红色的嫩芽。他还断定这石榴一定是甘甜的。我们告诉自己，耐心等着，等着那甜从未来某一天慢慢跑到舌头上。

瓦罐是祖先们的心腹

一

　　大多时候，瓦缸会躲在一扇门的背后，里边储满了井水，用来清洗一家人的脸面、身体，用来做饭、饮用，也喂养狗和鸡，浇灭院子里的扬尘。那静止在瓦缸里的水，让一家人的生命流转起来。酷夏，水里会喂养两条黄瓜，等到父亲从地里回来，母亲便赶紧递上去。父亲肩上总是搭着一条白毛巾，吸收他脑门上不断溢出的汗珠。井水喂养过的黄瓜清脆、可口，能一下子赶走父亲身体里的暑气。黄瓜最嫩的部分，父亲却转身分给我们。

　　瓦缸里的水能照见一家人日子的脉络。我总是好奇，从外边转一圈回来，踮着脚尖往水缸里瞧。

　　更多的瓦缸靠墙沉默着，里边装满了麦子、玉米，去年的收成和新一年的梦全都储存着，一块块圆的石板盖在上边，像十个八个圆月亮摆在屋子里。

瓦缸有时也摆在牛圈里，装麦麸，装水，装一头牛对春天的念想。

每年，父亲在地里耕种麦子，一边撒肥料，一边想着如何把家里的瓦缸装满。那时，瓦缸是一家人日子好坏的量杯。每次麦收之后，若能将各个瓦缸填满，或是填满之后还有剩余，便需要再买几口瓦缸。卖瓦缸的人总是在丰收的年景出现在村子里，车上放满了瓦缸、瓦盆、瓦罐……说是山那边的村庄里烧制的。我喜欢看父亲跟几个男人合力将瓦缸运回家的样子，那一脸喜悦无以言表。

瓦缸上的盖子有时候是差不多大小的木板，有时候是石板，石板被切割成圆形从瓦缸小贩那里滚动回来。它又圆又沉重。父亲把它滚回家的时候，我总觉得这是一场游戏。

瓦盆多用来和面，这沉重的容器，从火里淬生，又在离火炉不远的地方驻守。

二

在故乡，似乎唯有瓦罐是祖先们的心腹。它们从几代人的手里传下来，肚子圆滚，在罐口处收紧。一看就像个能保守秘密的人。与瓦缸不一样，瓦罐是另一种精致的存在。在穷苦的日子里，它们可能用来存放鸡蛋。鸡蛋从鸡窝里捧出，被母亲积攒着，向孩子、长辈或者男人身体里输送营养。女主人数鸡蛋的神态是一种常见的喜悦。更多的喜悦在春天，门缝虚掩，女主人将孩子们赶到一边，从瓦罐里取出一枚枚鸡蛋，借着门缝里的光，照出蛋壳内部一块指肚大的黑影。这样子是神秘的。辨别之后，被确认的鸡蛋数量往往不会被说出，待到母鸡将黄色的圆团一一领出来，女主人脸上才显露出得意的光景。这是女主人与瓦罐之间的秘密。

有时，瓦罐也用来腌制咸菜。往往是在秋天，萝卜、芥蓝、辣椒……这些青的、红的、白的蔬菜像山一样堆起来。父亲和母亲便早早拿出几个瓦罐，用热水冲洗、在太阳下晾晒。那棵老花椒树比父亲的年岁小不了多少。他每年从这棵老树上摘下红色的花椒，任太阳晒得它们张嘴欢笑，红嘴唇一裂，露出黑牙齿。父亲将它们与蔬菜们放到一处，让它们在瓦罐里合力修行。到了寒冬，它们闭关的日子终于结束。我从远方回来，打开那些大小不一的圆盖子，像探听父母与秋天的秘密。实际上，他们在封罐时就已经料到我今天的馋样，把这想象一起封存其中。案板下边那枚铁质的小锤子和一个高些的铁碗便派上了用场，剩下的花椒被捧到这铁窝里，母亲一下一下挥动小锤子，她的样子看上去像个沉默的捣药师。

柿子树点亮老院子，父亲把这些灯笼从高处摘下来，将它们存放到瓦罐里，这一罐子的星光开始做梦。母亲把两个苹果放进去，让它们做伴。它们在黑暗里低语，两种味道你来我去，最终，柿子们变成软心肠。瓦罐是食物做梦的地方，是略显木讷的父母为子女储存疼爱的地方。因此，那些远走他乡的年月，我总觉得故乡的秋天是装在一个个瓦罐里的。

三

有些瓦罐来自于传承，比如用于送饭的那口。旁边有两个耳孔，串一根略粗些的麻绳。明明有绳子，可母亲还是会抱着它给父亲送饭。微风轻轻抚过母亲的刘海，我和弟弟紧随其后。母亲从一个布袋里掏出碗筷、馒头和装了菜的罐头瓶，在地垄边上的石头上一一摆开，父亲把牛赶在一边的小坡上，让它们啃草。我们快速围过来。经过瓦罐收藏的小米粥好像变得更香了似的，我们忍不住舔嘴唇。父亲总是把碗送到我们唇边。

少年时，我变成送饭的人，学着母亲的样子，抱紧瓦罐，饭食的温度与我身体的温度相互交流着。父亲把铁犁放好，让牛也休息片刻。他呼噜噜喝粥，大约想起了我小时候的馋样子，忽然抬起头，看了我一眼。接着，又低着头把剩下的粥喝完。

奶奶放盐的瓦罐是从娘家带来的，每天，她都会将它擦拭一遍。那是她与旧物无声交谈的时光。小瓦罐上闪烁的光总能照亮一些旧日子。

归乡后，我在村子里转悠，在人们的院墙上看到一些品相完整的瓦罐。它们在墙体之上，有的倒扣，有的向上，姿态随意而悲壮，任雨雪一次次冲刷着，让风一次次叫醒它们。只有在月光之下，在阳光之下，它们才借着光亮，倾倒出自己的心曲。

我家那些曾立过汗马功劳的瓦缸，它们倒扣在柴垛边或者某一块菜地的地垄上，任狗尾巴草在风里为它挠痒，任牵牛花攀附它。它变成沉默者。不知道某些干旱的日子，它们会不会忽然怀念那些储存在身体里的水或者粮食。对于瓦罐或者瓦缸来说，它们不仅是储存物品的容器，它们还是时间的量杯。在奶奶走后，她的日常都浓缩进那些大小不一的瓦罐里，让我们每次看到它们都心存敬意。

我怀疑瓦罐是祖先们的心腹，它们年复一年，日复一日地把那些不曾说出的话储存进去，酝酿出来，等着后辈在某一日前来倾听。

父亲总是指着一个个旧瓦罐说，那是他的太奶奶用过的，那是他奶奶用过的，那是他母亲用过的。父亲舍不得将它们遗弃。他在一些下雨的日子努力擦拭上边的尘土的样子，忽然让我安静下来。而父亲在沉默里凝视那些老树、老房子的时候，我忽然觉得，他也是祖先遗留在世间的一只瓦罐，祖先那些无声的言辞，他好像都懂了，并且正在向我们传递。

我知道，我可能也是某一种瓦罐，在丰硕之年，我努力收集着那些动听的、刺耳的声音，那些笑容，那些泪水，等着暮年，倾听身体里留下的声音。

杜梨花、砖窑以及空院子

爬上那道短坡，杜梨花正开在面前的土崖上，树干往外突出，成了土崖戴着的一根白色花簪子。脚下的车前草几乎把路铺满了，可仍旧盖不住山路上那两道深深的车痕。我蹲下身，看见一只悠闲的蚂蚁在车痕里爬行，它好像正在春天里巡逻。

土崖前，原来晾砖坯的场子已经变成一块田地，种植着一片核桃树，树下，是长长的南瓜蔓，偶尔有一两朵黄灿灿的花朵点缀其间。风一吹，南瓜蔓上的花、叶便来回翻滚，我年少时的情景忽然就从叶子下边冒出来：人们在这黄土崖下取土，扣砖坯的机器不停运转着……那像是一场游戏：先往挖好的土堆上喷水，等土湿到一定程度，再用铁锹铲起来往地上摔，摔好的泥要从扣坯机这头送进去，不一会儿，一块块长方形的砖便从另一头运出来。这砖头散发着一股湿乎乎的泥土气，我总是会凑上去闻。

湿砖在这空场上风干几天，人们便把它们搬进砖窑。砖窑是依着空场往下挖的一个巨大的洞，又在前面下方开出一个口子来。砖一搬进去，砖窑就变得像迷宫，一点点布满，眼看着站在砖石上的人从砖窑的底部渐渐升起来，直到把砖摆满，人也一步跨出来。泥黄色的砖坯要经过七八个昼夜的烧制，那几天里，要不住添煤炭，等火灭了，再浇水使之冷却，砖头渐渐由红色变成蓝色。出砖往往是好几个月之后的事情。我常帮村里人出砖，三块五块地往外搬，不一会儿就满身大汗。眼看着脚下和周围的砖一点点减少，像人住在沙漏里。渐渐地，砖窑空了，上边露出的天空只变成一个大大的圆，周围全是红色的土墙。我好像站在井底一般，有人在外边喊，我一应声，声音撞在土墙上，四处回荡，然后回旋着往上冲去。我被自己无数个叠加在一起的声音吓跑了。空旷原来是这般令人恐怖。与此相近的感觉是在若干年后：我去北京开会，出了地铁站，人流如影子一般，迅速占领了眼前地面上所有的空间，并且还在不断蔓延。所有的人都朝着一个方向，奔往不同的目的地。那种拥挤的感觉却让我感受到了在人流之中的空旷，仿佛我是这世界的一个黑洞。

村里所有人家的砖都出自于这里，母亲说，当年，扣我家房子用的砖坯时，还没有机器，她跟父亲两个人就在这里用一个有三格的木盒子当模具。沙子来自山下的河里，他们挖土，和泥，母亲怀着身孕，也怀着未来家园的蓝图。她跟父亲手工做砖，将它们码放整齐，等它们吸足了阳光，便送到砖窑，进行闭关修炼。母亲生怕守窑人的情绪影响了砖头的成色，每日变着法儿给他做各种饭吃。她将砖窑当成孕育我们家未来的一个容器。守窑是个辛苦活，要不断往窑里填煤，父亲说，他那时候几乎五天没闭眼。那样子像是在熬鹰。

砖窑上方总是冒出热气，那股子弥漫在村里的气息，我至今记得，却无法捕捉到一种可以描述它的语言。

我小心翼翼爬到砖窑的顶端，它像一张干瘪的嘴巴。里面土层坍塌，将底部掩盖。我从一旁绕到下边的窑口，那里有一段甬道，每次谁家烧砖，便有守窑人用砖石垫上板子睡觉。现在，洞口竟然封闭起来，先是坍塌，再是野草疯长，把它几乎完全堵住，只留出一条缝隙，我刚准备顺着那缝隙往里望。却发现上边悬着一只马蜂窝。蜜蜂们嗡嗡叫着，像是在守护着与砖窑有关的秘密。我赶紧往后退两边，看见侧边不知道谁挖了一个洞。上边有一层虚土掩埋着什么东西，凑近了看，发现那里有啤酒瓶、大大小小的鞋，它们都曾经做过时间的容器，出现在某个人特定的时光里，如今都成了弃物。我好奇是谁为这些物品修葺了一个坟冢，是他自己还是已逝去的亲人？

想来想去，这些物品最有可能是离这儿最近的岳老二放置的。听说老伴走后，他将家里好好清理了一番。他家里脏乱的臭名声，便随着他老伴一起走了。许多个下午，他都会拎着那把红尼龙绳穿的凳子，在村里各家串门，来我家院子时，我总听觉他长叹这一生过得没个滋味。他那老伴几十年里都是一个形象，两条大辫子垂于胸前。辫稍乱糟糟的，一看就是很多天没有梳理过了。她的衣服永远都是带着油污，脚上趿拉着一双男式的球鞋，人多的时候，像猴子一样蹲在那里，手指间夹着一截烟，高谈阔论。

在我的记忆里，他们的家好像是移动的。最早，她跟婆婆住在三间砖窑里。岳老二弟兄七八个，老三结婚的时候，他们便搬到了一口古老的土窑里。后来，那土窑坍塌得严重，他们又找了另外一个土窑住。那间人畜共居的屋子给我留下了很深的印象。一进门，右手边是一个大炕，与炕接着的是一个炉子，里边暗得很，再往前走，一不小心可能就会踩到一堆软草，或者一头猪吱吱哇哇地叫起来，再往后，忽然就有一张骡子脸伸过来，冲着你喷鼻子。后来，我再也不愿意去他家。

他们是我们村的超生游击队，但能罚的罚了，还是照生不误，一连生了七八个。后来终于借着砖盖了一间屋子，我以为他们要自住，没想到却在里边养了牛。很多时候，岳老二也总跟他的孩子们在牛圈里打地铺。

那年，他们终于要烧砖了，声势弄得很浩大，上到十七八岁的大闺女，小到三四岁的儿子，都成了搬砖的主力军。我们这些孩子也被招呼来，干完活，一人发一把红山楂了事，还省了吃食。守窑人的饭是省不了的，岳老二生怕出什么岔子，坚决不让媳妇进厨房。大人看我们灰头土脸地回家，一边按着脖子清洗，一边骂岳老二媳妇太抠儿。一家近十口人，也没能让他们有马上盖房子的动力。那窑砖像胎死腹中一般。也是在那几年里，我们村硬是没有盖房子的人家，任他们家一直占着砖窑。直到多年后，他们的大儿子终于到了婚嫁的年龄，这才想起那些砖石。他们在距离砖窑不太远的地方，终于盖了大小十间房子。这间房子在过去能让人羡慕得跳脚了，可现在，根本就吸引不了任何女孩。女孩们要的是在城里的楼房。这个要命的理由，让砖窑从此"绝育"了。但孩子们过年过节终归是要回来的，那一年，岳老二家终于开始动工盖房子，地基选在离砖窑最近的那块地的尽头，大人盖了十间。现在，他一个人和一只猫、一只狗常年守着这十间房子，屋子里太空旷，他一大声训偷食的猫，满屋子都是回音，好像另一个声音在指责他似的。

顺着杜梨花下的车辙往上走，到了与这白色繁花持平的岔路口，再往回折，便站在了那面土崖上，从这里眺望远山，北山顶上的汉庙清晰可见，远处的山脉，绿色中涌出小片的山桃花，像是从高处滴下的几滴粉色，一条绿袍子上的缀饰。近处，村庄里的树木一天天茂盛起来，好像要把一个个院子遮住，尤其是那些多年不住人的房子前，一棵棵树冠变成了院子里总也治不好的绿色伤疤，一年又一年地复发。

那几家房子算不得太旧。他们的主人有的死于疾病，有的死于私人矿洞，有的死于机动三轮车。盖房子时，小两口都是拼了命的挣，又到处借钱，结果，男人一死，房子变成了空壳子。

给树把脉的人 / 刘云芳

许多个下午，我拿着手机在村庄里拍来拍去，这些老房子和那些百年老宅静默着，荒草如野兽般疯长，似乎要把整个院子吃掉。一片片白点缀在青草之间。走近了看，是一群羊。整个下午，阳光从青砖上一点点扫过去，羊脖子上的铃铛不住响着，像是阳光撞在墙上的声音。羊啃噬青草，或许是在时间之上清扫尘土，那一家人的故事便一点点从草根冒出来。这样的下午，我和羊都成了光阴的开掘者。

竟然有人在院子里放羊。以前，放羊是一种远行，放羊人常要翻几座山，至少也要跨过一条河。放羊人跟放羊人在一起，总会促成村与村之间的一些买卖，甚至婚姻。不像现在，羊不出村子就能吃饱。

羊啃完这家，又去啃那家。青草又嫩又茂盛，使房子的砖石显得格外苍老。老人们总是好奇地问我，为什么喜欢看羊在别人家院子里散步。在那一刻，所有的语言都被砖的青蓝、草的绿和羊的白一点点挤掉了。

在北边最尾巴上，那扇蓝色的大门格外醒目，围墙是新砌不久的红砖头，是房主人从山下买来的。

我来到了磨坊的窗外，心想，如果把砖窑比作村庄的子宫的话，它生出的最活泼最吵闹的孩子便是磨坊了吧。那时，附近好几个村子的人都来磨面。白天夜晚几乎都嗡嗡响个不停。这声音似乎被磨坊的墙皮收藏了似的。以致于现在看到它，便能感觉到那轰鸣声忽然就回到了耳膜上。磨坊主人的两个女儿早已出嫁，儿子也在城里安了家，便弃了这院子。沿着那条小路往下，墙上的窗户框住了一幅天然的画。那几段木头自然成了画框，里边正对着是两棵核桃树的局部，斜对着一扇已经破洞的木门。我站在窗前，便呆住了。磨坊里的几口大瓮因为一场刚过去的雨油黑锃亮，倒映着核桃树的影子。地面上全是绿草和野花。它们衬托着这两棵核桃树，房顶已经坍塌了，树们伸展着枝丫，指向天空。核桃叶碧绿，几枚圆核桃从叶子间露出脸来。这像是树的舞台。它配合着我记忆里的轰鸣声在风里摇动着。有关磨面人的记忆在草叶间晃动着，最后收进了几口大缸里。我忽然觉得，那两棵核桃树，仿佛是轰鸣声的化身。不知道这树叶会不会伸进磨坊主人的梦里。

有时候，羊群也会来到这座院子，转悠得时间长了，总有几只羊钻进磨坊。它们像一个装在盒子里的景致。又好看又凄凉。在这景色里，人的身影显得很多余。放羊人总是站在对面那套磨坊自住的房子顶上。在太阳从山上滚落之后，她学着羊的叫声，召唤它们回家。

一个外村人来找我，让我帮她在地图上指认，那些青蓝的建筑物，都是谁家。我在一张白纸上，为她画了一幅地图。从蜿蜒的山路进入村庄，路下边是以前的老书记家，紧挨着的那户是龙海家，下边那户是他大儿子小旦家。路上边是我表爷爷家。再往那边是一座几百年的老宅，房子上边有两层阁楼。那应该是村里第一批青砖盖的窑洞。此前，村里是一水儿的土窑洞。听说，这房子的主人是财主，曾在城里做过生意。曾经的辉煌早已藏在了青砖的缝隙里。现在，它成了一座羊圈，羊粪蛋滚落了一院子。羊们卧在被风化的雕刻过的石头上。我边画边讲，一不小心把村里的故事也暴露给她。许多房子被他们的儿子、孙子继承。而有的房子因为死了男主人，女主人改嫁，便成了空宅。他们的女儿已经出嫁，他们的儿子因为尚未婚配，他的名字像个果子一样孤零零地挂在户口本上。

那家人院子里的果树因为没人管理，太过繁茂，把树都要压折了。松鼠和各种鸟雀成了这里的常客。那天，一种奇怪的叫声从院子里发出。叫得凄惨。父亲告诉我，那是松鼠在叫，我第一次知道松鼠会叫。它藏在树叶间，叫了整整一下午。我踏上那条土路，大声问它，你怎么了？它这才安静下来。走进那座院子，荒草没过我的腰身，他们家的门窗被砖石堵住了。但二十年前存在记忆里的大人与孩子的笑脸忽然映在我脑海里。一只松鼠从房顶上跑过。我看到房顶上的烟囱坍塌了。那里却长出一棵松树来，已经有一米多高。这定是松鼠的杰作。那些调皮的松鼠像一个个种植高手，它们在许多人家的房顶上、烟囱处甚至是房檐上搬运着各种坚果，搬着搬着，便在这里扔下一颗，那里扔下一颗，来年，被风叫醒，长出一棵树来。

岳老二有次来我家，说，院子边上有两棵杏树。他那天看见杏子已经熟透，便摘了几颗，放在一边的筐里。第二天，他来到树下，竟然一颗杏子也没有了，他以为是谁偷了杏。一回头，却看见两只松鼠正从筐里往外叼杏呢。他忽然就明白了。岳老二说，那松鼠把砖窑当作藏存果子的仓库了。

后来，我还去黄土崖下走过很多次，我抚摸上面多年前镬头挖过的深深的印痕，眼前那块地里的草木庄稼还原成一个个人。他们都生龙活虎，满怀建设家园的信心。我去砖窑上边的口往下看，那些曾经过多年煤炭淬炼的墙壁依旧散发出一股烟熏火燎的气息。我不知道，在这再也不会孕育出砖石的砖窑里，松鼠是不是正在进行一场场实验，要从这里开始种植出一片森林来。

天地对唱

一、水在谁的手里

人们围坐在电视机前，看水从管子哗啦啦涌向土地，忍不住眼羡，忍不住赞叹，也忍不住谈论头顶这片天。什么时候下雨？

我们这里的土地是靠天吃饭，收成的好坏老天爷说了算。天旱的时候，路上积起厚厚的尘土，人和牲畜一脚踩下去，脚印马上印在尘土的深处。地里的庄稼渴得枯黄，似乎忘了生长。给牛打草的人，出门都要考虑好半天，到底是去东山还是去西洼。哪里也没有长势良好的草，好几天前去过的地方，再去，上边还有镰刀割过的痕迹，草一点也没有长。人们种植的蔬菜蔫头耷脑地歪在地沟里，有的人干脆去井边挑水。不几日，井里的水也见底了。平时被大风刮进去的树枝裸露出来，戳向天空。

我们村子的井也就一米七八的高度，是一个广口的大圆坑，离井底半米高的地方，有个石头雕刻的青蛙嘴，泉水就从那里流出。

人们的水桶在井里排成一排，井上也一直排着，井边的石头上围坐着吸烟的、嬉笑的人。水一点不急，一滴一滴落在水桶里。没有人再去浇灌蔬菜，人人喉咙里似乎都渴得冒烟。母亲给我们做饭的时候，故意做浓稠的小米粥，又顶饿又顶渴。一碗水，洗了一家人的脸，又洗脚，洗完脚也舍不得倒，积攒在一起给牛喝。衣服穿脏了搭到晾衣绳上让风吹吹，过几天再穿，实在脏得不行了，就只把脏的衣领、衣袖洗洗。

有人提议去邻村拉水去。人和牛车兴高采烈地出了村子，没多久，就回来了。邻村的井边也正排着长队。晚上，井里的手电筒一会儿亮一会儿灭，人们焦急地等待水桶盛满。一开始一桶一桶地轮，后来变成半桶半桶地轮，够做饭就行了。经常，因为接水的先后，两个人就骂起了架，人们心里的烦躁难以压制。

老人们每天都去看麦子的长势，在大槐树下，相互比较着，叹着气说，那麦子比手指长不了多少，这可怎么办？这是要把人旱死吗？老人们三天两天就往山顶的庙里去，说是联合别村的老人去祈雨。好多天过去了，还是看不见下雨的半点征兆。我们学校原来是座庙，有时候，老人们跑到我们学校里，学生们正在里间教室上课，老师被叫出去。孩子们从门缝里挤着往外看，三个老人一前两后坐在地上，他们

给树把脉的人 / 刘云芳

面前那个装着沙子的罐头瓶里燃着三炷香。磕头以后，她们摇晃起身子，嘴里念念有词，样子看上去像是古代的学子在吟诗。他们说了许多话，我依稀听见有老天爷，有龙王，还有我们中间几个孩子的名字。他们就这样又唱又晃了好几个小时才停止。

肖爷爷每天去放牛，他没空去井边排队接水。他对我们说，他用不着。我们都好奇，就跟他去放牛。我们把牛赶到一起，跟着肖爷爷下山，山下的河里也已经干了，平时被水淹没的地方露出滚圆的石头和细沙子。我们催着肖爷爷，要他弄水喝。他瞅着我们说，这就渴了？我们只是不相信他怎么就能找到水。肖爷爷帮我们把牛打进林子，让牛们自己去吃草。他带领我们顺着河沟走。在一块巨石的背后，一洼水镜子一样映出对面山崖上倒垂的野藤。肖爷爷吩咐我们把两块大石头放在一起，中间露出一段距离，又吩咐我们去捡干爽的柴禾。这些都准备停当之后，他从水洼里打了一小桶水。他先点着了火，把水桶架到石头上边，告诉我们，烧开了才能喝。肖爷爷坐在石头上，用一根长棍拨着燃烧的柴禾。我们爬到水洼沿上看里边的水，水里我们的脸都露出惊奇。我想，我可以痛痛快快地洗洗脸了。这时，我看见水里游动着一条条细小的红虫，别的孩子也看见了，叫嚷着这水不能喝。肖爷爷很镇定，他仰起头就把水桶里烧得滚烫的水倒进了嘴里。他手不怕烫，连舌头也不怕烫。喝完，把桶放在地上，我们还没有靠近，就感觉到了一股热气。他说，怎么不能喝？煮熟了什么水都能喝。又说，打日本鬼子的时候，我还喝过马尿呢。孩子们都笑了。他把馒头串进一个刮了皮的树枝，架在火上烤。说，能有马尿喝就不错了。我们谁也不肯喝，看着他又灌了两瓶水，装进已经看不见颜色的军用书包里。馒头已经烤好，他也装进口袋，说等到饿的时候再吃。太阳晒得要命，喉咙里干得仿佛要裂开。年纪小的孩子一副哭腔说要回家。肖爷爷把桶递给我们，几个人你看看我，我看看你，往水桶里看了又看，没发现虫子，我们才决定喝一点。水漫过嘴唇滑过舌头，一点点将喉咙润湿的时候，我们发现这水并不像想象的那么难喝。

牛的铃铛声已经走远，肖爷爷急忙用水把火浇灭，大声召唤他的牛。不一会儿他的牛回来了，紧接着是一串越来越近的铃铛声，我们的牛也走近了。好像牛都能听懂他的语言。我们想，这真奇怪。

回去的时候，牛们早已在山下的河里喝够了水。肚子鼓鼓的，嘴里吹着气。路过水井时，我们看到井边围着许多人，焦急的样子像是围着一个久病不起很快要死的人。

山顶两座庙里的守庙人都先后化过斋，挨家挨户的收麦子，说是要祈雨，许多人不信，却一样把麦粒装进他的大袋子里。每到一户人家，就只有这两句：什么时候能下雨，他支吾着回答，快了。好像雨水就掌握在他拎着麦袋的两只手里。

二、水的战争

那个夏天，井边是最红火、人最齐全的地方。村委会主任开会的时候，就在高出井边的地垄上拿几张纸念。村里谁家来了亲戚，找不着人，不管问谁，都会肯定地告诉你，去井边找吧。有人趁着清晨人少早早就去了，水已经积攒了一大坑，用水瓢轻轻刮着水面往水桶里舀，这是最节省时间的方式。结果第二天，第一家人把桶放在那里，就去一边解手了。第二个来的人把原来的桶推到一边，直接把井水舀到了自家的桶里。一场战争就此爆发。他们把对老天爷的怒气都发泄在对方的身上。

关于水的战争才刚刚开始。

没有水，男人们都不能安心去劳作。围在井边的人，时不时就干一仗，时不时就去找村委会主任和村里有威望的人评理。公说公的，婆说婆的，不容别人说一句话。村委会主任的老婆也天天排着队去接水，村委会主任听他们说完，就劝起来，劝着劝着，村委会主任的火也上来了，村委会主任说，这怨谁，都怨老天爷不下雨！于是大家一起骂该死的天气。

后来，村委会主任干脆开始编号、发号，从早到晚一家一户地排好，不用太多人在那里候着，也省得打架。村委会主任写号的时候，才发现村里有两户人家是不用去接水的，一户是做醋的李酸柱家，另一户就是肖爷爷家。肖爷爷从河里打水喝，这他知道，可是李酸柱家的饮水问题是怎么解决的？

李酸柱又在酿醋，村子里到处都是酸香的味道。李酸柱家有一口大旱井，在井里有水的时候，他们不断往旱井里蓄水，为的是酿醋使水的时候方便。村里已经有人在向他们借水，那水真甜，村里人说。为什么李酸柱他们家总能酿出特别好的醋，同样是一个村子的水，到了他们家味道就变得不一样。

以前村子里家家户户都会酿醋，李酸柱家是外来户，他们在这子里安家以后，也像村子里的人家一样酿起了醋。但是谁家的醋都不及李酸柱他们家的好，祖祖辈辈都是这样。所以，李酸柱家祖上就用酿好的醋送到各户去品尝。到村里人都不酿醋的时候，李酸柱家还在酿醋，甚至酿得更多。当别人的农用三轮车拉满矿石满山跑的时候，李酸柱就拉着他的醋挨村去卖。方圆这几个乡镇，所有小卖部的醋都出自他的手。

村里甚至有人向李酸柱借水，说不借的话，买也行，换也行。李酸柱大喝一声他家狂吠的大黑狗，对来的人说，我是卖醋的，怎能卖水。后来，借水的人越来越多。李酸柱干脆把院门锁住，两口子天不亮就开着三轮车送醋去了。人们曾经用馒头喂他院里的大黑狗，直到喂熟了，走进李酸柱的院子去看压着大石头板的旱井，里面已经见底，没有水。

村里那些人即便排了号，忙完家里的事总是赶紧跑到井边，生怕来晚一步被别人钻空子插了队。不多久，肖奶奶也去井边排队，河里的水没了，被别村的人全弄走了。肖爷爷去放牛时渴了都没水喝。说着话，就听见三轮车的声音来了，我们都知道那是邻村的人。那人连三轮车的火也没熄，拉着村里的赤脚大夫梁玲就要走，说他们村的人喝了河里的水，好多都病了。

肖爷爷这一天回来的时候，牛都口渴着，在他看来，牛渴比他自己渴还要紧。他看着排队的人和地上一堆烟头，对大家说了一句让村里人都觉得自己在做梦的话，他说他知道哪里有水。所有人静下来，水滴在桶底的声音清晰可辨，他又说了一句，他知道哪里有水！

那里就是井里这口泉眼的水根，在这个山的悬崖下边，有一个洞，洞口被各种野藤和树挡得很严实，所以没有人发现它。那个洞里有很多水。村里的人恨不得马上就去洞里取水，站起来等着肖爷爷领着大家去。可是肖爷爷说，他的牛口渴了。人们把刚接的水送到牛的嘴边，一桶水马上就见底了。肖爷爷说，牛还是渴，接着，人们又递上来一桶水。这一桶水见底的时候，肖爷爷说，明天去吧，小伙子们都别挖矿去了，跟我去看看。

这一天，村里的夜晚很不平静。好几户人家跑到我们家猜测肖爷爷到底能不能找到水。夜深了，我听见母亲在被窝里说，肖傻子是不是就为忽悠那点水给牛喝呢（村里人背地里都叫他肖傻子）。父亲说，明天就知道了。

村里的人都去肖爷爷家门前集合，他们拿了绳子、镰刀、镢头、铁锹还有手电筒。女人和孩子跟在男人后边，老人们走在前边。他们说，是有个水洞不假，可是根本没有人进去过，听老辈人说，那个水洞跟井是通着的，里边住着人腰那么粗的大蟒蛇。肖爷爷说，他去看过那个水洞，但已经是好几十年前的事情。里边很黑，有回声，用石头砸进去，能听到水声，水肯定不少。其他的老头儿笑，前几个月，井里水还不少呢，怎么能知道那里还有水。肖爷爷说，肯定有。

崖壁下边不远处，有早年开垦的小块田地，地里长着许多柳树，因为雨水大的时候，地里的庄稼总被冲毁，离村子又远，种上庄稼也不方便照看，就被遗弃了。人们不忍让地完全荒着，插上些柳枝子，风一吹，就成了一棵棵柳树。紧贴着崖壁的地方，一丛丛野藤瀑布一样流泻下来，壁前是许多大石头和一人高的野草。女人们感叹，这草这么高，居然还很嫩实，早知道来这里割草好了。又有人说，我去年来过，草倒是多，我坐在石头上歇会儿，就看见一条胳膊那么粗的花蛇。村子里的人虽然怕蛇，夏天蛇钻屋里的事儿也时常出现，但是都知道与蛇和平共处的原则，一般不去招惹它，它是不会把你怎么样的。通常，我们走在路上遇到一条蛇，就在旁边站定了。等蛇走了，你再走。所以，在我出生后的这几十年里，村里没有人被蛇咬过。人们就开始担心是不是真的有蟒蛇。

蒿草被清理掉，清理出一条通往崖壁的路，留下湿漉漉的脚印。这时，隐约能看见有一个洞。但是藤条遮盖得太严，看不清楚。人们把藤条砍断，发现那里似乎有石头台阶。肖爷爷说，洞口得再往上一点。这时，有人说，是的，应该有水，因为藤条下边的石头是湿的。已经有人等不及把藤条砍掉，攀着崖壁上不知谁凿出的石头台阶爬上去，到距离地面不到两米的地方，他向下挥手说，有洞！他撩开藤条向里边大喊一声，我们就听到了响亮的回声。回声还没有停下来，村里人就问，有水吗？有水吗？那人说，里边黑洞洞的，什么也看不见！这时，有人递上去石头，那人把石头用力扔进去。过一会儿，他大喊，有水，有水声！

人们的脸同时绽开笑容，那是相当统一的发自内心的表情。这时，有人去砍藤条，有人回村里找工具，得把石头阶梯凿得再宽些。半天之后，从下边也可以清楚看见洞口。用手电筒往里边照，果然看见一汪水积满细长的洞，隐约几块高出水面的大石头。蹲在洞口，能听到水不断滴在石头上的声音。村委会主任拿树枝在洞口扎下去，说，这里有一米左右的深浅。下边的女人就开着玩笑问拿手电筒往洞内照着的男人，有没有大蟒蛇？那人咧着嘴大笑，有，有你腰那么粗的大蟒蛇。男人女人笑成一片，孩子们也跟着笑。

他们用绳子系了水桶，扔到洞里，再用力拉上来，就是满满一桶水。人们挨个品尝，清凉入口，果然比井里的水更加甘甜。

那是幅美好的画卷，男人们挑着水，女人领着孩子在后边跟着，商量着回去做什么饭吃。母亲终于答应我们，全家人都可以好好洗个澡。那一天，男人们都忙碌在水洞与家的路上，女人们把门关了，把自己和孩子洗得光鲜。浑浊的水"哗"一下泼到院子里，溅起一股烟尘。

吃饭的水有了，可天还是很旱，地里的麦子干巴巴的。爷爷在地头，把麦子揉碎了搓出麦粒，把麦子壳顺着热风吹走。他用力咀嚼，说，这麦子是干死了，麦粒根本就不成。人们把麦子收回来，再晒上几天，最后一估算，交了公粮，也剩不了多少。

眼看，我们都放假了，老人还总在学校里求雨。

水洞的事早已经被传开，邻村的人都跑来打水，先是夜里偷偷打，后来看没人管，白天也大大方方地来。村里所有的人都觉得应该阻拦，可没有一个人去。我们这地方村子跟村子之间就隔一道小小的山梁，简直跟一个村子一样。没有谁会为了地里冒出来的东西去得罪人。

炎热的一天，邻村的一个男人被两个人搀扶着进了我们村，他们浑身都湿漉漉的。接着，村子里就流传起一个可怕的消息，那水洞里的大蟒蛇显身了。那人坐在我们村子里的大槐树下，哭丧着脸。他说，他打水的时候，看见水里有一根树枝，就想把树枝给移开。他用右手一抓，没想到那树枝会动，滑溜溜的，还没反应过来，一下就被拉进了水里，幸亏跟前有人，他被救起来，要不命都得没了。

大家的眼睛都看向老人。老人说，老辈人的话肯定有道理，那大蟒蛇一定是蛇精。有害怕的，自然就有不害怕的，年轻小伙子们不信，老教师也不信，人们说，什么蟒蛇精？那是迷信！依旧去水洞里打水，偶尔一两次在快到崖壁的树林里遇见蛇，这并不算什么。村子里挑水的人就变成两拨，一拨在井边接水，一拨结队去水洞里打水。但是外村的人是再也没有来。

三、可下雨了

院子里的木头被晒得干裂，傍晚时手摸在院里砖墙上，上边还依然烫手，狗趴在洞外，大口大口喘着粗气。那头老黄牛，今年的运气不好，前一年这个时候它有吃不完的青草，有时候母亲把它用长长的绳子系在离我家不远的一块荒地里，不一会儿，它的肚子就鼓起，它很享受地躺在草里，尾巴来回摇晃着驱赶不住飞来的蝇子。今年，它的食料只能用青草和麦秸搅拌着，它吃一会儿，就抬起头，看着远处高声哞哞叫。

在八九岁以后的每个暑假，割草的担子就落在我肩上。我喜欢这个工作，眼看着一个地垄的青草不一会儿就被自己放倒在地，有说不出的成就感。我割的草总是太多，多得连自己也背不动，只能由母亲来接。母亲终于可以过一个悠闲的下午，在临近黄昏的时候，她穿得鲜鲜亮亮，手里拿一件旧了的衣服走出村子。我在很远的地方，看见母亲走过来，心里有无尽的温暖。母亲总是说，割了这么多呢！然后从衣服口袋里给我掏出一个桃子或者苹果，也可能是地垄边鲜红的野草莓。母亲把草左一把右一把地放到背篓里，草太多了，她套上提前准备的旧衣服，每次都要我先帮母亲把背篓抬起，背篓的扶手压在她肩上，她咬着牙，拿起镰刀从另一边的肩膀上穿进去，架着背篓的扶手。我跟在后边，我看不见母亲的上身，只看见庞大的一堆青草的下边两条缓慢行走的腿。母亲看见别人总说，孩子大了，不用我割草了。母亲说的时候，我们两个人脸上都洋溢着幸福。

这一年，我怎么努力也割不出那么多的青草，母亲也没空接我。我跟堂妹丽丽在各个地垄和山洼里转悠，找不到青草，就上树摘青核桃吃。我总拿着父亲为我做的小刀，把刀刃从核桃与树连接的地方插进去，轻轻一转，核桃就一分为二，再把里边的核桃仁顺着边给剃出来。每年暑假结束以后，我们的手指都是黑黑一层，洗也洗不掉，到冬天才会白回来。有时候，我们也去地里摘野草莓吃，要不就干脆坐在核桃树上聊天。

母亲不去接我，母亲要去井边接水，父亲忙着收电费，忙着给六个村子新婚的房子走线。我每天都为自己的战果不好意思。母亲说，没关系，现在谁还能割到多少青草！

许多天过去，村子里在水洞打水的人没遇到什么问题，甚至有人在自己家的地里种些菜，用水洞里的水浇灌着，长得水水灵灵。别人看见，心手都跟着痒痒。母亲说，什么蟒蛇精，肯定是邻村那人不小心掉水里了，胆子小吓得胡说呢。母亲在井边排了好半天之后，就转身走了。当她从水洞挑着水回家的时候，井边就没有人排队了。

村里人陆陆续续从集上买来菜种，种起一畦畦的蔬菜，看见绿油油的小苗探出头来，比什么都可爱。几天后，有人忽然在村口大喊起来，水洞有蛇！他去挑水的时候，看见一条蛇游进了水里。是黑白花的蛇，比胳膊还略粗些。人们猜想，这么大热的天，蛇也怕热，它去里边乘凉也是正常的，村委会主任就站在大槐树下对着各户大声喊话：水洞发现蛇了，看好自家孩子，别去那里耍！大人去水洞要结伴去！

没人去井里打水，眼看井水就要满了，结果，水洞有蛇的消息一传出，人来人往，几个桶下去上来，这井又见底了。谁也不忍看着家里的蔬菜苗蔫下去，虽然不舍得，还是要给它们喂一点水。

村子里见了面的问候，早就不是以前的"吃了吗？"而是"去打水了吗？"回答说刚回来，还是水洞打得痛快，一下子桶就满了。女人们胆小，让她们去井里接去吧。要不就回答我有事儿，让他妈去井边慢慢接吧，也没啥事。

有一天，调皮的男孩子手里拉着一条黑白色的蛇，足有一米多长，真跟大人胳膊那么粗。那条蛇已经皮开肉绽，男孩子拉着蛇满村跑，唬得别的孩子直往边上躲，躲却不躲远，还跟着好奇地看。

谁打的？

男孩说，肖武叔！在水洞那儿打的。它正蜕皮呢。

打蛇的男人肖武已经被拥到了大槐树下，男人女人都围着观看。村子里人们放牛羊的时候，去山里捡柴禾的时候也都见过这么粗的蛇，只是他们还没有把一条这么粗的蛇打死过。有时候蛇钻到屋子里，人们把门窗打开，在屋外等着，过一段时间，蛇自己就走掉了。肖武讲着自己打蛇的经过，他挥着手大声说，我一石头砸在它脑袋上，它当时就晕了，身子就往一处卷。肖武兴奋地挥舞着手，接着说，我不放心，怕它没死，又对着身子和脑袋砸了很多下，这才打死了。

我看见肖武让孩子回家拿了斧头来，把那条蛇分成五六段，然后把它们分别埋在好几块地里。在我们这里，打死了的蛇不能整个埋进土里，否则它肯定会复活，并且会回来找你。一定要把它的身体切割，每个部分跟每个部分又不能离得太近，否则它自己会找到另一部分连接到一起。埋掉之后并不算结束，几个月之后，你还要到原来埋它的地方把坑刨开，那时候蛇肉身已经腐烂，只剩下蛇骨，把蛇骨全部集在一起，做成手链，戴在手上，就算以后看见别的蛇，它也会绕着你走。

有了肖武打死第一条蛇的先例，第二条蛇、第三条蛇的尸体就陆续出现在村里。每个打过蛇的人都得意扬扬。崖壁

给树把脉的人 / 刘云芳

边老人让我们绑的彩线早已被风吹走，倒扣着的瓦盆被人们打蛇的时候摔成了好几瓣，丢进了不远处的水渠里。

弟弟说蛇的身子滑溜溜的，他学着大孩子拉着蛇尾巴满村跑的时候，我呵斥他，快放手！夜里，我做有关蛇的梦，梦见蛇们红色的头接黑色的身子，灰花的尾巴连接着黑白色的身子。蛇们自行组装成另外一条蛇。站着就跑进村里的大槐树下跳舞。我被吓醒了。也许老人说的对，那不是属于我们的水。

终于有人空着桶回来。他发现了白色的蛇，雪白的蛇，没有一丝杂色，它横着身子躺在洞口不知谁放的一根树枝上，正好挡着人们的路。村子里有个古老的传说，一不能打白蛇，二不能打躺在树枝上休息的蛇。这两个传说，保住了那条蛇的命。也许应该说这个传说保住了那人的命。人们很少见白色的蛇，于是很多人特地跑去观看。那条蛇像玉带一样停在树枝上，它是那样安详。有人用石子远远往它身边扔过去，它动了动，吐着芯子。有人笑着推肖武，说肖武，你怎么不打蛇了？肖武吞吞吐吐地说，不就一条蛇吗？他的脚步往前移的时候，那条蛇动了身子，也往一边移了移，后边的人听前边的人喊，它往水洞里去了，往水洞里去了！肖武就跑到人群的前边说，看！它也跑了！什么畜生都怕人！就有人笑着说，肖武，你怎么知道蛇怕你！蛇刚才说了，有种的你往水洞里来！它在水洞里等你呢！接着响起一片嘻笑。

人们又在谈论这该杀的老天爷，又在谈论着九龙治水，又在谈论着明天排号去接水。我们每天去割草，坐在高高的树杈上讲从老人们那里听来的蛇的故事。蝉在各个地方声嘶力竭地鸣叫，有时候飞到我们头顶的地方，滴下几滴水来，那是它在尿尿。有一滴滴到我胳膊上，我没说话，就听见堂妹丽丽喊道，蝉尿我脸上了！接着，又是一大滴，几乎是砸下来的。接着，头顶高处的树叶上噼啪作响，我们几乎忘了这种声音，不相信这种东西还会光顾我们这里。我们两个异口同声地大喊："下雨了！"

是的，下雨了，雨似乎被谁拦在了某个地方，它终于冲破阻碍，猛烈地来了，它以这么热烈的方式亲吻这里的庄稼和土地。我们听见周围响起清脆的声音，是庄稼、树木和野草与雨滴久别重逢的合音。雨水流进我们的头发丝里，把我们的衣服和身子紧紧粘在一起。我们高兴地看着彼此，下雨了！我们背着背篓费力地迈着步。这里是很黏的红土，每走一步，就有厚厚的泥粘在鞋底。马上，水沟里流动着发红的洪水。不远处，水的声音越来越大，我们几乎要哭出来。

我们开始抱怨大人们为什么不来接我们。往常下小小的雨，大人们都会打着伞急匆匆跑来。洪水先是从水沟里流，后来就涌到路面，再后来我们的脚踝都被淹没了。我们两个手拉着手，为对方加油。再走远一点，路面的积水少了。就在不远的地方，我看见母亲和几个女人挑着水正走在回村的路上，我们高声喊着各自的母亲，再也迈不动一步，泪水不断涌出眼眶。我的母亲和她的母亲大声应着，问我们怎么了。她们以为我们俩打架了。能清楚看见我们狼狈的模样的时候，她们惊讶地问：怎么了？你们怎么了？当她们意识到下雨了的时候，不是先安慰自己的女儿，而是对着身后的人群大声喊道，下雨了，东山下雨了！她们不知道下雨。这时候我才发现这一段路竟然还是厚厚的积土，我们脚上的泥被干土牢牢裹住。

人们像看久别归来的亲人一样，去东山看奔流的山洪。还有人拿着水桶去的，挑回来浇院里快要渴死的蔬菜苗。

其实大可不必那么做，天已经阴得厉害，连蚊子都急得到处乱撞，老人们跪拜在学校里。没有人去井里接水。大部分男人光着膀子，女人们用力摇着蒲扇，一村人都不时仰头看着天，大家都在等待同一件事情。

天色越来越暗，时间还很早，却已经看不见几米外人们的脸。院子里的树剧烈地摇晃着，母亲在风里牵着牛回圈。母亲和牛都小跑着。我们趴在窗台上往外看。路边的树咔嚓一声掉下一大截树枝来。母亲喊着父亲，把大水桶搬出来，快把大水桶搬出来！不一会儿，大水桶、小水桶在院子里排成一排。忽然，天空被劈出一道白口子，又一声巨响，哗——一声，盆泼一般，地上马上涌出水流来。我们听见到处都是悦耳的雨声。我披着被子打着喷嚏，依稀听见爸妈在门口说，可下雨了，可下雨了！大门口邻居用衣服遮了脑袋跑过，一边跑，一边大声喊着：可下雨了，可下雨了！

四、赶紧收割

雨一下就是很多天。树和房子都被冲刷得很干净，在门口就能闻到泥土的清新。大人们时不时打着雨伞、披着编织袋折成的雨衣手拿铁锹去检查路边的水渠是否通畅。牛一直待在圈里，很多天没有出来，饿极了才在槽里啃食麸子拌着的麦秸吃。羊没有食吃，在圈里饿得用角乱撞拦截它们的树桩和栅栏，撞得主人心里发慌。这是另一年的夏天。

下雨的时间太长，放羊人再也顾不了雨的阻拦，顶着雨把羊赶到山坡上。我们在学校里上学，听见铃铛响动的声音。孩子们沾满泥巴的雨鞋整齐排放在门口，脚上穿着另一双干净鞋在教室里念书。还不到放学的时候，就有学生家长等候在门口来接。他们并不把这里当学校，而是当作一户人家，不管老师有没有上课，就大声说，该吃饭了吧，你做饭了没？学生们就燕子候食一般伸着脑袋往门口看。下学的时候，我穿一件大大的厚衣服，背着弟弟，他刚上学，还没有雨鞋。他趴在我背上，把大编织袋的一个角塞进另一个角，变成雨披的样子，披在头上。丽丽让堂哥背着，也是同样的打扮。

母亲说，这雨再下，麦粒就全都落进泥里直接长成麦子了。去年粮食打得就不多，今年收成再不好，上完公粮吃什么！父亲也不放心地里的麦子，披着编织袋就走了。地里不只他一个人，别人家的地里也都有人。人们看着天，讨论着天气预报，掐算着下雨的天数。

挖矿的人也都逗留在家里，长时间地补觉，串门。晚上下学回来，堂屋的小桌上，几个人打着扑克。他们一边抱怨天气，一边把扑克摔得哪哪响。父亲坐在一旁给大茶壶里续上热水，这情景好像不是农忙时节，更像是过年一样悠闲。

前几天我们家的房子上细小的裂缝处湿出一大条子来。渐渐的，别处的裂缝也湿了。这时候，早滴出水来，地上摆放着大大小小铝的、瓷的、瓦的盆子，一天要倒掉好几次。床已经挪了位置。沙发上盖了一块大大的塑料布，上边布满了透明的水珠。晚上，父母亲把手电筒放到枕头边，不一会儿就起来照照盆里是否满了。他们总睡不踏实。白天的时候，父亲已经从他儿时住过的土窑洞里挖了些干土填在房顶上。可似乎并不起什么作用。母亲低声埋怨着父亲，说房子上的草早就该拔了。父亲低声说，等天晴了，要用牛拉着碌碡把房顶压一压。他们推断，房顶的草里肯定住了蚂蚁，雨是从蚂蚁的洞里灌进来的。

我讨厌这样的日子，到处是泥水，去趟厕所都十分不易。老师用砖头铺路，又用灰撒在厕所门口，但是过一会儿那些灰就被雨水冲得到处都是。厕所的顶棚已经坏了，不带塑料袋雨披会淋雨，带了又担心雨披掉进厕所里。我们这里厕所的构造是在地上挖一个大坑，然后放一口大瓦缸，上边再架两个板子，有的是石板，有的干脆是木板。学校的厕所架的就是木板，站在上边人连着木板一起摇摇晃晃。下雨天，木板变得滑溜溜的，一不小心人就会滑进去。我就掉进去过，一条腿扑通滑下去，我努力用手抠住旁边的大石头，使劲爬出来。我的一条腿上已经沾满了令人恶心的粪便和尿液。我站在厕所里，不敢出来，怕别人看见自己狼狈的样子，站在厕所里一个人哭。男厕所就在隔壁，我听见嗒嗒跑走的声音。接着有女生过来。她告诉了老师。老师是男老师，我在厕所里任老师怎么叫就是不出来。我觉得自己的样子又臭又丑。过一会儿有人把母亲叫来，她拿了衣服进来，看见她我哭得更厉害。女生帮忙打着伞，母亲给我换了干净的裤子，又迎着所有人的目光把我背出来，背回家去。

那一整天我都在家里，我让父亲去学校帮我拿书包，说什么也不愿再去学校。母亲说这没什么，雨总会停的。

我们水缸里的水早已经见底。一早父亲就挑着水桶去了井边。好久父亲才回来，桶还是空的，父亲的腿上裹满泥巴。这时，我们才知道通往井边的路都已经断了。水把路冲出巨大的口子，过不去了。如果在天气晴朗的日子，处处是通往那里的路，但雨天，哪条路上都隐藏着危险。接着，许多人家的水缸都见底了。男人们聚集在一起，想修路，但是雨不停，这路就等于白修。

不知是谁的主意。父亲回来的时候，就跟村里的叔叔在我们家院里树起了三个杆子，三个杆子的顶端绑着洗了很多遍的塑料布。方形的塑料布的第四个角垂下去，降落在塑料布上的雨水就顺着那个角一直流下来。下边接一个水桶，不一会儿，父亲就把接满了的水桶拎回屋里，倒进大水缸，倒进大大的洗衣盆里，倒进牛喝水的石槽里。村里没有塑料布的人也来我们家接。人们讨论着这水到底能不能吃，又宽慰自己说，不干不净才不会生病，再说井里不也落了很多雨水吗？

母亲灭了炉火之后，总去看天。夜里，天色亮起来，云层正在隐退，露出墨蓝墨蓝的底色，风里还有很浓的冰冷的气息，伸出手才发现雨竟然停了。屋里还在漏雨。母亲有些焦急地望着蓝天，向我们欣喜地指出刚刚出场的些微的星光，猜想，明天应该不会再有雨了。

第二天，果然没有下雨。窗帘被拉向一边的时候，院里桐树的树冠连着远山都隐在雾里。牛早已经被拴进了凉棚，院子里留下一串人的和牛的脚印。许多鸟都站在晾衣绳上看雨后的院子。我没看见母亲，趴在窗户上大喊，母亲答应着，她正从院子旁边的小块地里走下来，腰里系的围裙兜着许多黄瓜、西红柿。

雨停了以后，人们开始在地里、院子里、房顶上到处地忙碌。喊牛的声音，训孩子的声音，交谈的声音，狗叫的声音在浓雾里相互碰撞，好像院子以外的世界都消失了一样。直到雾气渐渐散去，这个村庄才慢慢清晰起来。邻居家的房子还稳稳待在老地方，远处的山稳稳妥妥地从对面老地方望过来。太阳被这山上边的一大片空白托着。

接着就是没日没夜的收割，一捆捆麦子被拉进院子。很多地里的道路都不通，需要拿着工具先修一修。一直进入二十一世纪，我们还是这种古老的收割方式。割完自己家的，又忙着割本家的。再忙人们也要看天气预报，看完天气预报还要站在院子里看风向。生怕一不小心大雨袭来。

五、大雨冲坏的房子

姑姑们收完自己家的麦子就赶着来了，屋子里一下子装满了人。白天，大人们去收割，我们跟着去地里铺绳索，把麦子抱成一捆一捆的放在绳索上，等大人来捆扎。晚上，我不回家，就跟姑姑和表弟、表妹们挤在奶奶家的大炕上睡，女人孩子睡一屋，男人们睡在另一屋。男人们的屋子里，已经鼾声震天响。这边屋里，久不见面的姑姑们还在讲她们的婆婆。等我们睡一觉醒了，外边响起沙沙的雨响，她们还在各自说着各自的婆婆。

等再次睁开眼的时候，我正被姑姑扶到姑夫的背上，我的脚尖触到冰凉的水。停电了，黑暗的屋子里，奶奶用手电筒照亮。我和表弟表妹们要被转移到我们家里。院门打开的时候，屋里的水和院子里的水交汇到一处，家人的声音充满恐慌。父亲、叔叔在雨里拿着铁锹急匆匆地往奶奶家的房顶上跑。隐约听见别人家的院子里也有人在喊叫。我听见姑父的双腿"忽踏""忽踏"在水里穿行。把我们放下，他们又赶紧走了，母亲点起一根白色的蜡烛也跟着走了。这时，我们才知道，奶奶家的房顶冲出了大大的口子，雨水一直顺着那个口子灌进去。姑姑半夜起来想摸尿盆的时候，却摸到了一只漂浮着的鞋子。

我们已经没了睡意，齐头看着奶奶，她把屋里的盆子又摆了摆，隔一小会儿就看看房顶上的细缝，她不时看看窗外，看着修房顶的家人是否回来。窗外的雨下得"哗哗"响。我看见邻居的窗户上手电筒的亮光不住晃动，对奶奶说他们家是不是也漏雨了。过了一会儿，手电筒还在晃。奶奶说，那手电怎么一直照外边？她吩咐我们不要乱动，然后披了编织袋子跑出去。过了好半天，邻居奶奶几乎一丝不挂地抱着她光屁股的小孙子进了我们家。母亲急忙给他们找衣服穿。

老人在我母亲的衣服里哭起来，她吓坏了。她的儿子和媳妇都去了娘家收麦子，让她陪着小孙子看家。她睡着睡着，感觉自己泡在水里，以为做梦呢，努力睁开眼，这才发现水都漫上炕了，她头发里和胳膊下边都是水。她这才叫醒孩子。连衣服都顾不上穿，想往外跑，门被水堵着，已经无法打开。她拍着窗户喊救命。外边下雨的声音太大，她嗓子叫破了也听不见。小孙子没睡够就被叫醒，一直哭个不停。她一边拍窗户一边晃手电，希望外边有人能看见。后来她看见了奶奶，奶奶跑着去叫人，恰巧这时候，父母亲用麦秸秆混着泥土堵住了奶奶家房顶上的窟窿，正好路过她家门口。父亲拿镢头把她家窗户砸开，人才被救出来。

　　父亲和姑父们没有回家，而是去村里别的人家看看，把没有睡醒的人家都叫醒。全村人都在黑暗里醒过来，把漏雨严重的屋子里的人都转移了。就在父亲走了没多久，忽然一声巨响，土地像是被震了一下，母亲不知哪里来的力气，忽然把我和弟弟夹在胳膊底下往外跑。她喊着说地震了。到了门口，发现并不是地震。天已经快亮了，就在刚才，邻居奶奶的屋子倒了。邻居奶奶搂着小孙子哭个不住，家没了，这该怎么办。

　　天亮以后，雨就住了，老天爷看见村子前所未有的惨相，自己把自己吓住了才停了雨吧。邻居的房顶整个塌下来。屋里的东西除了麦缸就没有什么完整的。也有的人家，房子的后墙倒下来，房顶上有个窟窿已经是很走运了。村子里的路被冲出一个个坑来，许多树根裸露着，树歪歪斜斜倒向一边。院子里的麦子在水里泡着。一树树的果子落进树下的泥里，许多家的坟里的棺材露出来，有的老棺材已经腐烂了，露出墓主人白色的骨头。

　　人们站在房顶上，看自己家里被砸坏的东西，有人哭，有人笑。哭着的人恨老天把自己的东西全部毁坏，笑着的人庆幸自己的家人没有被活埋。

　　哭过笑过，日子还得继续。

　　就像是又回到集体生活的时代一样，男人们集中起来，修坏了的房子，把倒了的树砍掉或者扶起，把路垫平。接着，人们去修理自家的坟，带上酒，带上香，带上纸钱。女人们在院子里把麦子挪到通风的地方。太阳虽然已经出来，但是地太湿，麦子还不能完全晾晒。女人们发现，麦粒上已经长出小小的尾巴，没错，它出芽了。

出芽是很麻烦的事，出芽的麦子磨出的面粉不好吃，这还在其次，还因为出芽的麦子过不了交公粮这一关。村里的女人们合计来合计去，交公粮的时候该怎么办？我记得母亲是那样焦急。快到夏天的时候，我们已经借了两袋粮食，母亲本来说要用好的新麦还人家，结果新麦子还没见太阳，就出芽了。

我不知道大人们怎样熬过的那个夏天，不知道怎么应付了粮站的工作人员。反正，那年秋天的时候，收了玉米，我们家馒头的颜色就变成了黄色。面粉和玉米面调和在一起食用，这样的做饭方式一直持续到第二年的夏天。也是到了第二年的夏天，母亲才终于还了她的麦子债，那也是我们家最后一次麦子债。

那之后，父亲经常外出，我和弟弟去别的村子读了书，通常只有母亲一个人在家里。她胃口变得很小，还经常不吃晚饭。我们家终于有了存粮。再后来，政府取消了粮食税，再也不用上粮，无论天多旱多涝，我们嘴里的粮食也缺不了。虽然挣一个月的工资就能买很多袋面，虽然这块土地上方的老天爷的心情依旧让人琢磨不透，人们依然渴盼着，旱的时候，多场雨，涝的时候，多一点阳光。土地在他们心里的位置，也许并不是一亩土地百十块钱，而是一份来自内心的踏实。也许他们的后辈人，大部分都走在了去往城市的路上，但是他们这些人依然在老地方收获着自己的汗水，这与金钱无关。母亲还会因为地里的玉米比别人家的大些而骄傲，父亲还会因为自己修葺的地垄比别人整齐而自得。也许以后没有人会理解一个老人为什么会看着天空，那么渴望一场雨，或者一片晴空。

六、储水

有一年，乡政府给村里人出水泥、出砖让大家造储水井，也就是我们这里说的旱井。李酸柱院子里的旱井他爷爷活着的时候就造好了。村委会主任刚在大槐树底下宣布完这个消息，人们就纷纷去了李酸柱的院子。李酸柱的旱井台是老式的四方大黑砖，因为前段时间雨多，井里已经满了。村委会主任拿它当教材，说，你看这井收集雨水，浇浇菜，洗洗衣，或者给牲口喝就很好。

接着便是热火朝天的劳动，家家户户在院子里挖起大坑来。那时候，村里的矿已经停了，每天都有矿管所的人来查。男人们都想着，把这井弄好了，就可以放心地去打工了。临走的时候，去井边拉上几车水，倒进旱井里，家里就能用上一两个月。

父亲这时候已经不是村里的电工了，挖好坑以后，抹水泥，做防水，再晾干。他经常猫着腰往井里看，恨不得马上就干了，可以把水注满。但这真不是一时半会儿的事，可不赚钱家里真过不下去。于是，人们去离家不太远的地方做工，在山下的蘑菇厂、砖厂经历着他们从未有过的工作时长，拿着他们从未想过的微薄收入。女人们又推出了多年未用的平板车，把牛或者骡子架在车前，招呼别家的女人帮忙，一个人扶着车辕，一个人牵着牲口，来往在家与井的路上。

接着又是一个干旱的冬天，那时，我在千里之外的城市工作，电话里，母亲每次都会问你那儿下雪了吗？母亲说，麦子干得厉害，叶子都枯黄了，她经常要去麦地里看看。放羊人怕冷，总把羊赶进别人家的麦地，干旱的时候，麦子跟土的连接也变得有气无力。羊们咬住麦苗，稍一用力，麦子就连着根系出来了。母亲远远望见羊们翻过山梁，便小跑着去守住地垄。有时来不及了，她就站在村里学校的房顶上望着对面吆喝。母亲渴望一场雪跟渴望我回家过年一样热切。还好，井里没有断水。

父亲用三轮车去井边拉水，去得早了，井面还结着冰，父亲就把水桶扔下去用力砸。这跟我们小时候一样。

电视里，南方下起大雪，许多房屋在雪里倒下去，许多人在雪里冻死。母亲说，那雪下在咱们这里就好了，咱们有炭，不怕冷。我想起小时候的大雪天气。清晨一醒来，玻璃上各种好看的冰凌花，用哈气一擦，看见院子里厚厚的积雪，树上，房子上，麦秸堆上全白了，院子中间开出一条道来，父亲正哈着气铲雪。进屋来的时候，他的帽子、肩膀和鞋尖也都白了。我们开始穿母亲一早给拿好的大厚衣服，在雪地里追着来回跑。我们把雪放在手心里，拿一小撮，放到嘴里，雪一点点化掉，从嘴里一直凉到胃里。那时候，我总宠着弟弟，我说他拿到的雪不好吃，我手里的更甜一点。我把一块雪捧在手心里，他就低下头，先是舌尖轻轻一碰，我马上收起，问他，甜不？他点头，我才把剩下的给他。然后，我们俩嘻嘻地笑，这是我们的秘密。母亲从旁边看见会说，那太凉了，会肚子痛。他们大人哪里知道我们的乐趣。

就是那一年的大雪，把山里的路全部封了，雪还在大片大片不住地下。幸好学校已经放假了，我们不用去上学，整天跟在父亲身后帮忙铲雪。有时候我们也把雪揉成球，丢得到处都是；有时候，邻居家小孩也来，从大人们修好的小路上跑来跑去，堆满雪的院子像是一个秘密基地。

我们玩我们的，大人们就愁着另一件事情：路被封了，到井边还真是不太近的距离，家里的水已经用光了。父亲说先去探探路，还没走到村口，就碰见刚从井边回来的人，那人说，别去了，已经看不见井了，就见一片白。村委会主任已经在大槐树下敲钟喊了人，要清理积雪，可是清理积雪之前这一段时间里怎么做饭。父亲想起他小时候的冬天，他说，炒雪吧。我们不知道什么叫作炒雪。兴奋地揪着母亲的衣服说，就炒雪吧。父亲拿出三个大小不一样的盆子，又拿来几个铲子，先拿铲子把上边一层雪刮去，说上边的落了尘土不干净，我们发现果真如此，里边的雪看上去似乎更加洁白。父亲又一铲子一铲子把雪铲进盆子里，我们也学着父亲的样子做，再把堆满雪的盆子端进屋里，盆子上尖出来的位置一进温暖的屋子就变成水塌了下去。母亲早已在炉子上架了大锅，把我们端回来的雪放进锅里，又拿着铁铲来回搅。我们不急着再去铲雪，而是踮着脚尖看锅里，弟弟再怎么用力踮脚尖也看不到，急得拉着我的手问，姐，化了没？化了没？

锅里的雪渐渐变得透明，周围出现水，先是透明的雪泡在水里，过一会儿什么也没有了，半锅见底的清水。那么多雪，原来炒不了多少雪水。接着又是三盆雪进去了。这时候就变成了煮雪，等它们融成一锅水的时候，母亲就把水舀到大桶里给牛送去，再煮好的雪水才倒进水缸，再煮好的放到大盆里准备洗衣服用。我们的鼻子和手都冻得通红，任父亲怎么呵斥，都不忍心放下手中的工具，这是我们热爱的劳动。最后三盆雪进去，母亲就盖好锅盖，等雪变成水在锅里沸腾，锅盖一打开，屋里就起了雾。母亲把它们灌进暖壶，父亲把放了茶叶的大陶瓷杯递过去，雪水倒进茶杯里。我们要求一定要尝尝，父亲就用自己的茶杯挨个给我们尝，父亲问我什么味儿，我调皮地说，天上的味儿。弟弟却说，不是天上的味儿，雪是天上的味儿，变成水的雪还是水味。

父亲用雪水洗了手，吃完母亲用雪水和面蒸的馒头，喝完母亲用雪水熬煮的小米粥就跟村子里别的男人们去铲雪了。他一直铲到天黑，路也没有通。天快黑的时候，村里别人家也开始拿着盆子往屋里送雪了。

假如那时候有旱井，我们可以储存许多水吧，长大之后，村里好像再也没有下过那么大的雪，冬天干旱的时候比较多，即使偶然有一年忽然下雪了，雪封住了去井边的道路，人们也早早集合去修路，水少的人家从水多的人家匀一点，没有人愿意去炒雪。人们说，我们的空气已经被严重污染，那雪落在地上，好像真不似原来白净。这些字敲在屏幕上的时候，我在想，等我的孩子再大一些，在一个下雪的冬天，我希望能领他去我的村庄度过他的寒假，我想带他一起把雪煮成水。也许我们没法像当年一样用雪水泡茶，但我可以让他用雪水清洗他的小手，那也是美好的。

进入春天，旱井完全可以用了，村里人都忙着试水。井边的水被一车车转移到各家的院子里。旱井灌满了水，人在上边看着，美滋滋的。等我再回家的时候，就看见母亲用一个小水泵往屋里的水缸抽水，不用费力气，一缸水就灌满了。父亲终于放了心，他和村里其他的男人外出打工了。

就算再久没有通话，父亲打给母亲的第一个电话仍是问有没有水，再问，家那边有没有下雨。邻居家没有电话，他家男人打来的电话也是这样，先问他们家还有没有水，再问这边有没有下雨。似乎没有雨水与干旱的问题更让他们悬心。

七、井里的水甜

那一年，村里很多人都走了，走不了太远，也走不了太久，收麦子的时候回来收麦子，有时甚至打过电话来，叫守在村里的人在他们家的地垄里点上几株辣椒，棒子熟了的时候他们再回来，直到把棒子高高挂在竖起的大木杆上，把辣椒串起来挂在窗口才走。谁家结婚，谁家没了人，人们也会请了假回来。生怕别人说自己不地道，不讲究。

一到过年，村子就热闹起来，村口的老人孩子焦急地站成一排向盘山道上眺望。为了能回家过年，小伙子宁肯把远处的工作辞掉，老人在村里笑着说自己孩子没出息，神情却是得意的。村里人从远处回来，很多都穿得西装革履，讲着打工地方的事情。人家用的都是水龙头，水龙头一松，水哗哗出来，水龙头一紧，水就收住了。

洗碗都哗哗冲着洗，看见水那么流，真让人心疼。这是张三的话。

李四说，我打工的地方在郊区，我去人家地里看，那水顺着沟直往地里流，怎么旱也不怕。

我出嫁的那天，父母亲和姑姑坐车去我婆婆家。路边一条运河，水面被涟漪遮掩。河两边是高高的蒿草，母亲和姑姑在那里不住赞叹，假如那草长在我们村子里，牛们一定又会多几顿美餐，假如那水就在我们的村子里，人们一定让它清清澈澈。婆婆的村子里，村前村后都有河，河水里被扔了许多垃圾，其实已经脏乱不堪，但在母亲眼里依然觉得美好。虽然我嫁到千里之外，但当他们知道这是一块旱涝保收的土地时，顿时觉得我嫁到了一个好地方。女儿嫁到一个不愁水的地方让他们觉得放心和骄傲。

村里人外出的最初，李酸柱没有走，他还是继续酿他的醋，每隔几天酸香的味道就把整个村子都浸泡起来。再后来，这味道间隔的时间变长了。李酸柱的媳妇开始在大槐树下对着村里人抱怨，别村的人们也都出去打工了，留下些老弱病残，许多小卖部也都关门了。没几户人家代销他的醋，再加上包装好的醋到处都是，不用自己准备醋壶，他们的生意不好做了。那时候，他们的儿子已经要上高中，没多久，李酸柱就决定走。李酸柱不像别人家，别人家走的时候，先是男人出去探探路，如果不行就回来，再做别的打算；如果行，站稳脚了再带女人走。李酸柱走的时候直接把家都搬走了。

有人说李酸柱在城市里买了房子，但是李酸柱自己却没承认。他只是说城市里房子很贵的。李酸柱在村子里的那套房子也很好，向阳，石头院墙砌了很多年，依旧很结实。四间正房，三间厢房，还有醋窖，还有那么古老的旱井。当然还有那条凶猛无比的大黑狗。这房子如果没有人气养着，就会快速变老，就会坏掉。李酸柱明白这个道理，他在村里暗暗寻找帮他看房子的人，他想找年老的人，可是年老的人都不愿意住在他的家里。年老的人不管自己房子多破，还是愿意住在自己家里。准备娶媳妇的人他又不乐意，娶在他家里，再在他家里生了孩子。以后万一他想要房子，很容易说不清。后来，李酸柱就找到了我的叔叔。婶婶一直嫌他们的房子太小太破，有免费可以住的房子她怎么能不乐意，她乐意叔叔自然就乐意。

李酸柱没别的要求，就要求喂好他的大黑狗。那条大黑狗每天看见主人的房子里出来陌生人，先是止不住狂吠，再后来就叫不出声来了，它趴在窝边，看着屋门。叔叔给它弄了各种吃的，后来还去山上给它弄只兔子回来炖了，它还是不吃。叔叔有点急，赶紧给李酸柱打电话，李酸柱还没回来，那条狗就已经僵硬了。

房子换了主人，院子里的气息也变了。我们来到这院子，回想起当年的酸香味。这味道或许永远都消失了吧。我们的祖辈，家家户户都有酿醋的技艺，到了父辈，村子里只有李酸柱会酿醋。到了我们这一辈，酿醋变成一件多么神秘的事情。

叔叔在酒后，大声笑着叫人一起用力把床挪开，我们不解他为什么这么做。他说里边是有机关的。我们没看见什么机关。只看见那里盖着一方打磨好的沙石片，叔叔让我把沙石片移开。我看见一个不足一尺的圆孔，一直深入下去，黑洞洞的。叔叔把手电给我，我用手电照着，从那圆孔里照见了自己的脸。叔叔说，这就是为什么李酸柱酿的醋最好。也许这就是他们祖祖辈辈都占着这块地方不愿意去别处盖房的原因。我用旁边的长勺舀了一碗水倒进嘴里，果然是无比的甘甜。他们要求我保守秘密，这是李酸柱的秘密。

然而这个秘密已经变得不值，村子里已经开始修路，开始铺设自来水管道，水从别的村引到山顶，再从山顶分出支流，流到好几个山沟沟里的村庄。无需等待，无需排队。只要手指轻轻一拧，水就哗哗地流出来。我再不用为父母亲吃水的问题日夜悬心。

那些去远处的人也都请假回来，把村子里的水管铺好，看着水管里的水哗哗流动，这才放心走开。李酸柱的院子里，叔叔犹豫再三，还是铺上了水管。村里的人都说，那水远不及我们村井里的水甘甜。可是有现成的水送到院子里，谁还会去那么远的地方拉水。

去井边的路也坏掉了，没有人修，似乎没有修的必要。井边那些小菜地的主人，有的已经归入黄土，有的去了远处。井里的水不多不少，整个被井周围的石头牢牢圈住。井台上的印记像皱纹越来越清晰，原来被脚印磨得光亮的地方，现在已经长出高高的草，蹲在井边，看见井里自己的影子和被风吹动的淡淡水纹，不知道是什么东西老了这一井水。井里那个一直滴出水滴的石雕青蛙嘴没了踪影，井里光秃秃的，像人被割了舌头，很别扭。村里人说，那个石雕很有年头了，应该很值钱，这在村里都不是秘密。很多年前，人们可能会在路边捡枚针拿回家里，可能在别人家的地里顺一棵葱偷偷藏进背篓里，但唯独这种东西没有人拿，人们不知道这样的东西拿到家该怎么处理。后来，出去回来的人多了，道路通畅了，一路顺着盘山道通向城里，这地方就开始丢原来多少年都无人问津的东西。

我回转身，看见肖爷爷挑着两个小桶，他一笑，脸上处处都是鸿沟，离得远的时候，分不太清哪一条是皱纹，哪一条是眼睛。他眼神依然很好，笑着问我什么时候回来的。他已经不放牛了，最后一头牛老死在牛圈里，那之后他再也没有养过什么动物。他院子里没有铺水管，隔三岔五去儿子的院子里挑点水，那水真不好喝。他自己挑着两个水桶晃晃悠悠去井边，把两个水桶挑满，再晃晃悠悠回去，那条路已经很不好走。他摆着手说，没事没事，他们小时候这路更窄，这路几十年了，有些年宽，有些年窄，他已经习惯了。我问他怎么还跑这么远的地方挑水。他说，这井里的水甜。这个曾经喝过马尿的老人，曾经煮河里积攒的雨水喝的老人，他说，这井里的水甜。

八、寂寞的土地

这一年又遇上干旱，晚上睡觉前抬头看天、看风向，看电视里的天气预报。人们粮囤里前年的粮食还没有动。但是人们还在渴望一场雨。以前的学校早已经弃用，塌成半拉破房子，院子里到处是杂草和垃圾。村里只剩下一个老人，她在学校的院子里找个平整地方铺好蒲团跪下焚香祷告。一群孩子在远处看着她嬉笑，也有的孩子学她的样子跪在地上，学她插香的样子拿树枝插进土里。人们在议论，天气预报里说有可能会人工降雨。老人就像什么也看不见什么也听不见自顾自地祷告。

远处打工的人打来电话，收麦子的时候不回来了，也有的人像忘了收麦子这回事一样。在家人的再三催促下才说，假真的不好请，路费真的很贵。于是，到了这个秋天，又有许多地没有麦苗，第二年春天，也没有玉米苗。这一片原本金灿灿的地，留给了野草。留守的人看见大片大片荒芜的土地会有诸多伤感，恨不得把别人的地捡来种。

始终没有固定的水源恩泽这片土地，偶尔的人工降雨解决不了问题。孩子打来电话，老人们首先问对方城市里的天气，天旱的愁闷已经感染不了远处的人，他们说那就别种了，给你寄两千块钱一年的面粉都买下来了。可是这村子里每年秋天还是有人挥着鞭子追着耕牛，一粒粒麦种落入土里，盼雨盼雪盼阳光。成熟的时候，几天几夜忙得腰膝酸软，打回家的那点粮食如果用金钱来衡量，真是太不值，实物上的收获与付出太不对等。人们有时候叹息，有时候会骂几句老天爷和土地，甚至会发牢骚说下一季再也不种了。但是几个月以后，他们还会挥着鞭子把耕牛赶到地里。我就因为这件事对父亲发过火，我说不能不种了吗？父亲质问我，不种吃什么，我说不是还有粮食吗？往年存的粮食也吃不了，又不卖，留着它干什么，父亲说地里不长庄稼他的心会觉得发慌，好像他自己没在村子里一样。

我曾经看见村里已经在外边混得像点模样的李四，大老远回来找人种麦子，他想雇人，可村里能干活的人都走了。他找到父亲，让父亲给他种地，父亲帮他种上地，他给了父亲二百块钱，又找我大妈帮他把院子里的草拔了，也给她二百，临走的时候，把院子拍了照，又把地里拍了照，他说他父亲躺在城市里的大平米楼房里怎么也不能放心。过了没几天，他父亲还是亲自回来了，因为不放心地里的麦苗，不放心屋子里来回跑窜的老鼠。他拄着拐棍站在地头看麦苗已经破土而出，他蹲在门口吃自己做的手擀面，上面浇了一层火红火红的辣子。对着儿子说，这才像人活的样子，他不想再去城市的鸟笼子里了。

第二年，李四被召唤回来割麦子的时候，还拉回好几个人，他竖着指头说，这一斤粮食要好几十块钱的成本。李四的父亲却让人把成袋的麦子装到他的车上，说，等我没了，你想花多少钱吃这粮食也吃不到了。结果真像李老爷子说的那样，他死后，他们家的地全部荒掉了。那时候，人们已经不愁没有草，因为村里的牛只有那么两头，而荒掉的土地越来越多。即使再干旱，也不至于找不到草，所以野草比原来的玉米秆长得还高，李老爷子的坟就在东山他们家麦地的紧里边，他的坟头正对着茂盛的野草，李四只在每年清明的时候回来，上坟的前一天，他先叫人去地里清出一条路来。

父亲说，这地还是要种。在母亲病了之后，他一个人忙完家里忙地里。他往地里拉牛粪，把地垄修理得漂漂亮亮，不留一根杂草，把滚落在地里的石头收拾到一起垫地旁的水沟。收麦子的时候，我们寄钱回去让他找人收割，可每一年十一回家的时候，我们总能听到消息：他一个人收获了所有的麦子。他种了玉米，我们在玉米成熟的季节回家，他喜欢看我们在田里地里收玉米的样子，喜欢我们围坐在一起剥玉米皮的场景，我们说说笑笑剥着玉米皮，把金黄的玉米晾晒在阳光地里，他站在不远处，把小外孙放到机动三轮车里，把他举得老高去够树上的红苹果。

父亲口口声声念叨着该死的不能如愿的天气，但是他还是会准时出现在每个季节的田地里。他每天晚上把尿盆拿回屋子的时候，还是会习惯性地看天上的星星估算第二天的天气。

父亲开始去井边，他站在井边仿佛一下就能照见过去的几十年，他打了井水喝，再打满两桶到院里浇菜，他种出来的菜送到村里其他人的家里。种麦子的时候，谁家都会请他帮忙。收麦子的时候谁家也会让他拉麦子，各家都有农用三轮车，除了父亲没有人会开。他已经成了村子里最年轻的成年人，也成了村子里最忙碌的人。各家都有自来水，天旱的时候，他们会在我们家的院子里一起感叹，天涝的时候，父亲会在清晨醒来穿好雨鞋和雨衣到各家各户看看。天晴了，他跟老人们一起修整房子。我听见他们称父亲为孩子，父亲在吃饭的时候对我说累，他的腿在农忙的时候经常肿胀，只要闲下来就用手不住地捶打腰和背。我想让他去我的城市居住，弟弟也曾想过带他们去离城市近些的山下安家，父亲看着院子上方的那一小块天说，那样的话，咱们家不就没了吗？

眷顾这村子的还有别的人，比如肖武，他女儿为他在市里找了看门的工作，很清闲。可他干了一天就回来了，他在山下的路上捡拉煤车因为颠簸掉下来的煤炭，也捡铁。知道山下的村子里有个蛇馆以后，他就一边捡煤炭捡铁一边捉蛇。这村子的蛇好像也都没了精气神似的，肖武与蛇相遇之后，那蛇像是被点了穴，一动不动的。肖武一只手轻轻松松捏着蛇的脑袋，另一只手托着它的身体，丝毫不费力气地把蛇扔进事先准备好的编织袋子里。

他把捡来的煤炭堆放在自己院子里，铁块过一阵往镇上送一趟，捉到蛇的时候，它不会让蛇在家里过夜，直接叫女婿开着三轮车送走，一条蛇可以卖三十到一百不等，比捡铁来得容易。所以肖武更喜欢捉蛇。有时候，人们家里来了蛇，也不像原来等蛇出去，有等待的这段时间，早去把肖武叫来。肖武每次去的时候都格外得意，把蛇捉住以后并不急着扔进袋子里，而是拿在手里晃几晃，故意让旁边的女人忍不住尖叫，这才扔进去。他扎住口袋才去接人家递给他的一支烟，或者两个苹果。

格外干旱的这一年，人们又想起了崖壁上的水洞。当然最先想起的是肖武，因为肖武曾经就消灭过那里的蛇。想起蛇，肖武有点兴奋，走到草丛里，一根长棍，一条断了的绳子，都会让他小心翼翼地分辨一会儿，有时候手按过去了，才发现手感不对，不是蛇。

肖武去崖壁的那天上午，村里的人们刚从井里打水浇过院子里的蔬菜，有些人正在去麦地的路上，麦子还没有熟，风里已经有麦香的气息。玉米有半人高了，稀稀落落瘦瘦弱弱站立在地里。肖武拿着他的白袋子，还拿了镰刀。他刚准备往下落镰刀的时候，发现藤条背后有一条人们多年前遗落的粗麻绳，他想先把麻绳勾出来，勾着勾着，他感受到一种目光在注视着他，一回头，一条纯白色的大粗蛇正吐着芯子往这里看，蛇的身子整个爬在崖上的一个树枝上。而树枝的一个树梢正在肖武的手里。捉蛇能手肖武第一次因为蛇变得惊慌。他动与不动都很危险，蛇的位置，让他没有把握按住它。就在这时，他做了一个这一辈子都无比后悔的决定。他扔掉镰刀开始奔跑。站在高处地里的人们，看见一个白色的物体腾空而起，接着落在肖武身后的草地里，他们看不见蛇在草丛里奔跑的英姿，只看见肖武不顾一切地奔跑着。

他连三轮车都顾不上了，顺着路往回跑。可是，一直跑到新修的柏油马路上，到了大路上，那条蛇还是紧追不舍。后来邻村一个开着机动车的人看见白色的物体奔跑，一开始以为是被风吹动的白色的长塑料袋，发现是条蛇的时候，他们就加大马力。肖武听见三轮车离自己越来越近。车上有熟悉的声音，他这才停下来，坐在地上。那条白色的蛇，早已经被三轮车轧在地上，跑不起来了。

肖武浑身都已经湿透。他让开三轮车的人回去陪他把三轮弄回来。回去的路上，那条蛇竟然不见了，那人说，刚才明明轧扁，他还倒车来回轧了两遍，怎么就没有了呢，真奇怪！肖武不放心，把车上车下包括坐垫下边都检查一遍，确定没有那条白蛇，这才踏上回家的路。

那天晚上，肖武就病了，他不敢睡觉，一闭眼就看见那条白蛇张着嘴吐着芯子瞪着他，他马上张开眼，不敢再睡了，不睡的时候，他也总看见那条蛇，非说那条蛇跟他回了家，害得他老伴满世界翻腾。蛇没有翻腾出来，倒把多年前的蛇骨翻出来，那正是多年前他在水洞边打死的第一条蛇的骨头。许多年里那串蛇骨都在他手上戴着，直到这两年，他觉得自己是捉蛇能手了，才把它扔到角落里。老伴说你把这玩意再戴上吧。不提这个还好，一提这个，他偏说新碰到的蛇就是那条蛇变的，这一晚上没闭一下眼睛天就亮了。

第二天肖武就开始发烧了，迷迷糊糊地总喊"蛇！"村子里已经没有诊所，赤脚大夫梁玲早已去城里打工了。他老伴从村里找了好几家才借来几片退烧药。后来烧是退了，肖武却浑身无力，站都站不起来了。肖武不去医院，而是让老伴去找村里的老人。老人正在喝降压药，对她说，早就说不让捉蛇，蛇都是带灵的，尤其是那雪白的蛇。那也是能惹的？肖武老伴应着是是是。许多天后，肖武才渐渐硬朗起来。我们这些常年在外的人一回去，肖武就会拉着你讲，这水洞呀，真是有灵的，这蛇也是不能乱捉的，真的，真的！这里的水是有灵守护的，真的，真的！不管我们点多少次头。他依旧重复这些话。似乎要把这些话刻到我们骨头里去。

而这片土地，到现在为止依旧经常旱涝不均，水和土地的对唱总是有特别的声音。这片土地的山和水依旧充满神秘，也许，若干年后，水与土地的合唱不再有人渴望，天、地、水、土，它们的交响曲只留给它们自己。

矿石沟纪事

消失的夜景

这山脉蜿蜒起伏，把低洼里的城镇包围起来，像粗胳膊环抱着一个大盆子。它面对城市的地方，是巨大的石头和稀稀松松的树林。我们的村庄隐在山脉的内侧，一个小山洼里。

村里的男人们原本在好几座山外的煤窑上班。他们走在山路上，头盔上顶着一盏矿灯。那些个夜晚，如果有谁能站在村子的上空，就能看见各户的灯光像花一样逐次开放。一枚枚光点从花开的地方向同一个地方慢慢聚集。接着，那光点像鱼一样游出村子，在一道道山梁上穿行。

后来，大山面向城市的那一面建了采石厂，半山腰盖了个简易的房洞，架上粉碎机，没多会儿工夫，山上采下来的石头就粉碎成小块的石子。来自外地的车就停留在一旁的公路上，等着把这些小石子拉到遥远的地方。山里的人建不了采石厂，就想到了石膏。假如能找到石膏，便可以发笔小财。起初这支小分队只有三个人。后来，变成了六个人。他们从煤窑上辞了工作，每天早出晚归，在这里凿两镐，在那里挖两锹。几个月过去了，什么也没有发现。后来，他们收到了山下一个小镇钢厂的征矿单。对，矿！

这山里最不缺的就是铁矿。而且我们还有个地方叫"矿石沟"，早在几十年前，就有人在那里挖矿。那时，人们以种地为生，对钱的渴望并不像现在这么浓烈。只有李玄海坚持在那里挖矿。他早上赶着羊群出村，把羊群轰到山坡上，就钻进了矿洞。挖一筐矿石，便送出来，他站在洞口吆喝远处的羊。领头羊听到他的声音就往回走一些，他听见铃铛声近了，就又钻进了矿洞里。人们说，那是村子里最好的一群羊。结果，有一次，天黑了，铃铛叮叮当当响过村庄，却不见羊的主人。人们沿路走进矿石沟，看见洞口他的布兜兜里还装着两个馒头和一块黑色的咸菜疙瘩。用手电筒往洞里照，看见的全是矿渣。人们一边叫一边刨，先是看见一只磨破的鞋，接着是一条流血的腿。一块巨大的石头压着他的胳膊，他被砸得面目全非。村里人看见这场景，再也想不起来他曾经的样貌，只记得那时他还很年轻，走路比别人跑起来还快。

那时，村子里长寿的人不算多。六十岁的人，就被时光压弯了腰，但意外死亡还真是很少的事。于是，矿石洞就封了，变成一个称呼，提示人们那里有矿。许多年后，当其他

给树把脉的人 / 刘云芳

村庄的人渐渐富起来的时候，村里人有点按捺不住了。他们的骨头和血液都异常活跃，要把这座山翻个底朝天。

村子里的女人们在槐树下议论。

听说，今天挖出的全是土，然后就是些沙石。

听说，今天挖出的尽是些矿渣，黄色的，还有红色的。

两个男人路过槐树下边的时候，女人们大声问，见矿了吗？男人昂着头，说，马上就出矿了！回答得异常响亮。

果然出矿了，那是村子里历史性的时刻。他们把矿石堆在洞旁边的开阔地带。接着，倒了酒，上敬苍天，下敬土地，又点了一大串炮仗，那炮仗声伴着回音在矿石沟里来回响。

矿石真就送出去了，过了没多久，车上就拉回一台电视。电视没有抬进屋子，而是放到院子里。当着全村人的面，主人不急不慌地拨弄着天线。已经有女人嘴里发出羡慕的声音。男人们伸长了脖子张着嘴看电视里不住浮动的雪花。雪花也好看。

煤窑变得没有吸引力。人们感觉那几座山梁在几天的时间里好像就长了一大截子，路似乎无意中也被谁延长了。每个清晨集合都会少几个人。母亲说，你也别去了，省得半夜回来我担心。我听见父亲在夜空里嗯了一声。

有时，我们家的灯会在半夜忽然亮起。母亲准备穿衣服去做饭的时候，才忽然想起父亲不再去煤窑工作了。有时，父亲也会忽然一个翻身，感觉院子里似乎有催促的脚步声。睁开眼睛才想起自己再也不用这么起早贪黑了。

外乡人

有一年，比矿石沟远点的山头上，忽然就多了几顶帐篷。那些人在泉眼处接水，在帐篷旁边的石头上架起炉子做饭。他们不时来看看挖矿的人们，给他们递几支烟。也问他们是否喝茶。陌生人来自四川。他们知道这里的矿石并没有人看管，这里的人也并不阻拦他们挖矿，就找了一块地方用力挖起来。他们也像本地人一样，把挖出的土渣倒到沟里，也是一阵哗啦啦的沙石的响声。他们干活比本地人更卖力，几乎是马不停蹄，好像在抢时间一样。他们的到来，让村子里的人感到了压力。村里人原来只干半天，剩下的半天在家里、田里忙活。这群人来了以后，整个白天都在挖矿，村里人第二天去了一看，发现他们的矿石堆又高了好几层，心里就特别不是滋味。

四川人没有三轮车，他们把自己的矿石卖给有三轮车的人家，谁出的价钱公道就给谁。

但无论给谁，村子里的人都会打听：今天四川的挣了多少？收矿的人得了便宜，但还是报出了那个令人气愤的数目，竟然是他们的好几倍。

平时，同村的人如果听见声音在左边，他们会把左边轻轻挖开，开玩笑似的，两队人忽然就碰了面。然后向相反的方向挖去。但是，现在不一样了。那种不舒服是说不出来的，心里非常不痛快，却不好发作。这个村子的人从来还没有因为个人之外的东西与别人发生过争执。

结果，不几天，帐篷旁边多了两个石头砌成的小屋子。四川人回趟家，把自己的女人也带来了。那个女人每个月会进几次村子，主要是去小卖部。她一进村子，人们都看她，看着看着，她的肚子就鼓得像个小锅了。她一点也不娇气，依旧站在高处的风地里。村里的男人都羡慕，他们羡慕长相那样的四川人，竟然有一个那么好的女人，白得像刚蒸好的馒头。最重要的是她一点不娇气，她在小屋子里完成了生产。生完以后，也不坐月子，依旧站在风里洗男人们换下来的衣服，煮好水，慢慢倒进男人空了的茶杯里。那个小婴儿总是睡在她后背上，乖巧得像一大朵棉花。

我们这里的女人坐月子要坐上百天才下炕。四川女人听说这些以后并不惊讶，而是微微一笑，用四川味的普通话说，十里不同俗。村里的女人把自己家孩子穿小了的衣服给她送去。她们去石头屋里，回来说，那屋子四面透风，屋里乱得像猪圈，他们是怎么住的呢？

男人们上午下午都开始上班，好像少去半天，就有人把他们的矿石抢了去。那些相互组队的兄弟、父子、邻居已经不像原来那样友好。没有男人在村子里的白天，女人们来回传着各家的闲话。各种闲言碎语正在村子里的树下、窗户里、田间地头慢慢发酵。这家说，一个负责挖，一个负责拉，两个工种的钱怎么能一样？这样就是不公道。那家说，他们去山下钢厂送矿，还要吃碗蛋炒刀削面，面吃到他肚子里凭什么要算到公账上。另一家又说，都是他偷懒，不一会儿就出去抽烟。要不每天的量都上不去。矿石沟的各队都隐藏着危机。年长的干脆重新组队，年轻的女人们觉得自己的男人跟谁在一起都吃亏，结果头脑一热，就成了夫妻档。当女人跟男人一起在矿石沟里爬进爬出的时候，矿石沟的味道就变了。他们再也没有远远送来的吃食，女人们没劲拉车的时候，男人们只能放下镐，爬到车筐后边用力推一把。女人们也把藏在衣服口袋里的苹果偷偷塞到男人的手里。孩子只能寄放到别人家吃饭。有的人家直接把馒头放到老师那里，又从家里拿几个土豆算是入伙。

在下一次的集市上，女人们坐在自己家三轮车的大铁箱上，耀眼得像个女皇。她们把自己挣的钱放在前一天晚上缝在内裤上的小口袋里。在集上挑来挑去，遇到中意的，就先去厕所里取出钱。这些女人终于在自家男人的劝说下，去小饭馆吃了顿蛋炒刀削面。

这些体验都能幻化成动力，诱使村子里更多的女人放下家里的事情、地里的事情，投身到矿石沟。于是，男人们不再随地大小便。也不再乱哄哄讨论谁家的媳妇更漂亮，也不再为了看一眼四川的白馒头女人去讨水喝。女人们的眼睛更尖，心更细，她们几乎不费任何力气，不费任何心思，就知道这一天谁家挖得矿最多，也知道谁家又拿了钱。她们看着自己的矿洞仿佛自己家里的某一样东西。再有人在不远的地方开矿，她们就会直接上去说，你得离远点，要不就挖到我们矿洞里了。这些话是男人们说不出口的。女人使这里有了另外一种规矩。但同时，女人也引起了纷争。

女人的眼睛把不必要的事情放大，再以放大的声音传到自己男人耳朵里，于是，争矿变成了打架。有时候，两个男人不知道因为什么就厮打在一起，嘴里骂着彼此的母亲彼此的祖先。女人在旁边哭着，为自己的男人帮腔。这情景有点难看。但是过不了多久，也许是一次抽烟的工夫，也许是一起往深沟里的矿渣上尿尿的工夫，两个打架的男人相视而笑，就和好了，就像什么也没发生似的。女人却不行，有时候是好几天，甚至好几个月，甚至好几年，都听不见她跟与自己男人打过架的人说话。

四川男人总是不说话，远远站着，他知道不管怎么打架，这也是本地人自己的纷争，他不能介入。他将村里人给他的恩惠铭记于心。他们把懒得拿回家的工具放在他石头屋子旁边的帐篷里，让他很欣喜。有时，他们给他拿一袋子青皮玉米，或者一袋子新挖出来的红薯。但感恩归感恩，有"战争"的时候，四川男人顶多站在边上喊句"别打了，别打了"，他是不敢也不会上前的。

没过多久，石头房子的旁边就又多了两个男人。他们高兴的时候，会对着山沟喊上几嗓子，说那是秦腔。对，他们是陕西人，陕西人像四川人一样寻找石块垒房子，但是四川人说垒房子这事，得让村里人点头。陕西男人便挨洞问，这事归谁管。男人们都不知道该说什么好。又来两个抢矿的，这让他们很不乐意。但是晚上陕西男人去村子里借宿，一顿酒过后，他便住在了村子里，第二天就跟借宿的人家一起去挖矿了。陕西人的故事开始在村子里流传。他们是爷儿俩。儿子前一天花光家里所有钱娶了媳妇，没过多久，媳妇说去趟小卖部，就走了。他们在外边找了快一年，把借来的钱也都花光了。后来听说这山里可以挖到矿，就打算挣点钱再回家。村里人听了这个故事都动容了，甚至让这爷儿俩住到村里没人住的老房子里。等爷儿俩一点头，村里人就跑到那老房子里帮他们里里外外收拾了。人们时不时去这老房子里串门，有红白喜事也叫上他们，好像他们原本就属于这村子一样。

村里人的工具依旧放到四川人那里，但是四川人跟陕西人见了面却不那么和气。这有点奇怪。他们说，陕西人的说辞不过是骗人而已，他们在很多地方打过工，见过很多人，这样的人都是以骗人为赚钱手段的。有的人为了博得别人的同情，甚至说自己爹死、娘死、全家死。有的人为了博得别人的同情，还会把自己孩子的腿给拧折、打断，背着个音响满世界跑。四川人的话，让村子里人听得目瞪口呆。他们有的人开始后悔给过陕西人两个馒头，有的后悔给过他们衣服。可是我们村里人是友善惯了的，没有人愿意做恶人，把他们赶走。所以，他们只在背地里说说，见了陕西人的面还是和和气气，陕西人呢，每天还是搭着他们的三轮车来来回回。

人们在矿洞前打仗，也在矿洞前和好。日子就这样过了一天又一天。

矿洞吃人

人们想起王天受伤的那一天，是后怕的。那天天阴着，好像有个神秘人在天上挑选出气的对象。一团乌云在天上滚来滚去，后来就滚到一块石头里。它把石头从泥土里撬出来，压下去，那石头就结结实实砸在王天的后背上。王天手里本来拿着一个玻璃瓶子，里边的茶叶正在游泳。结果被石头这一砸，杯子一下跳出去。就这样，王天从一个哪儿都出挑的小伙子，变成了谁都不如的瘫子。他那百里挑一的好媳妇，就像花朵忽然受了寒风一样，散失了水分，变得干巴巴的。出事的那个地方，是人们挖出来的，因为背风，又遮阳，休息时都会在那里喝水。而那天的乌云却选准了王天下手。

王天的爹妈成天哭喊，把儿媳妇贼一样防着。儿媳妇一跟其他男人说话，他们就打骂自己那只黑白相间的母猫："你个没出息的东西，一天不偷腥能死？"

人们后怕的是，那天的石头万一落到自己身上可怎么办？这个问题在村子里飘荡了一阵，便消停了。人们依旧拿了工具，开着三轮车，去老地方挖矿了。

女人们疑神疑鬼，离王天出事的地方远远的。

四川人和陕西人表面上一副见过世面什么都不怕的样子，但他们也离那个地方远远的，生怕沾染上晦气。

上了年纪的陕西人后来跑到我家里，让父亲给他儿子介绍个对象，哪怕倒插门都行。他有好几个儿子，都还没娶上媳妇，能安置一个是一个。可说媒这事儿，父亲一点也不在行。再说，村里的小伙子还有好几个没说上媳妇呢，怎么可能把姑娘介绍给外地人？陕西人就说，没有大姑娘，结过婚的小媳妇也行，死了丈夫的离过婚的都可以。他这么一说，我父母就觉得我们这座山是个宝地，他们甚至幻想着，矿石沟的未来会有一大批外省人。这些外省人会在这里住下来，最终形成一个小村落。可是村子里有姑娘的人家都不这样想，他们尽可能让姑娘去城里，免得受挖矿的苦。新结婚的人家，除了说彩礼的问题，还要补充上一句，不能让我姑娘去挖矿。所以，在矿石沟活跃的女人堆里，大多是结婚时没要房子的小媳妇、供孩子上学或者家里有儿子的中年妇女。其中就有我的母亲和小姨。

母亲跟小姨除了单眼皮相像之外，大约没有什么像的地方了。母亲矮胖，小姨长得高挑，很瘦。作为女人，她们无法撼动那镶嵌在土地深处的矿石，只能往外拉矿。母亲就是在那个时候落下病根的。她不能使劲，一使劲就会小便失禁。每次从矿石沟回去，我都不想跟母亲说话，我多么希望我父母是村里最懒惰的人。哪怕什么也不干，就待在家里。

母亲后来真不去挖矿了，身上的印痕在很长时间里挥之不去。她不去挖矿，心思却没离开矿石沟。她卖些雪糕、凉粉，有时候也卖方便面。母亲成了矿石沟的买卖人。她总是顶着大太阳走向矿石沟，挎篮里的雪糕散发着阵阵凉气，她自己却挥汗如雨。母亲说，这算不了什么。

是的，等出了人命之后，苦和累算得了什么？

出人命的时候并没有预兆。只是那之前，矿管所的人来了。他们在村里发了半天宣传单，但是人们转身就把那些红的黄的彩纸引火烧饭了。矿管所的人说，私自开采是犯法的。没有人应答。犯法？能把一个村庄的人全部都逮捕吗？矿管所的人第二次来，就直接去了矿石沟。他们把警车和摩托停在矿石沟边上，用人们在集上看见过的那种扩音喇叭大喊：禁止私自采矿！人们都受了惊吓一般，躲在矿洞里。可四川人的房子是躲不掉的。矿管所的人就去了那里，劝白馒头女人赶紧回家。她一句话也不说，背上的孩子哭个不停，她也不抱下来哄一哄。

此后，矿管所的人不几天就来一次。他们一来，人们便把工具藏起来，装模作样地照顾庄稼，他们一走，人们从庄稼地里拿出工具，又进了矿洞。这场游击战打了好一阵子。每天早晨，四川女人都背着孩子进村，中午在谁家蹭顿饭，等到快天黑了，才回去。

有几天一直下雨，人们大都躲在屋里，也有的人穿了雨鞋，打着伞去村里转转。这样的天气，最适合在家里睡大觉，或者三五成群地打扑克。可有几个人是闲不住的，比如苏大杰、我小姨夫还有他侄子。苏大杰跟我小姨父一样，家里刚盖了房子，欠了些债，得赶紧还上。我小姨父他侄子眼瞅着要结婚，得多挣点钱过日子。雨刚停，他们就去了矿石沟。可是到第二天也没回来。等父亲跑到矿石沟的时候，就看到三具尸体躺在矿洞里。

三条人命把一个村子变得悲痛。那几天，人们见了面就哭，一句话也说不出来。

矿石沟的安宁是这三条人命带来的，这比矿管所的传单有用多了。四川人走了，临走时，想把房子交给陕西人。可陕西人早就收拾好了东西。有人对陕西人说，你儿子可以去那些死了丈夫的人家倒插门。陕西人拍拍身上的土说，如果不能挖矿，谁还愿意在这山沟沟里待呢？

陕西人果真是见过世面的，他一下子就说中了村子的未来。不能再挖矿，村里人就开始天南海北地走。一个小村子的人能走出一幅中国地图来。他们漂泊在各处，不知道在梦里会不会回到矿石沟。

死了丈夫的那几家女人带着孩子改嫁到别的村庄，几户人家从此在村庄里消失了。那些在矿石沟砸伤胳膊、腿的人，好像一个时代活的墓碑一样，记录着矿石沟和人们之间的过往。我后来路过那里，往山崖下看了一眼，红色的矿渣已经被太阳和雨雪变淡了颜色。矿洞逐渐被时间的厚土埋上，这些想吃人的嘴巴像伤口一样慢慢闭上，然后长出枫树、菊花或者野蒜，在风里或死或生。

黑夜与白天之间的那扇门

上半宿·圆月亮

出了老房子的大门，绕过梨树，那一排五棵柳树都是父亲种的。将近五十年了，柳树枝叶繁茂，上边住了几家子鸟，鸟藏在柳叶丛中，从来都不见身影。春天的阳光里，它们叽叽喳喳叫个不停，如果不是在树荫里看到一摊摊白的黄的鸟粪，还以为是树叶叫出了声。

父亲说他不记得种树时的情景。爷爷插话，能记得才怪！种树的时候，父亲只有三岁，三岁的娃娃接过他的爷爷我的太爷手里的这些柳枝，把它们插在斜坡的沙土里。

种下这些树的时候，太爷每天都在肚子疼，没人知道是为什么。他让太奶奶把炕上的褥子全部都撤掉，把肚皮贴着土炕上的泥层，炉子里的火烧得很旺，听得见呼呼的声响。太奶给他端来一碗热水，他一点不怕烫，呼噜呼噜喝下去。

太爷那年才五十岁，刚把堂屋摆放了很久的一副棺材

105

給樹把脈的人 / 劉雲芳

埋進土里，送走了他的父親。他對正掀開門簾的孫子說，等着，等爺爺帶你去看羊。這是他們倆每天要做的事情。太爺試圖掙扎着起來，直起身子，結果肚子又開始鬧騰。他剛蹲下身子，想繼續趴在炕上的時候，卻發現這個姿勢能緩解疼痛。之後，他就天天這麼蹲着，蹲着吃飯，蹲着吸兩口旱煙，蹲着跟來家里的人說話。後來，乾脆睡覺也這麼蹲着。

爺爺說到這里，我們都聽不下去，問，為啥不叫大夫？

太爺不讓，一說去叫大夫，太爺就急得面暴青筋，直嚷嚷：我命大着呢，臨汾戰役的時候，共產黨造炸藥，我給城里送造炸藥用的草灰，一驢車一驢車地送，子彈在我頭上嗖嗖地飛，我硬是活得好好的。閻王他還沒膽兒要我的命。

太爺信偏方，把十里八村老人們傳說的偏方都試盡了，還是不見好。有一次，我父親衝他伸手，讓他抱，他使了半天勁都沒站起來，流着汗直樂，說，爺爺的肚子跟大腿長到一起了。

父親長大後才從大人們的嘴里知道，這些樹是他種的。他對木工活無比着迷，給他的弟弟做了木頭小車，又給他的妹妹們一人做一個梳妝盒。村里的木匠看他是個苗子，有心收他當徒弟，可爺爺偏不樂意。爺爺說，我們家祖宗多少代都是乾木匠的，還用得着向你學，我兒子得學醫。

爺爺把父親送到山下的大夫那里。沒幾天父親就跑出來，說是聞見藥味就想吐。自此，爺爺也打消了讓他當大夫的念頭。

父亲找木匠学艺，木匠却早已被爷爷的话激怒，说什么都不让父亲碰他的工具箱。父亲也有骨气，说不碰就不碰，回到家自己琢磨着做工具。

父亲能做的东西越来越多，小到板凳桌椅，大到床、大衣柜，他什么都敢试。

大人们都说是祖宗的血液在他身体里作祟，让他见了木头手指头就不能安静。大约两百年前，我们的某代祖爷爷从永济一个叫蒲州的小镇，带着大大的工具箱来到了现在的村子。当时村里人很少，而且一直还没有出过木匠，东家有心让他留下，可他硬是不肯。一天清晨，当他醒来的时候，将要完工的衣柜却被烧成了灰烬。东家提出要求，要么人留下，衣柜的事不再追究。要么就翻倍赔偿。作为一介木匠，想来他也没什么积蓄，后来只好答应东家留下来，成为邻居，在这里娶妻生子，繁衍生息。木匠——作为我们家祖传手艺，不知从哪一辈断了，但是每一辈里总有一两个对木工活着迷的人。

父亲跟母亲订婚的那年，母亲才十三岁，父亲还在上初中。转眼，他就要高中毕业了，父亲早就打起那几棵柳树的主意，他心想着要做成什么样式的家具，每天在纸上画来画去。

可是爷爷一直不同意，爷爷说，这些树有用处。

直到父母结婚，这些树也没派上用场。后来，父亲母亲盖起了新房，门窗、桌椅都需要用木头，可爷爷硬是没让动，爷爷说，留着树，让它再长一长。

这些树一长就是四十多年，不知道有多少只蝉在树干裂开的硬皮上弃下了硬壳，不知道多少只鸟在树上锻炼出会飞的翅膀。

父亲已经到了中年，他是五个村子的电工，他和树都攒足了一股劲，要干一件大事。

当年，太爷蹲在炕上，把饭吃完，对爷爷说，你扶我出去。他已经很久没有出门了，走到亮地里，过了好半天眼睛才适应了，他往院子东边看，邻居家的老柳树还稳稳妥妥地站在那儿。他让爷爷给人打好招呼以后，砍掉五根细树枝。

太爷一边教父亲将柳枝插进土里，一边让爷爷把周围的土踩好。三岁的父亲勉强能把树枝扶住，太爷微微抬起一点腰说，让娃娃扶着，他扶着，就算他种下的。

太爷把前来看望他的亲戚都哄走，说他还要好好活着呢。他让他大孙子种下了五棵柳树，他得最少再活个三五十年，等孙子娶妻生子，等柳树长成到腰粗，让孙子给他亲手打副柳木棺材，他长得人高马大，得亲自躺到里边试一试。

人们分明看见他的脸已经枯黄。离我们最近的大夫在山下的一个村子，爷爷特地驾了驴车，跑去了，大夫听完以后，给开了两副药，说最好还是能带着病人去。太爷不肯动窝，他嘴里骂骂咧咧，说什么都不去。

太爷让爷爷去山顶的庙里看一看，庙里的墙上铸着黄铜神像，有一个鼓着大肚子的佛，村子里人说，按一按他的肚子就能治好肚子疼，这个说法不知道流传了多少年，铜佛像的肚子不知道被多少人按过，布满了大大小小的坑洞。

爷爷在院子里绕了很多圈，直到太爷又一次满头是汗地骂起来，他才低声说，庙里的铜佛早就烧化了，那些年日本人烧的，你忘了？日本人爬上山顶，不知道一把一把扔的什么粉末，扔到哪儿哪儿就着，山上着了将近十天的火，把庙烧坏了。那些日子的大火一下子就把太爷的脾气点着了，他蹲在炕上使劲骂起日本人。

父亲砍树之前，爷爷成天往山坡里钻，我们都以为他去捡柴禾，结果他回来以后两手空空，顶多口袋里装回几个野苹果。父亲有好几次问爷爷，要不要砍树，爷爷说再等一等，就又往山里去了。过了好一阵，爷爷让父亲去山里拉东西，等三轮回到院子的时候，我们发现一块很漂亮的长条石头。石头放到院子里，他们就去砍树。

粗大的柳树连根被伐，空出一大片天。父亲像一个真正的木匠一样准备为他的爷爷做棺材，院子里长短锯像兄弟一样排列着，有的是他这些年添置的，有的是他自己做的。他叫人跟他一起拉起大锯，锯成木板，然后让风吹干。

爷爷对父亲絮叨，你爷爷个子很高，棺材得长一些，舒坦。

当年，太爷在一个晚上直嚷嚷，他说要见他孙子。太奶说，孙子正在那屋睡觉呢。他咬紧了牙说，我要带孙子去看羊。太奶回他，黑天瞎火的，羊都睡了，怎么看！天还没亮，太爷就一个劲地折腾，催太奶起来。他说老土窑的炉子里放着一个银戒指呢，是他母亲的，他母亲生病花光了所有的钱，但是给他留了一个银戒指。

太奶说，老土窑早就塌了，而且没塌的时候，屋子里圈了好几年的羊，一地的羊粪，哪来的什么银戒指。可太爷不干，非得说，戒指就在老土窑里呢。

太奶只好照着煤油灯去老土窑找。隔壁那间土窑洞，就是二百多年前我那位从永济落户到村子里的祖爷爷挖的，这院子有些年长满荒草，有些年变成通往另一个村子的路。

自然什么都没找到。等太奶回来的时候，屋子里安静得很，太爷还是蹲着的姿势，只是倒了下去，看上去，像个穿着破衣服的大青娃。太奶把手指伸过去，他已经完全没有了鼻息。

哭声把爷爷奶奶都引了过来。寿衣是从别人家借的，太爷的身体已经僵硬，没办法完全伸展，好不容易才把衣服穿上，佝偻个背，怎么都不像样，让人想起来就辛酸。如果不是这个姿势，村子里借来的棺材一定装不下他高大的身躯。村里年长的老人来看，叫着爷爷的乳名说，你快把你爸翻过去，把他后背给踩平了。爷爷怎么能忍心，但他们说，如果你不去踩，你爸到地下都这样，受死个罪！爷爷伏上太爷的身子，趴在他后背上，用力往下压，爷爷在他父亲的背上，泪水止不住地往下流。

在别人的棺材里，太爷倾听着亲人们的哭声。

后来，太奶没了，爷爷把太奶葬在埋太爷的那块地里。一块地，他俩一人守一个地头，风一吹，他们能听见同一棵杨树的叶子不住沙沙响。

柳木板子完全风干以后，父亲就不再让别人插手，爷爷在旁边说，太爷临走的那三年，啥也没干，就整天哄我父亲开心了。

父亲不说话，他真的一点也记不起他的爷爷了，他把木头切割的时候也想把时间切开，想看看那三年的时间里，究竟有怎样一个老人把他捧到手心。

爷爷把话反复说了很多遍以后，把太爷的名字刻在了从山里拉回来的那块长条石头上，它是长条的形态，却并不齐整，把太爷的名字刻在上边，就好像刻在一座小山上。在村子里，墓碑是很少见的。村里几个老人都跑来看，看完了墓碑看父亲做的棺材，已经快成型了，大家都夸赞，就和那些木匠们做的一个样。就像太爷看着父亲把柳枝插进土里时说的，三五十年以后，柳树成材，他的孙子也妻儿满堂，给他做一副像样的棺材。

按照当地的风俗，不在同一个墓穴的太爷和太奶要重新合葬，父亲做的两副棺材抬进地里。他小心翼翼地挖坟，就像要挖出五十年的时间。爷爷总说，太爷下葬之后，父亲就成天哭着要找太爷，"爷爷去哪儿了？"大人们告诉他，你爷爷去了很远的地方。

埋在土里的棺材已经腐朽，经不住铁锹的碰撞，露出了一堆白骨。父亲颤抖着手抚那一段段骨头，把它们小心地排列在他亲手做的棺材里，太爷的脊椎骨依然弯曲着，在宽大的棺材里，显得很细小。这时，亲戚们才来，帮忙把太奶的尸骨挖出来，这对夫妻相隔了五十年终于在阳光下又一次见面。十几分钟之后，棺材的盖子被盖上，锤子叮叮当当地响。

两副棺材并列落进墓道，黄土从铁锹里滑下去，滑到柳木棺材上，我听见父亲嘴里念叨着，爷爷、奶奶，你们别怕，我为你们盖楼盖厦。鞭炮噼里啪啦地响起来，把父亲的声音完全遮住了。那个深坑很快被填埋，变成一个鼓起的坟包。

合葬的事情终于完成，父亲在院子里收拾他的工具和做棺材留下的木屑，我问父亲，为什么埋太爷太奶的时候，要说给他们盖楼盖厦。父亲答我，大家都这么说。我问他，那为什么要挖出来，重新合葬。父亲回我，大家都这么做。五岁的小表妹问，大家都给自己的爷爷做棺材吗？父亲把所有的木屑装进一个大袋子里，没有说话。

下半宿·扁月亮

一辆车停在村口，就不再走了，开车的人下了车，蹲在树旁的核桃树下抽起烟。放羊的过去了，羊们嗅车子的轮胎。放羊人热情，问，去谁家。他说去苏二杰家。放羊的人给他指路，就那一家，她媳妇刚生过孩子。还有那一边，他父母和奶奶住的那套老屋子。

他望着村子北头的那一家，院子与马路相连，没有院墙相隔，能看见三个白头发的老人在山一样的棒子堆里剥棒子。

其实开车的人知道他家在哪儿，他只是没想好该把车里的尸体和噩耗送到没出百天的二杰媳妇眼前，还是送到三个老人眼前。

苏二杰没了，三个老人坐在玉米堆里，一时间动弹不得。是车祸，路下边是以前的矿洞，一下雨，路边就塌陷了。车子翻到了沟里。别的人都只受了伤，唯独他丢了命。

苏兴子钻进厢房的老屋里。这里原本有三副棺材，停了好多年了，一直当家具用，里边堆满了杂物。前两年，给苏二杰的哥哥苏大杰用了一个。他跟另外的两个小伙子一起死在了他们私自开采的矿上。那个坟就在东山上，还不算旧。

那时候，儿子媳妇哭得撕心裂肺。两个孙女还小，根本不知道发生了什么事情。人们把给他准备的棺材抬进了停尸的麦地。那一回，他是怎么挺过去的？他安慰自己八十多岁的老母亲，请人照看着。结果还是让她在半夜跑到了村口的地里，把脑袋直往棺材板上撞，留下一片血红，如果不是儿媳妇拦住，她真就跟着去了。第二天，刷上了一层红漆混着老母亲的血的棺材，把儿子高大的身体装了进去。

这次，他没有哭。老母亲也没有哭，甚至不住地笑起来，好像有人点了她的笑穴一样，一边狂笑，一边擦眼泪，却说不出一句话。自从苏大杰走了以后，她就落了这个毛病。

现在，屋子里的这两口棺材，一口是他母亲的，一口是他妻子的。他把棺材里的东西一点点拿出来，不叫人插手，旁边的人看着他的样子反而更害怕，去把他的邻居叫了来。邻居又叫了另外的邻居，一村子人很快都聚在了院子里。

许久，苏二杰的母亲才哭出声来。她那一声"二杰"叫得人心都能裂掉。

苏兴子一声不吭，安安静静把棺材腾出来。他的老婆已经趴在车上软成一团，他却自始至终不看儿子一眼，在牛棚里找铁锹，准备下地。

他没去叫风水先生，自己找了一块向阳的地方，挖起来。不远处，苏大杰坟头上的花圈还没完全枯烂。村里几个男人跟过来，陪他一起挖。

一直到钉棺材，他也没有看儿子的尸体，他说，钉吧，钉吧，有什么可看的，他一生下来，我就看着他，他长什么德行我清清楚楚的。

儿媳妇早已经哭得死去活来。他一抬头，看到土坡上边苏二杰的房子，这才后起悔。苏大杰死了以后，媳妇就改嫁了，带走了他的两个孙女。他为了省盖房的钱，把这套房子当作婚房给苏二杰住上了。

二媳妇说要带孩子去娘家住段时间，他们就清楚接下来会发生什么事，他把柜子里的几千块钱塞给二媳妇。当她抱着孩子出了院子的时候，他才哭起来。他一哭，他母亲就止不住地大笑。

苏二杰打工的地方送来三万块钱，政府又给了贫困补助，村子里的人也都少则几十、多则上百地给他钱。他都收着。

没多久，苏二杰的媳妇回来了，她已经向村子里好几户人家打听过，他们是不是收了二杰老板三万块钱？又说，那也应该有我的份。人们不知道媳妇后来是怎么走的，也不知道他们一家人说了些什么。

我们要去集上，出了村子，下山，从两道山隘中间的公路走出去，能看见两排低矮房子，其中一个房子里时常走出个女人，有时候，她正在院子里忙着什么，听见三轮车从远处过来，她抬起头看。我们总跟她打招呼，三轮车上总是有人叹气，苏大杰这么好个媳妇！

听村里人说，苏大杰的母亲有一回路过时，也拉着老伴说，看，那是我们儿媳妇，是大杰的媳妇。苏大杰的父亲头也不回，说，你傻了吧，什么是媳妇？能一起埋进土里的，那才叫媳妇。

我从他家门口经过的时候，看见他们三个人坐在院子里剪柴胡。后来听母亲说，他们把吃不完的粮食卖掉，他们上山采药，卖了钱，跟政府的补贴费放在一起，分成两份，让我父亲下山的时候帮他捎上。他说，这个到门村给大杰媳妇，这个到王村，给二杰媳妇。他说完，觉得有点不合适，嘴哆哆嗦嗦抽了好半天，不知道该发什么音，父亲已经发动了三轮车，走出院子的时候，轰隆隆的声响里，听见他大声喊，给我的孙女们！

第二辑

舌头上的秘密

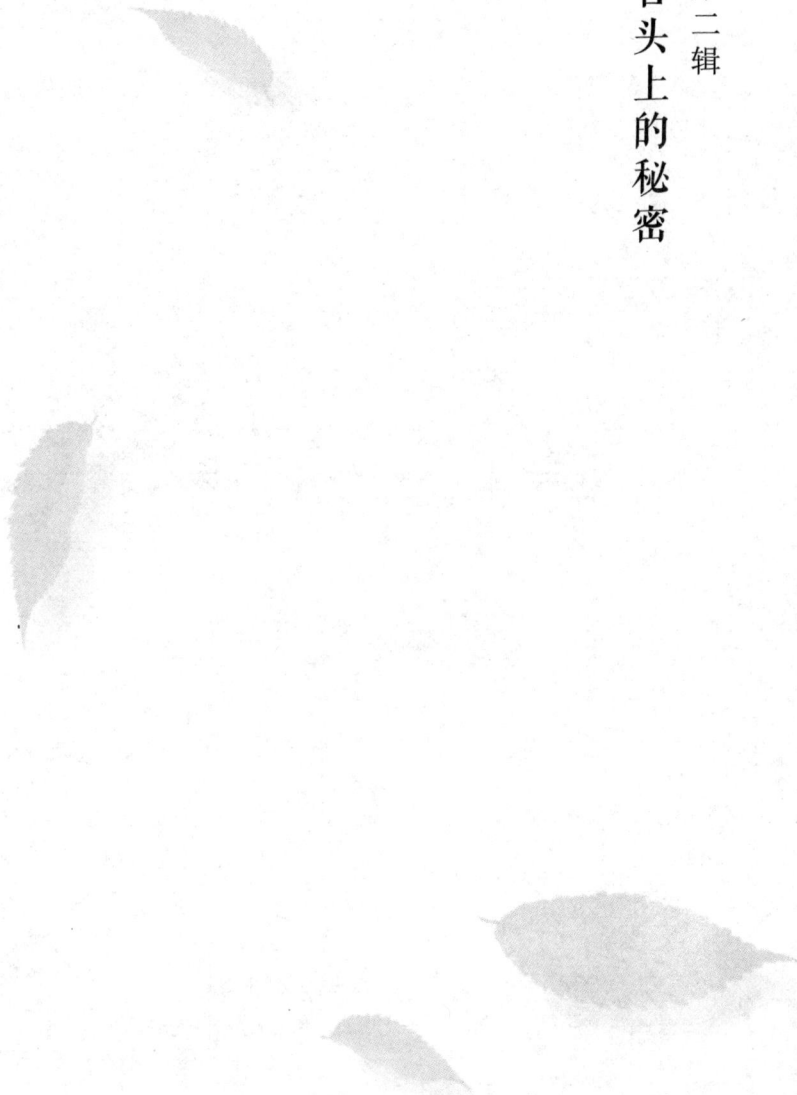

舌头上的秘密

三轮车颠来颠去，母亲的目光一直往花丛里扎，那是一大丛开得正盛的马茹茹花。车子开过了，她才说，你知道吗？那是阿俊的坟。

阿俊是我的同学，那时，他们村的学校只有一到三年级，四年级就要到我们村去上。我们的母亲、舅舅、姨姨分别是同学，这还不算，等我们的母亲嫁人以后，发现她们的丈夫也是同学。她虽然大我两岁，却跟我同年上的学。几年后，我们的弟弟也到了同间教室。学校没有宿舍，阿俊自然就住在了我家。她长得好看，两个大长辫子齐腰，还乌溜溜的。

村里有男孩的大妈们有时候也跑到学校看，她们认为读书没啥用，她们的男人大多都上到了高中毕业，现在却在矿石沟里以挖矿为生，矿石不会因为谁的学历高，就让他更省劲。附近几个村庄高中学历的姑娘也不少，都嫁在本乡本土，跟别的女人一样在一亩三分地里刨食，出粪、挑水样样都落不下。有几个当了老师的，同样看天吃饭，不仅如此，

给树把脉的人 / 刘云芳

还得常年跟丈夫分居两地，家没个家样。所以，谁也没对姑娘们念书抱啥希望。倒是七八岁生火刷碗，十一二岁和面、擀面，十三四岁织毛活、绣鞋垫，这些活计培训得很及时。

我和阿俊极其亲密，下学后，一起在院子里玩沙包，手心手背来回翻动着玩抓石子。晚上，我们头挤头睡一床。我就看见床忽然分成两半，她那一半越来越高，高到我够不着的地方，她先是伸出脑袋对着我笑，后来，她一伸手，从床上掉下来，给摔死了。起床以后，我哭得极伤心。她一直追着问怎么了，我却开不了口。类似的梦还有好几个版本，比如，梦见大家都跨过去的门槛，她却脚下一绊，死了。我把梦告诉母亲，母亲说，那是因为我太喜欢阿俊了，才会这样。

很多年后，我听到阿俊死了的时候，脑子立刻"砰！"一声巨响，好像我自己忽然从高处掉下来一样。

我还记得有一年冬天，跟同村的小伙伴商量着送阿俊回家。本来说好的，送到疙梁上就回来，可上了疙梁，我们还是不想分开，我对着村子高喊着向母亲报告后，就去了她家。她家有三间土窑洞，奶奶已经很老了，看她回来很高兴。我们在院子里玩耍，她家跟邻居隔着的那面墙间长着一棵杏树，树杈上伸出一个脑袋来，他比我们大几岁，正往这边看。阿俊以一副大人的口气说，别搭理他，二百五！他们两家刚因为院子界限的问题吵过架，据说那场争执惊动了两个家族。

　　阿俊初二辍学之后，当别人告诉我，这个"二百五"就要成为她的未婚夫的时候，我说什么也不相信。直到阿俊的妈妈说，这是真的。

　　很多不上学的姑娘，都去山坡上采摘马茹茹花，山下的人会定期来收，听说是拿它提炼香精。黄色的花朵开满山坡，姑娘们嬉笑的脸点缀其间。这些花如果不摘，就会在夏天长成深红色的果子，肉极甜。姑娘们一边往嘴里塞，一边采上几捧，拿回家串项链、手链。马茹茹也叫黄刺玫，上边都是刺，一不小心就扎了手。我陪阿俊去山里采摘过，她一边摘黄色的花朵，一边往矿石沟里看，她的未婚夫憨娃从矿洞里爬出来以后，身子前倾，用力往前拖着车筐，在矿石堆前站定以后，回过头往这边看。他上到小学三年级就辍了学，跟着村里人一起挖矿，个子不高，都说是用力过度造成的。等同龄人正愁着凑上学的钱的时候，他已攒了不少钱，并且还有了阿俊这样的漂亮媳妇。这严重影响了村里人供孩子读书的信心，读书无用论一时在村里盛行。有媒人上我们家提亲，特地劝我妈，大意是说，那些挖矿的小伙子们个个都能攒钱，趁现在还能挑个好婆家，等再读几年书，好的都被人挑完了。

　　那段时间，阿俊常跟着憨娃去赶集，她坐在憨娃三轮车副驾驶上，迎着尘土微笑，有一种绽放的美。而初中生的我还停留在孩子世界，对这种变化完全不能适应。我用老师向我们灌输的男生与女生的观念衡量她，认为阿俊变了，她跟我之间隔了一条鸿沟。

其实阿俊真正意义上的改变是几个月以后，她小姨在城里开了饭店，她跟着去帮忙。有次，她从城里回老家，路过学校时就下了车，她穿着一套粉红裙装，裙子很短，整个校园里的目光都聚集在她身上。她的笑声变大，有些发音产生了变化。听别的同学说，城里人就是那样讲话，宿舍里好几个女生向她打听服务员的工资待遇。她们说，假如中考成绩不理想，就像阿俊那样去城里当服务员。

阿俊的穿着引起了一些流言，但是什么也挡不住她想进城的步伐。那年我准备去外省念书，在山下的河岸上看到了阿俊，要不是她身边的未婚夫，我真没认出她来，憨娃浑身打着补丁，估计是刚从矿洞里出来，还没来得及换衣服，她衣着光鲜，穿着低胸的上衣和极短的裙子，两个人看上去极不相称。她情绪高涨，说着城里生活的种种，憨娃却一句话都没说。这是我与她最后一次见面，她约我过年时相聚，我当时正经历着上学时经济的拮据与青春期成长的困惑，故意把这个约定放在了脑后。

那一年，各村的姑娘成群结队拥向城市，她们过段时间就会从城里回来，衣着与口音都在不同程度地发生着变化。那些曾经在山间采马茹茹花的天真姑娘都不见了，她们中的大部分从头到脚变得俗艳。

过年过节，我们碰面，曾经的伙伴都操着城里人的口音，这让乡音未变的我喉咙像被堵塞了一样，说不出话。这种尴尬在许多年后再次出现过，当我兴致勃勃加入小学同学的微信群的时候，她们的城里话一下子将我隔开。

我想，那个阶段，阿俊与她的未婚夫憨娃之间的隔阂一定是从语言开始的。我能想象在矿洞里干得出色的憨娃与她久别重逢，攒了满肚子知心话想跟阿俊诉说时，她几句城里话就能把他的嘴牢牢堵住。阿俊的舌头已经被城市文明所占领，这让憨娃不确定自己的家乡话还能不能植进阿俊的心里去。

很快，挖矿这条路已经行不通。矿管所查得很严，人们都在另谋出路。

曾经在矿石沟叱咤风云的人物，顿时变了样。在城里，原来健谈的小伙忽然张不开嘴。我听见两个小伙子在路边打闹，一个说，你净说点子土话，人家城里人根本不鸟你。另一个说，你城里话说得好，也一样找不到工作，人家一看你就是个山毛。

听说，山毛是城里人给我们山里人取的外号。

山毛意味着饭量大，见识短，有关山毛进城的笑话几天几夜也讲不完。但是现实中，年轻人进城的状况却不像笑话那么轻松。听说，憨娃曾丢掉矿洞，跑到城里打工，但一个月挣的钱还不如挖两天矿挣得多，他不会说城里话，还要看人脸色，没几天，他就跑回来了。

几年后，我从外省回来，在火车站附近遇到我的同学阿粟，阿粟上学的时候是个沉默羞涩的人，现在她能对着来来往往的人招揽生意。好像自从她的舌头上装了新的语言之后，她的皮囊里也装了另一种特质的灵魂。她给我端来一碗臊子面，还特意送我一小份果盘。在桌子上，她用半家乡话半城里话的方式向我讲述了阿俊的死。

她说，阿俊跟饭店的一个服务生好上了，服务生说要带她私奔，可阿俊偏要回去争取一下，跟她的未婚夫憨娃分手，再跟服务生光明正大地生活。那一天，阿俊的父母当然不同意，他们在女婿进门以后，特意去村子里串门，希望他俩好好谈谈。等他们回家以后，就发现出了大事，阿俊已经没了气！憨娃"扑通"一声跪下去，拉扯着自己的右手说，他把阿俊给掐死了！

我听得心惊胆战，这一年的阿俊才十九岁，我忽然间怎么也想不起阿俊的样子。回家以后，十一岁的我和十三岁的她微笑着站在我们家的相框里，这时才注意到我们站在一丛马茹茹花的旁边。那一丛马茹茹花开得可真艳啊。

在我们那里，如果死者不是自己家里的亲人，就要用一块红纸盖着她的脸。可母亲没有，她认为阿俊就是我们的亲人。

我问凶手的下落，母亲说，一开始，阿俊的母亲坚持认为自己的姑娘毁约在先，不关憨娃的事，哭着叫他走，最好逃出去。他们把情理看得比法大。到后来，电视台采访他们的时候，他们对着摄像机还在说，小伙子很不错，对他们像对自己的瞎眼老娘一样好，是自己的女儿不好。那时，杀人凶手已经归案。他逃走几天以后，从自己行凶的右手上得到了启示，他觉得自己用的劲并不大，应该不足以要了一个人的命，尤其是自己心爱的女人，就想回到村子去看看，或许她还活着。结果却被阿俊家的族人捉住，他们站出来，异常清醒地认为，无论如何，他都应该偿命。

阿俊父母的声音顿时淹没在这些声音中间，两个家族一次次争吵，那面原本被拆掉的界墙很快重新筑起，并且比原来的墙更高，更坚固。

在阿俊死后，村庄里在外打工的姑娘一下子变少了，很多在城里上班的准媳妇，都被家人叫了回来，抓紧时间结了婚。

阿俊的尸体被解剖之后，发现了一个胎儿，已经三个月。

听说，憨娃被判了死刑。不知道他到了另一个世界，她在应他的时候，会用家乡话还是城里话？

在故乡，很多个憨娃与很多个阿俊最后都结了婚，他们一起去城市打拼，生孩子，把孩子扔给故乡的父母。憨娃与阿俊们都能灵活运用城里话与家乡话，他们虽然一直租住在城市民房的某一小间里，有时为交房租的钱急得团团转，需要打一圈电话，四处借钱周转。但不可否认，他们变得越来越洋气，越来越不像山毛。就像我去年回乡，几个人特地迎我，他们的衣着大胆时髦，与他们的职业完全不相称，这出乎我的意料。他们始终满面春风，欢笑，炫耀，等几瓶酒空了之后，舌头开始松软，家乡话被抖搂出来，一起抖搂出来的还有那些苦处与压力，还有压在舌头底下的种种尴尬。

　　每次，路过阿俊的坟头，我都会看那丛马茹茹，有时有花，有时没有。心想，采摘这些花朵早已经成为历史了，那些收花人再也没出现过。我后来在很多个城市里见过它，开在街道上、公园里，是一种明艳的装饰，只是很多人都不认识它。

盲 牛

一

那头小牛伸长脖子嗅紫色的牵牛花，嗅铁丝，又去嗅木栅栏。它的脖子再伸长一些，想嗅栅栏那边的豆角秧。结果，一不留神，两条前腿就滑进眼前的窄沟里。它不知道它与花、铁丝、木栅栏之间还横着一条窄沟。它迅速后退，像是逃避一只猛兽，躲到母牛的身后。它以为窄沟会追上来，眼睛瞪得很大。窄沟却没能跑进它的眼睛里。不到一顿奶的工夫，它就会把这恐惧忘得一干二净，继续去嗅紫色的牵牛花、铁丝和木栅栏。它又一次掉进窄沟，这一次，它没有跑到母牛身后，而是跑了一半的路程，它用耳朵仔细倾听，听那窄沟是否会发出响动。

它有时会走进院子，一点点走，一点点嗅。我简直怀疑它是狗投胎转世。一条狗走到它身边，它也像嗅一朵花一样，嗅狗的脑门。狗自然不愿意被当作"花朵"，耳朵顿时竖直，恼怒地狂吠起来。小牛一惊，慌乱地跑开。这小牛原本是怕我的，察觉到我的身影便跑开，有一次却没有动，它停在那里，却又绕过我，一直向前，走到晾衣绳下边，来回蹭我那条蓝裙子。我才知道，它感兴趣的是那团固定在布里的蓝色火焰。那蓝让它陶醉，它对着那团蓝撒娇卖萌，不知道如何表达自己的情绪。

父亲拿起笤帚就赶。我说，它好像看得见我的衣服，要不就是能看见蓝色。父亲说，一个盲牛，哪就看见了？

是的，它是一头盲牛，它在投胎时，把目光留在了上辈子。

不知道为什么，它一脸天真，满世界玩耍的时候，我总能从牛眼里看到我们的童年。那时，我和弟弟觉得这小院是那样广阔。我们玩泥巴、采花朵，在枯木上摘木耳，修房子……我们用树枝、花草、泥巴几乎模拟了整个人生。从婴孩出生，到娶妻、生子，再到遭遇疾病、死亡。可长大以后，我们才知道，树枝、花草、泥巴并不是人生的构因。

弟弟很快就变了样子，生活在他的脸上、身体上大刀阔斧地下手，让他过早地秃顶、发福，样子看上去像我的哥哥。

他拖着肥胖的身子走路，身体里的钢板会不时响动。他总是习惯性地敲打这一截埋在身体里的异物。夏天穿短裤的时候，我能看到他腿上的伤疤，有十几厘米那么长，好像一条鱼骨化石镶嵌在里边。在十年前那场车祸里，我只流了两次眼泪，打回去两千块钱。肇事者是大我八岁的叔叔，这个在我母亲后背上长大的人，什么也不说。我的父母便吞下了这枚苦果。那个春节，我千里迢迢回去，看到躺在炕上的弟弟，他的目光钉在一台彩电上。他那么年轻，注意力不在腿部的疼痛，而是彩色电视里的节目，山外的缤纷世界。父亲不顾弟弟在医院里的巨大开销，买台彩电回来，就是想让那些彩色将他心里的黑墨抹掉。

弟弟那时刚开创了他的第一份事业，在山下一个车流密集的村里开饭店。这场车祸结束了饭店的生命。在两年的时间里，他又一次学习走路，并重新规划自己的人生。我们似乎从来也没为他的婚事担忧过。无论哪个环境里，都有姑娘倾心于他。可后来十年的时间里，弟弟的婚事，却让父母伤透了脑筋。那些年，我看到一头头盲牛对眼前世界的每一缕花香都充满渴望，对每一条可能出现的鸿沟都视而不见。每次出现危机之后，他们躲进自己的恐惧里，悲伤在互相的碰撞里无限放大。我因无法把花香移植到他们眼前而悲伤，许多年里，我想起家庭，就觉得有一只坚硬、尖利的牛角插在胸口。事实上，缓解他们的悲伤是容易的，偶尔的花香，便使他们又一次忽略了鸿沟的存在。当我一次次觉得他们看透人事，走出悲伤的时候，才发现我也是一头天真的盲牛。

弟弟第一位引起我们家庭矛盾的女友是个孙姓姑娘。孙姑娘是河北人，胖乎乎的。她当时跟弟弟在同一家饭店里打工，当服务员。那年我生日，她去我们的出租屋里吃饭，跟着我在厨房里忙前忙后。母亲在电话里问长问短，探听孙姑娘的长相、品行。可这探听明显就是虚假的。母亲压根不想让她的儿子找外边的姑娘。她对未来生活没有准确的预见，以为出去打工的人早晚要回到村子，到时，弟弟的外地媳妇如何能适应我们村里的生活？为此，她将自己未来儿媳的出生地限定在老家的山村里。

其实，孙姑娘像我们一样从小山村里走出来，担负着让家庭富裕的重任。这重任原本是由她姐姐担负的，可姐姐的重任在爱情的阴沟里翻了船。现在，她跟爱人在附近的城中村租着间小房子，怀了孕，已经自顾不暇。孙姑娘在我们面前说要在不久的将来买房、买车，再把父母接到城市来。这曾经是我的梦想，彼时从她嘴里说出来，我好像忽然遇到了当年的自己。她没看见我苦笑的表情，继续描述着自己的愿望。

我想如果不是父母反对，孙姑娘不会跟弟弟在一起那么久。但他们还是分开了。她梦想的果子太大，弟弟这棵树完全承担不起。

二

都说红色能燃起牛的激情。在西班牙斗牛场上，那抖动的红布让牛无比愤怒。它一次次冲向斗牛士，把坚硬的牛角像匕首一般刺向鲜红而柔软的敌人。也有人说，牛本身是色盲，在它的世界里，只有黑白灰。红布并不能调动牛的情绪，反而可以刺激人的情绪，让人产生莫名的兴奋。牛的愤怒不过是因为长时间的关押、一次次地被戏弄和红布的挑衅。可父亲的小盲牛不是这样的。它看不见别的东西，却对我那条蓝裙子分外依恋。它在蓝裙子下一卧就是一下午，好像那蓝能给它安全感，就连母牛的呼唤都置之不理。它吃奶的次数非常少，满月的时候比刚出生时看上去还要瘦。一头牛看不见东西，最不幸的不是它自己，而是它的主人。父亲一整年辛辛苦苦伺候着母牛，就等着下了小牛，给自己开支呢。

患过脑出血的母亲在窗口看着忙碌的父亲，也看在蓝裙子下卧着的小盲牛。她不住地叹气，在她眼里，那头小盲牛是这个家庭里的一块霉运疮疤。

母亲向窗外张望的样子，让我想起她壮年的时候。那时，她总想做弟弟婚姻里的主人，在各个村子里张罗，她将几个姑娘排列在名单之上，再一一筛选。母亲像古装剧里那些热烈的娘亲一样，四处托红娘，又四处奔走，四处打听，忙得不亦乐乎。在一个秋天，她以收庄稼为由把弟弟叫回家。那几天，我的电话不断，一会儿是弟弟打的，一会儿是母亲打的。母亲眼里的弟弟是多么不懂事，对她安排的张姑娘一直摇头拒绝，张姑娘是弟弟的初恋，可他们已经分别了很多年。我自然是站在弟弟那一边，可这相隔千里的援助根本无济于事。就连族里其他长辈也在电话里说我是"憨子"，他们对这件事情莫名地热情，轮番劝解弟弟。对他的祈求却无动于衷。后来，弟弟酒后在电话里对着我哭喊，姐，你快回来！

在父母族人眼里，结婚就是"生米煮成熟饭"，是感情的最后一站。村里人的婚姻史，不足以让他们看到其中的危险性，那些年，山村人家的婚姻状况只听说过丧偶的，外遇的，但没听说过有人会离婚。他们急切地想把弟弟送到这终点，完成自己的使命，完全想不到在这途中会遇到什么意外。"她家不要房子，又不要车……"母亲觉得捡了大便宜。这位张姑娘是我们看着长大的，从她家到我家步行也用不了三分钟。张姑娘的父亲张老锅跟我父亲关系非常要好。至今我还记得，小时候一到下雨天，他就背着张姑娘到我家串门。

我母亲几次三番地催我赶紧回家，准确地说，是盼着我所有的积蓄回家。就这样，我成了这场婚姻闹剧里的最大赞助商。弟弟当时的处境，就像强迫戴鼻环的半大牛犊一样。挣扎、流血、疼痛是多么正常不过的事情。等他不得不点头之后，才明白，为了好好生活，必须爱上那鼻环。

结婚那天，迎亲的队伍太长，前边的人已经进了张家门，后边的人还在我家门口。我看到的张姑娘，完全没有母亲描述的那般贤惠，什么给我家牛打草啊，什么给我妈做饭啊。母亲这样解释：新媳妇嘛，总得端端架子。我看她在新婚那天抚摸新家具的神情时就确定：她爱家具一定比爱我弟弟多。

我没看见弟弟如盲牛般适应鼻环的过程。那时，我在石家庄工作，我租着两室一厅的房子，就是为了他们出来打工的时候，能有落脚的地方。我买了非常喜庆的大红床单，以为他们会在某个时间来投奔我，并提前想到了各种处理姑嫂关系的方法，但都没有派上用场。对于这场婚姻里的最大股东，我父母向我隐瞒了实情。当我一年之后知道这些事时，气得拳头发紧，浑身直抖。张姑娘极少回我家，她要么住在娘家，要么去了城里。让她回来的方法只有一个：给钱。在这么糟糕的事情面前，弟弟始终保持沉默。一直在说话的是母亲，她向我描述着乡亲和媒人的闲话。我把那些凌乱的句子组织在一起，大概是这样的：张姑娘想嫁到我们家完全是一场阴谋，她哥哥娶亲时，借了十万块外债。她父亲张老锅急于找一个能堵上这窟窿的人家，而我母亲当时急于让我弟弟结婚，所以才有了这门婚事。结婚前，她刚做了药流。那孩子的父亲便是她姐夫。有人在城市里撞见过她和她姐夫在一起，他们结伴出入于一间出租屋，情侣般走在街道上……我在这个时候，耳朵里就会冒出弟弟酒后的哭声。他说，姐，你快回来。

张姑娘曾给弟弟发过这样的短信：假如我整天泡吧，跟别人鬼混，你还会跟我过日子吗？我弟弟在那个夜里，一支接一支地吸烟。在她回来之后的某个夜里，他请她去床上，这其实已经算作答复了。但张姑娘一剪子扎在我弟弟手上，她要更明确的答复。那是个冬天，我弟弟用一件衣服擦拭着手上冒出的血，然后把它塞进炉子里烧掉。

但弟弟手上的伤口还是成了一枚炸弹，硝烟在两家人之间弥漫。张姑娘前一天还让母亲给她做绣花鞋，第二天就拿着衣物走了。从此，她再也没有回来。

他们没有领结婚证，算不上合法夫妻。在我的老家，这并不稀奇。有一个不成文的村规民约：已交付彩礼的男女双方，无论哪方理亏，只要男方说分手，女方便可以不归还彩礼。为了那笔高额的彩礼，我们全家咬着牙也得怄下去。

深夜，我又一次听到弟弟哭泣的声音，终于忍无可忍，从网上找了位律师，希望能在法庭上结束这段所谓的婚姻。在法院，张姑娘泣不成声，她说要改过自新，一定回家好好过日子。可弟弟前所未有地坚决，他对她再也不抱什么希望了。张老锅不得不还我家钱的事情被传得沸沸扬扬。那些有类似情况的人家，似乎一下看到了希望，不断把电话打到我家来咨询。

其实，张姑娘始终是彩礼的牺牲品。为了把我家的钱还上，她不得不嫁到外县。半年之后，她又嫁到了另一家。现在，村里没人知道张姑娘到底嫁到了哪里，只见过她跟一个年长的男人亲亲热热回了娘家，怀里抱着一只长毛狗。类似的狗，张姑娘在我家就养过一只。她走之后，她的狗却赖着没走，看见她从门前过，不住地摇晃蓬松的尾巴。

通过法院拿到张老锅家的钱后，母亲就陷入继续给儿子找媳妇的轮回之中。只不过这次的范围扩大了，离异的、丧偶的都包含在内。刚摘掉"鼻环"的弟弟好不容易得以解脱，自然不愿意那么快进入婚姻。可彩礼一高再高，一开始还是六万六，七万七，后来就变成八万八，九万九，再后来十几万也挡不住，除了这些彩礼，还要在城里买房、买车。女孩子们不管自己是否在城市生活，都要在这里买套房子。弟弟誓死不为这样的婚姻折腰，他跟我一起嘲笑那些以金钱为择婿标准的人，也嘲笑那些不断妥协的男方，为了一个并不中意自己的姑娘，欠下了几十年也还不清的债务。

弟弟当时在饭店当厨师，有一技之长，工作非常稳定，比其他打工的年轻人有优势，但他非常自卑。他知道很多女孩并不看重他如何自立，如何能照顾家里，他们往往会看到我病中的母亲，不得不居家的父亲。那段时间，他频繁相亲，之后，跟一个姓冯的姑娘走在了一起。冯姑娘生过一个孩子，她前一段婚姻就是高彩礼婚姻的牺牲品。那户人家的家境是不错的，但婚后，才发现丈夫又懒又馋，整天沉迷于网络游戏。多次争吵以后，她跑回了娘家。他们像很多农村婚姻一样，只有传统仪式，没有领结婚证。冯姑娘认识弟弟后，说要顺从自己的内心，只看人，不看钱。她从娘家偷偷拿来了锅碗瓢盆，跟弟弟过起小日子。一年后，他们谈婚论嫁，却依旧没能逃过彩礼这一关。

冯姑娘要房子，只要在山下就行。可山下的村庄几乎已经空了，人们都进了城。她跟弟弟因为彩礼的事吵了好几天。从十几万到几万。后来，终于商定要七万八。即便这样，我家也是拿不出的。那几天，冯姑娘坐在弟弟的摩托车后座上，见证了他四处找钱的尴尬情景。冯姑娘下令让我出两万块，可我那时刚刚买房，把所有的钱凑在一起也只有一万。我们村当时有十几个小伙子没有娶妻。谁家婆媳妇，全村人都当作是自己的事儿。我父亲大摆宴席，请乡亲们帮忙。屋里摆一张铺了红纸的桌子，村里最有威望的几位大爷、爷爷在那里坐镇。他们一笔一笔记下大家的钱数。出钱最多的是我姑姑、姨姨、舅舅，他们一人出两千块，最少的是村里的五保户。他哆哆嗦嗦的手指从布包里摸出二十块钱，拉着我父亲的手说，只要娃能结婚，多难都得努力！说完，坐到席位上端一碗臊子面吃。

往常，这样凑钱的方式是男方私下进行的。可这一次，冯姑娘一直坐在屋子里，她看到所有的乡亲齐心协力凑钱的一幕。我们以为这感人的情景会触动她心里柔软的部分。我天真地以为，她会因为弟弟这几天的奔波而心疼。结果冯姑娘一回到她娘家立刻就翻脸了。她想要的不只是七万八，是那天大伙给凑的所有的钱。就这样，弟弟眼看着自己同居一年的女友以五百元之差落入别人手里。这在故乡屡见不鲜。多少人家因为女方一再加码，本来定好的婚期告黄，因为三两千甚至三两百的价格，相处几年的结婚对象很快就换了人。

这件事给我们家的打击非常大。我父母自愧家境不好，说他们影响了弟弟的婚事。母亲更是时不时落泪。我没办法跟他们谈话。他们话里有刺，不扎别人，专扎自己。可我宁愿他们把刺扎向我。

我父亲跟村里那些娶不着媳妇的人家一样，想尽办法却无济于事。他们曾想把一个大弟弟九岁的离异女人介绍给他，如果不是因为她名声不好，他们就会付诸行动了。在许多次的反思中，母亲把自己说成弟弟婚姻里的罪人。但她把眼泪一擦，又成了一个逼婚者。弟弟感觉身体上到处都镶满了"鼻环"：母亲的眼泪，自己的年龄，还有暴涨的结婚条件。为此他夜不能寐，大把大把地脱发。脱掉的头发也变成催逼他早日成婚的鞭子。

三

那头小盲牛注定得砸在父亲的手里，虽然一头公牛未出生前，它的四肢、前胸、后背、内脏甚至是阳具都被贴了价签，但没人愿意要这么一头瘦骨嶙峋的小盲牛。每年这个时候，父亲都会无比心痛地把一头小牛的缰绳交到牛贩子手里，然后接过钱，目送牛贩子拽着小牛走出村子。父亲故意不看小牛湿润的眼眶，他回到牛棚里，给母牛倒上最好的草料。

每次拿到钱以后，父亲都说不养了。可是生活一张口，到处都需要钱，他就忍不住在母牛发情之后去找配牛师傅。

给树把脉的人 / 刘云芳

　　小盲牛一直不好卖，牛贩子们把价格压得很低。父亲摆手拒绝。小盲牛却追着牛贩子跑了好远，直到在石头上绊了一下，才吓得跑回来。哦，牛贩子手里拎着一个蓝色的布袋。

　　母亲跟父亲商量，不能再留它了。它要是头母牛也算了，我们长久养着它，瞎就瞎，不影响下小牛。可它偏偏是头公牛，我们养它有什么用呢。是的，一头公牛真的没什么用。耕地、播种都有现代化设备了。水龙头已经铺到院子里，用不着它拉水了。这样的工作用不着它们，就连生育繁殖也不需要它们的参与了。母牛到了发情期，一个电话就能把配牛师傅叫来。在山村，牛也像人一样男女比例失调，牛的性别问题不会给人带来太大麻烦，而人自身生男生女，却产生了巨大的负效应。人们都渴望生男孩。但一个男孩却足以让一个家庭破产。那些当年因为生女儿垂头丧气的人家，却开始扬眉吐气。在这样的社会环境里，人们一次次制造着不幸的婚姻：只要性别没冲突，两个毫不相干的人，就能像牛一样撮合甚至是捆绑在一起。

　　那一年，媒人从各家收走几千到几万块钱之后，村子里便有了一个特殊的人群。这些来自陕西的女人，让附近村里二十多岁的蔫虎到五十多岁的大喇叭立马从光棍身份里解放出来。蔫虎他们家还举办了隆重的婚礼，新娘子明显比他大了十几岁。两个陌生男女，忽然就以夫妻的名义住在一起，是很奇怪的。可他们都不觉得。我父母跃跃欲试，想着让媒人给我弟弟也介绍一个。只是年龄要尽量相当。这件事情最终因为我的大哭而告终。不多久，大哭的便是那些婆亲的人家了。接连几天，这些媳妇们都去山里采草药，她们是多么勤快啊，把采来的草药晾晒在窗台上，男人们闻着这草药味便能把多年因婆亲留下的内伤治好。可几天之后，天黑了，媳妇们也没回来。人们找了整整一夜，只在一个黑土洞里看到几把堆在一起的镰刀和编织袋，那本是她们采草药用的。那编织袋像一截粗大的蛇蜕一样被男人们捏在手里。

那个时候，网络兴起，不少人从网上找到了自己的幸福，比如我的表弟。表弟的媳妇来自山东。他们在一起和和美美，很快就有了小孩。弟弟也学着他的样子从网上淘换幸福，还真遇到了心仪他的女孩，可了解之后才知道她们多是在婚姻里不幸福的人。她们要么有家庭，要么跟自己的丈夫处于准离婚的状态。弟弟苦闷，但他不想当那个拆散别人家庭的人。

当年给冯姑娘准备的彩礼存在银行里。我父母担心再也凑不到这么多钱，没将它们归还。这些年，谁家需要用钱，弟弟就单个还了。他工作地点附近的楼房开盘时，我让他交了一套房子的首付。有了房子之后，弟弟在找对象这件事上确实多了优势，大姑娘、小媳妇一涌而来。弟弟挑来挑去，有点挑花眼。他不想再在婚事上拖累父母，一说只有房子，没有彩礼，便击退了一大拨人。其实可供他挑选的人大多是这样的：离异，有的带孩子，有的不带。少数没结过婚的，身体或多或少都有一些缺陷。

在弟弟眼里，婚姻不过是个按摩器，可以让母亲安心。他越来越像我父母，把婚姻当作一个人情感的终点。那段时间，我们在电话里总是争吵。我总在说，慢一些，再慢一些，慢慢相处，慢慢交往。他却格外地急切。一有空，饭店老板就开车带他去附近的村里转悠，四处打听哪里有待嫁的姑娘。这有点像牛贩子进村后四处打听哪家有牛卖。我根本拦不住弟弟，通过电话里他的声音，我就知道，他的血液里有几十头牛在奔跑。他跟现在的妻子见过两次，便定了终身。对方不在乎他的家境和条件，只朝他要了两万块钱的彩礼，这两万块钱在婚礼那天当作陪嫁送还到我们家里。我父母非常知足，握着儿媳手的时候，眼泪涌了出来。

儿媳在另一房间里的时候，我父母的神情就像那头守着蓝裙子的小盲牛，那么安静、快乐。他们要想尽一切办法对儿媳好。秋天，我父亲从山里摘了几大捧酸枣，从地里刨出新鲜的红薯，又带了南瓜、大葱，恨不得把整座山搬去看他们。

第二年，弟弟迎来了他的女儿，同时也迎来了妻子的产后抑郁症。他手上的炒锅越来越沉，房贷、养育孩子的压力、夫妻感情上的矛盾让他备受煎熬。生命的火焰炙烤着他，可是他不再说话，不再哭诉，他学会了沉默。即便这样的煎熬，在村里那些单身的小伙子眼里也是美好的。这几年，单身男性的群体又壮大了，几个原本有媳妇的人，也在进城打工后分手了。一个男人在城里扎下根基太难了，而城市总是对姑娘们微笑并且招手的。

面对鸿沟，我的家人远比我想象的坚毅，就在弟妹忽然跑到娘家闹离婚的那些天，我腿瘸的父亲和只有半个身子能够活动的母亲照看着弟弟的女儿。弟弟承担着妻子各种无理取闹，一次次把药送到她的身边，直到她回心转意，把孩子接回到身边。父母顿时觉得空落落的，他们把注意力转移到小盲牛的身上。

我知道，父亲早晚要向牛贩子妥协，以极低的价格卖掉它。而那头小盲牛像狗一样天真地蹭他的裤腿，它不知道自己日后要等待多种凶器：鼻环、刀子、火或者沸水、人的或者狗的牙齿、肠胃以及埋骨头用的土地。那些东西，可比一条窄沟凶险得多。我把那蓝裙子摘下来，它就来嗅我的手。父亲拍了拍它的脑门，笑了，他说，这畜生！

归乡记

　　遛弯回来，手机一阵乱响，像有人在急切地敲门。我打开微信，看到有人想加我，对方所在地是我故乡的地名。那两个字在我这里是自带通行证的。自从有了微信，那些五湖四海打工的老乡，原本已经淡忘的远房亲戚，渐渐都跑进了微信通讯录。好像现代通信设备是一个收纳各种人际脉络的盒子。

　　对方顾不得用文字客套，直接给我发来一行又一行的语音。熟悉的乡音高亢有力。我在脑海里努力为这个声音匹配着主人。

　　我按着手机，会香的名字从我的指尖冒出来，同时还有她的样子：仅有的一圈头发拢到头顶，再向后扎起来，雪白的头皮被发丝分成很多份。一笑，嘴角显出两个深深的酒窝。她顶着方便面般弯曲的假发，食指总是忍不住用力伸进去挠抓，可能太热、太痒了。想到这里，那些储存了二十年的记忆便像忽然打开一瓶摇晃过的啤酒，泡沫喷涌着，拦也拦不住。

她七八个月大时，睡醒后，爬向连接着炕的灶台，一不小心栽进了锅里。要不是母亲及时进屋，她的脑袋早就被煮熟了。村里人偶尔还在舌头上再现她被烫伤的那一幕，她那时并不过多隐藏这段经历，但却忘不了村里人看她的眼神。人们夸她长得白净之后那一声深深的叹息，像个无底洞，让她轻易就陷进去；当然，也像刀斧，砍掉了她少女时期可能会有的各种枝权，除了努力学习，她似乎别无选择。

从我打算归乡前的数月，她就追问我什么时候回去，就像那些年我们上学的路上，她总是跑在前面，不停回头朝我喊，快点！快点！她生命里一直有一根鞭子似的，除了一路向前，什么都不会去想。我们一起上初中，为了躲避食堂常年不变的水煮白菜和大咸菜，曾相约去村里一家"小食堂"吃饭。冬天风极烈，刀子一样，好像是削齐了那道墙直逼过来的。我们要裹紧衣服，扭着头等风势弱时快速冲进路对面的石棉瓦板房。那里也冷得很，地面结着冰。而所谓的小食堂，也只能提供一盆馒头，一盘土豆丝，或者白菜豆腐。学校的冬夜，我们常常风一般从厕所穿过操场，在宿舍把两张被子叠在一起，两个人背靠着躺下，都紧缩身子，像是住在同一子宫里的孪生姐妹。

在会香的催促下，我的这次归乡似乎也变得急切起来。我担心她忙，其实说到底也是一种逃避，总觉得同学之间分离得太久，见了面也没话说，因而推辞了好几回。她却热情地坚持，说一定接我们。当列车行驶在故乡的路途上时，我也竟然迫不及待想要和她见上一面了，等快到站了，她却突然发信息说临时有事。我回复说，那就算了，下次再聚。车窗外飞驰而过的山峦、土塬，由于速度太快已经看不清上面究竟长着的是什么树木，我把眼光放远一些，一些废弃的窑洞和矿洞却能清晰地映入眼里。

要去我们的初中上学，必须翻过两座山，我猜想过沿途那些矿洞里住过什么人，门前那块巨石来自哪里。而会香的目光与自然是没有交汇的，她坚定地小跑着，催促我，快点！快点！与她相比，我身体里的时光是懒惰的。她似乎直接长成了大人，没有青春期。我也听别人说起过她如何励志，她的青春期被一层膜裹着，隐在受伤的头皮之下。我忽然觉得，其实，我并不真正认识她。

眼看火车要进站了，正琢磨着如何辗转倒车回娘家，没想到会香又把一个车牌号发了过来，说已经安排好同事在站外等着了。

汽车渐渐脱离了主干道，在城中村的小巷里穿来穿去，窄巷子里忽然出现一棵歪脖子石榴树，夏日，花朵开得恣意、热烈。汽车停在树下，我们步行，拐到一段高低不平的土路，再往前走，便进入了一套三层楼的小院。会香已经站在门口，笑着接过我怀里的孩子。

她没有跟我热络地寒暄客套，也并不端详我的脸，去发现这二十年间有什么变化，我只好把事先准备好感慨的那些话咽了回去。这四合院杂乱，她领我们走进靠左边的一间，屋子里摆着一张床、一张桌子和一些简单的厨具。显然，她是这里的租户。听说，这幢楼上上下下租住着将近十户，大多是打工族。进门之后，便能看到高高的屋顶上垂着个大吊扇，我们需要非常小声地说话，才能避免回音。说实话，看到她住在这样的地方，我多少还是有些惊讶的。

桌子上摆着已经切好的西瓜、桃子和泛着水光的葡萄。会香让我们吃水果，说着，掀门帘进了里屋，感叹天气太热了，示意同事往地上事先放好的大盆里添些热水，又伸手试了温度，这才三下五除二，把我的小儿子脱光，放进了盆子。她将水一次次撩到婴儿的身上，八个月的小儿子对着她笑，竟有一份天然的亲切。我大儿子时不时掀开门帘往屋里看。会香回过头一笑，问，你也要洗吗？他便退了出去。

里间陈设也极简单，一张双人床，旁边有一个简易的布衣柜，一张摆了几本书的桌子，上边有个台灯。我猜想着，她加班的无数个深夜与凌晨，大约就是被这盏灯照着的吧。

洗完澡，我们来到外间。她示意我坐在那张小床上，说，这是她父亲的床铺，老人家嫌城里太热，回山里避暑去了。我想起他父母的样子，印象更深的却是她家的一群乌鸡。那是我第一次看见乌鸡。它们通体乌黑，羽毛泛着光亮，好像从煤堆里挖出来的。这是他父亲寻来为她母亲治病养下的。一年四季，她家乌鸡蛋不断，等把乌鸡养大了，再把它们宰了炖汤喝。

去找会香上学时，总是先要特地去看一下那群乌鸡。她家的窗帘常常拉着，从门缝里不断逃出白色的热气。她喊我进门，我从一阵白雾里，看见她哆嗦着穿衣服，雪白的头顶裸露着。一个大铝盆放在水泥地的中央，跟我眼前她正在给小儿子洗澡的这个一样。

她蹲着，继续把水撩起来擦拭儿子的身体，她的头发还是卷曲枯黄，不过看样子是许久之前烫染过的，原来裸露着的头皮隐藏起来，我不确定她是否植了假发。

她说母亲去世后，她就催着父亲经常过来住。她心里永远有一个缺口，总觉得自己做得更好一点，就能把那个缺口给补上。她必须充当守护家庭的角色，为了弟弟能学点技术安身立命，思前想后，到处周全。那些年，凡是能想到的节俭方式，都成了她经历的一部分。同为长姐，我理解她心里那种沉重的负担。那些年里，我生怕弟弟打来电话，说他没钱了，或者又遇到了什么麻烦。但一旦长时间没有他的电话，我便又惧怕起来，怕他独自承受着生活的重压。

我们去了胡同口一家饭馆吃饭，点了许多本土菜，记忆最深刻的一道是凉粉炒馍，是把馒头掰成大块入锅，放入切好的凉粉，再用葱花和辣酱炒在一起。辣椒素刺激着味蕾，很"下饭"，而作为主食的馒头负责填充饥饿，再加上凉粉的爽滑，竟是一种刺激中的清爽实在。我的丈夫和大儿子都夸赞好吃，以至于，后来在婆婆家，我也如法炮制了许多次，似乎这么多年以来，只有我在做这道菜的时候才像个故乡人。吃饭期间，我的小儿子屎尿相加，会香和她的同事却没有表现出一点嫌恶，忙着前后照料，擦擦洗洗。她抱过我的小儿子，让我安心吃饭，像一起生活了很久的亲人。吃完饭，她看看时间，说下午还有课，并且告诉我，已经约好顺风车在楼下等着了。我坐在车上向她挥手。车子刚启动，手机就响了，是她发来的信息，说，车费已经付过。我在车里回过头往后看，那天天气炎热，是小城难得的晴天。她打着把遮阳伞，忽然回身，此刻的身影与少年时的种种记忆相互交叠，让我忽然想起莫奈那幅《海滨公园打伞的女子》，一个女孩与她的裙子顿时回眸，裙子伴随身体旋转成一道波浪。而在她身后，白云纷飞，风韵流转。我的眼眶顿时湿了。

会香是否植发这个问题是在第二年回乡的一场师生宴揭晓的。她提前订好了饭店，叮嘱我早到，又挨个去接来了老师。他们坐在那里仔细端详着，要把眼前的我们与二十年前进行对接。说到会香，一位后来才调到我们学校的男老师说，你那时候啊，像个疯子一样，只知道学习，一个女孩子头发永远都是乱糟糟的。就在大家七嘴八舌的争论中，她一把揪开扎在脑后的马尾，白而光的头皮立马裸露出来。她撩开头发，我便更清楚地看到那些已经被时间打磨得光润的伤疤。很显然，老师不清楚她小时候被烫伤的经历。另一个老师说，就在上半年，会香经历了一场大病，严重到几乎无法呼吸。她被迫停下工作，住院观察。医生检查说是心脏的问题，却又查不出具体的症结。我以为，这可能跟她常年承受

给树把脉的人 / 刘云芳

着的压力有关。

当年从山村出来，她先是去读了师范类的中专，后来又上了大专，等毕业后，已经不包分配了，摇摆了一阵，干脆去了私立学校。这也算是顺利的。收入不错，最初没能进公立学校，成为体制内教师的遗憾很快被现实击退了。她在学校异常忙碌，担任两个班的班主任，为不同的孩子制订不同的学习计划。她的名字总是排在员工工资发放表的首位。但每年一开学，学校总是把最差的班塞给她，去年这个班格外差。第一个月，这个差班的成绩竟然名列前茅。她看完考题，赶紧去找校长谈，说，这次赢得侥幸，有道题原本不在大纲之内，她有一天讲到那里延伸了一下，顺便讲了讲，没想到试卷上竟然就考了。如她所料，第二个月的成绩果然出现反弹。但她的工资却少了好几百。校长全然不顾这个班级成绩正在提升的良好趋势，只一味按照制度来奖惩。

会香异常倔强，她受不了自己的名字排在最后，更受不了所有的人对她的努力表现出的那种态度。她说，她从不收费补课，甚至有家长来出租屋前堵她，送来土特产，或者购物卡，有的竟让她明码开价，她都拒绝了，她觉得教好学生是她的本分。然而在许多家长眼里，不收费的教师要么是看不上他们所送的礼品，要么是已经放弃了自家的孩子。她沉浸在这一团乱麻里，怎么都想不明白。就在那个假期，她的同事私下里开辅导班，短短几个月的时间竟然挣了三十万，大家无不羡慕。在这样的对比里，她不是被赞扬的人，反而被视为固执的笨蛋，不开窍的家伙。她迷茫了，被堵在死胡同里，找不到出路。她甚至也心疼那个还在气头上的校长。听说，他为了找一个合适的人选接手那两个班，急坏了。在这种煎熬里，她透不过气。

二十多天后的那个中午，她忽然接到电话，说堂哥从十四楼摔下来了。连病号服都没来得及换，她就跑出医院，打了辆车，整个过程是蒙的。堂哥在城里打工多年，做装修。她是堂哥在这城市里唯一的亲人，一有事情，堂哥总喜欢找她商量。前几天还在电话里说要跟她一起回乡呢，此刻，就躺在地上的血泊里，她把目光投向人们指的那个窗口，五官已经模糊。这时，救护车来了。

一个人的死，把她从困境里拉了出来。抵消痛苦的方式是遭遇更大的痛苦，这是她没想到的。

她想到了逃离。其实我们都曾做过逃离者，从我们准备走出山村的那一刻，就已经开始了逃离。在我们这一代人之前，山里人世世代代在村里生活着。我们从小就被告知，要逃离父辈那种生活，仿佛这才是我们这一代人出生和成长的目的和意义。她叹一口气，说，相比我们父母种地、挖矿的那种苦，我受的苦是另一种。她去了另一所私立中学，重新为自己定位，她还学会了拒绝。说到这里，她用指肚蘸了蘸眼里的泪光，扎起头发，把裸露的头皮一点点遮好。然后回过头笑，说，没事，都好了。

前不久，她刚买了新房，原本打算贷一部分款，结果弟弟把剩下的十五万全部补上了。接着，她脸上便显出老母亲般的欣慰之情。

后来知道，不独是我，同学们回来都会联系她，她管接，管吃，有时候也管送。她好像成了大家归乡途中必经的一个关卡。而她也收集着众人的温暖，当年的男生常会唏嘘，怎么当初就没有想过追她。虽然都是玩笑话，但这笑话，对于曾经一直将懵懂心事关闭起来的会香来说，却也是有着复杂滋味的。

几个月后，她离开了小城，去了省会一家私立中学。我忽然想起多年前，我们在麦地里说过的那些话，我们像两个宣誓者，不想像村庄里的女人们那样，在夜色来临之前等待一个从矿洞归来的丈夫，也不想在白天，一边忙着庄稼，一边还要提防厄运是否降临在自己头顶，随时变成寡妇。我们不想未来的孩子总要面对自己身上的伤口和补丁。那一刻，对远方的期盼是那样的热烈，我们像两只蝉的幼虫一样，互相鼓舞着，要从这大山的厚土里、硬壳里逃离。于是，我们努力翻过一道又一道山，最终跨过命运之河，走进城市。哪怕，此后我们依然要翻山越岭，面临父辈不曾面对过的各种困途。

在我看来，会香所说的逃避和前进是一回事。而这些年，我的归乡也不再是简单的"归"，而是一次次借着"归来"的幌子踏上了诸多的未知：未知的人与事、未知的情感，以及那些熟人令人惊叹的命运变迁。我成了一个通过归乡获取解药或者钥匙的人。

我跟会香约好，等她在另外的城市站稳脚跟之后，我可以在归乡的途中去找她。我不知道，一个远去的人和一个归来的人在陌生的城市交汇，那会是一种什么样的滋味。

乡村恩怨录

一

母亲站在院子里那两棵树下，正一脸疑虑，她明明洗了一条红门帘，挂在了树间这条细绳上，也没刮风，怎么就不见了？她找了柴禾垛，找了门前的小菜园，甚至连那片开满黄花的蒲公英丛也找了，都不见踪影。正纳闷，一扭头却见我和弟弟从小路上冒出头来。弟弟身上披一块让她眼熟的红"披肩"，手持一截木棍，当作短剑，看上去很是威风。走近了，母亲哭笑不得，从弟弟身上摘下那红"披肩"，拍拍上边沾的树叶和黄土，又一次将它扔进水里。

那时候，电视里总是上演武侠影视剧，弄得我们天天都想成为大侠。我首先注意到的是那些大侠无一不有仇人，他们为了这仇恨拼尽一生，让人敬佩。

在乡村里，我见识过各种激烈场面。那次，李家兄弟七个齐刷刷站在门口，魏家满嘴脏话的女人立马就闭嘴了，接着，她把自家男人搡进院子，眼睛都顾不上往外瞟，便把大门关上。院子上空传来另外一种叫骂。骂他男人兄弟少，自己又没骨气，一条贱命也不敢跟别人拼。她男人好像与院墙融为了一体，没发声。

幸好，魏家的孩子是争气的，他们不再跟李家的孩子说话。他们把少数姓氏的孩子们团结起来，一番要干大事的样子。我和弟弟都有些犹豫，到底要站他们哪一队。魏家的孩子下课都不跟李家的孩子玩，他说，我们两家是仇人。那时，在我眼里"仇人"两个字仿佛是奢侈品，立马觉得他不凡。只可惜魏家的大人、孩子并不是什么大侠。李家一位姑娘要结婚，魏家男人早早就去帮忙，那七个兄弟围上来个个笑脸相迎。只有魏家的女人别别扭扭。魏家孩子那一脸仇恨被一捧糖就解决了。从此他们与李家孩子勾肩搭背，比任何人都要好。

说实话，我有点鄙视他们。我觉得他们坏了规矩，甚至想，假如我有一个仇敌，我一定会认真恨他，坚决不跟他说话，做事都要跟他反着来。在没学会爱之前，我不明白自己为什么会那么热衷于恨一个人。

找一个敌人并不那么容易。学校里的人是不可以恨的。我们同年级有四个人，一个是我的堂哥，一个是我们家亲戚，另外一个是我怎么也甩不开的玩伴。老师也不可以。虽然他凶巴巴，讲课也不生动，我和另一个女生像丫鬟一样给他刷锅、扫地，帮他的小女儿梳头，他依旧会时不时对我们进行体罚。但母亲早就说了，老师永远是对的。她送我去上学，对老师说的唯一一句话就是，不听话，你就打。虽然她自己也不曾真打过我。

那是小学时的一天，我中午放学后便听说母亲跟人吵架了。也就是说，我家终于要有一个仇敌了。母亲站在玉米地里，生气地指责一旁的孙二剩，他家正在旁边做砖坯，准备烧盖房子用的砖，那些废弃的泥巴全都扔进了玉米地里，很多玉米苗被砸折了。孙二剩并不觉得该有什么歉意，他媳妇说了什么我忘了，反正那场争执导致母亲与孙二剩媳妇十年不说话。

我当时同母亲一起认定这仇家，并愿意与她并肩作战。可母亲并不愿意与我为伍。她一再说，那是大人的事情。在孙二剩家的女儿孙妮儿找我玩的时候，她甚至从蒸屉上拿蒸南瓜或者红薯给她吃。而我在孙二剩家也得到过两个核桃、半个苹果之类的吃食。

每当母亲与孙二剩媳妇在僵硬的气氛里碰面却又故意忽视对方的时候，我也故意不看孙妮儿，但她总是会叫我，一遍遍问，玩儿不？跳房子。我把目光定在前方的某处，让它们尽可能聚拢。我以此来表达对母亲的忠诚，她却低声说，你去玩吧。我抓住母亲的胳膊，用力，这也像某种宣誓。

母亲等着孙二剩媳妇来道歉，那边不道歉，她绝对不原谅，十年中，孙二剩媳妇想尽办法要跟母亲说话，但一向性格开朗的母亲在这件事上却不依不饶，丝毫不妥协。我不知道是什么支撑母亲做到这些的。我知道本家的两个伯伯都与孙二剩闹过矛盾，他们互相也不说话，也许母亲这么理直气壮，是为了跟大家族的人际关系保持高度一致？我十几岁时，孙二剩家才从土窑洞里搬出来，住在我家旁边的新房子里。孙二剩家的鸡有天忽然跑到我家菜地里。孙二剩媳妇急着追过来，给我母亲赔了不是。母亲不知道为啥忽然就松了语言的栅栏，说，看好你家的鸡。即便这句话也让孙二剩家的媳妇喜出望外。她打量着母亲，频繁地点头，生怕母亲没注意到，又赶紧补上几句：好，好，好！

自此，两个女人冰释前嫌。孙二剩媳妇经常来我家串门，母亲也常去她家大树下聊天，手里拿着针线活。两个女人在中年终于和解，这让她们心里都觉得无比轻松。她们甚至成了好友，一起去地里割草，一起去山下赶集，甚至还穿着在集上买的同款衣服，一起去山顶的庙里拜祭。两个女人像双胞胎一样走在羊肠小道上，互相分享着这十年间的感悟，好像刚认识一般。

二

母亲说，我那时候的舌头是带毒液的。别人跟我一说话，我的语言就会变成毒刺。我不知道为什么在那个时段总想与他人为敌，总想用敌意的方式扎出这个世界对我流露出的温暖。

可是，等到少年时代，我也没有一个真正的仇敌。那满身的刺找不到对手，我便把它们反转过来，让别人看到我温顺的毛皮，把刺扎向自己。

我像个独行侠一样走在山间的小路上，踏着露水去谷子地里赶鸟。在这里，鸟和我是一对敌人。它们好像是长在一旁的老槐树上的，不觉中，忽然起飞，落到谷穗的脖子上，它们似乎在等着我拍手追赶，等着我往它们的方向掷土坷垃。它们有时候会落到稻草人的头顶，那个稻草人穿着我去年的旧衣服，像一个过去的我，低着头黯然伤神。

这群麻雀似乎根本不是为了偷谷子，而是为了故意气我。我在一场场奔跑里消解着自己少年时代莫名的气愤。麻雀们却总是摇头晃脑，似乎在享受一场游戏带来的刺激。

归来时，我总会采上一大把花：淡蓝色的小野菊、白色的毛球、黄色的小向日葵，甚至也有狗尾巴草。我把它们插进一个透明的瓶子里，安放在床头。在乡村人的眼里，野花野草不比泥巴更好看。他们鄙视我的行为，并且会在离我不太远的地方议论。他们也议论我的白裙子，议论我在房顶上吹白色的笛子。议论我的孤傲。他们总是擅长于议论别人，一个莫名其妙戴帽子的大姑娘，可能是因为行为不端流了产；一个男人总是出入于另一个女人家里，便会引起女人们交换眼神。我过早从那些眼神里读懂了某种暗示。我也鄙夷她们，因此远离人群，甚至不喜欢母亲也站在那人群里。直到二十年后的今天，我才发觉，在那里长大的人，大多是被这些语言的长丝捆绑着长起来的。它们在我们身上不知不觉就留下了勒痕。

早春，我独自去山上采摘桃花，挖野小蒜，满山寻找枯败景象之下蠢蠢欲动的活物。有时，也把一些树苗移植到自家院子里。在满山苍翠时，我在山里到处捡拾蜗牛壳，这软弱生命的硬壳像遗落在山间的装饰物。我不愿意与人群为伍，我刻意与人群为敌，虽然他们从未察觉。

我走出山村时，母亲总是交代：要宽容。但是在陌生的环境里，自己与这世界的关系变成了另外一回事。人们各自匆忙，一个人的喜怒哀乐变得微不足道。我除了拥抱自己，无从选择。

我是在成年之后，才明白，乡村里的人们为何会忽略对方，不与对方说话，一点小小的仇恨能记很多年，好像仇恨也是生活里的必需品似的，其实很多时候，恨本身并不是实际的内容。他们或许像少年时代的我一样，不过是渴望这世界能予以他们更多的温暖，是一种撒娇的方式罢了。

不知道什么时候起，我开始喜欢站在人群里，听他们闲聊，东家长、西家短，有些事情的脉络渐渐浮出水面，我倾听一个老妇人抱怨儿媳如何不讲道理，也倾听儿媳诉说婆婆怎样尖酸刻薄。我看见隔在她们之间的墙越来越厚。那些早年因为一些鸡毛蒜皮的小事互相仇视的人去向远方。留在村里的人，看见另外一家人空空的房子，长满荒草的院子。当年自己吐出的所有的咒骂都在空中回响着，在草叶之间变成飞虫。

那些乡村里响动过的吵闹之声，那些不和谐的音调被打磨成另一种样子。人们不再会为一件什么物品丢失，就骂娘骂祖宗。渐渐的，骂人也成为乡村里遗失的一景。人少了，那些原来不说话的人，忽然就多了言语的碰撞，他们齐力维持着现有的生活。在人烟稀少的地方，仇恨也不值得似的，就那样轻而易举地消解掉了。倒是滴水之恩一点点被放大，它们从乡村的记忆里一环环、一丝线、一缕缕回到每个人的脑海里。我与他们相聚之时，他们都在回想几十年前的事情，好想那不仅是他们的盛年，也是村庄的盛年。

父亲带着我的孩子去村里转悠，回来时，脖子上挂满了一道道红的、黄的毛线，上边坠了三到五块钱，钱叠成一个个扇形。这是一种古老的礼节，通常是要给第一次见面的小孩。钱多少并不重要，重要的是那些彩色毛线是他们在年轻时，一步步走到山顶的庙里，祈求而来的。现在，这些带着美好愿望的彩线在我的孩子胸前垂着，像拴了一对对翅膀。它随我们一起穿越到千里之外，被我一直好好收藏着。

三

我喜欢看村里那些老年人，他们迈开腿散步，慢慢上坡，慢慢下坡，爱与恨因为经过时间的酝酿，变得深沉下来，他们不光把长相遗传给了后辈，连同与另一个家族的恩怨也遗传下来。我见过两家人互不说话，就连新娶的媳妇也互不来往，好像天生就是仇敌一样。这些家族的河流并非一成不变，它们流着流着，就汇聚到一起。我见过两个世代不睦的家族因为两个年轻人的联姻，把积攒多年的仇恨一下子化解掉了。

山村里女孩少，男孩家往往变得主动、殷勤，经过媒人三说两说，竟然成了。两个家族的好几辈人都将对方视为眼中钉，诅咒过，谩骂过，现在他们两家的血缘碰撞在一起，结出了美丽的果子。那个婴儿仰起脸笑着，被两家人疼爱。也许这是最好的结局。但也可能因为另外一些琐事，一不小心就激起了记忆里的旧怨。一条汇聚在一起的河流，又分道扬镳了。

村子小，即使看起来毫无关系的人，往上扯几代也都能找到一些亲戚的证据。我也看到过最夸张的一段婚姻，两个原本按祖孙排辈的男女，忽然就成了一对小夫妻。那位岳丈原本叫亲家爷爷，低三下四、恭恭敬敬的。如今也专横起来。对方为了儿子不打光棍，眼看"孙子"变成了"兄弟"，他的内心大约也是复杂的吧。女方也并非全无私心，他家无儿子，嫁得近些，总比招亲的名声好听，贪图的是对方能事事照应着。

当然，因为一门婚姻心里结了怨恨的也不在少数。比如我们与张家。

那时弟弟到了婚配年龄，张家就托人跟我父母一再商量。老张与我父亲本来就是好友，整个过程，他表现得很积极，但结婚后，他来我们家，每一次都被当作上宾，却依然满脸不悦，目光里都是审视，好像换了一个人。从此我父母便低他们一头似的。

老张三天两头来叫他姑娘回去，今天去河里捡柴，明天要去亲戚家串门。再往后，一个月也回不来两天。她总是在娘家吃、娘家住，时间一长，老张便有了说辞，总而言之，每次都得让我们家拿个几百块钱，才会回来住两天。此后的两年里，他的女儿或去城市里打工，或在他另外一个女儿家长住。我们家人越想越不对劲。后来才相信那句话是真的：老张急于把姑娘嫁给我们家，不过是为了那笔高昂的彩礼，这样才能堵上他给儿子娶媳妇落下的亏空。

我父母感觉这是一种耻辱和戏弄。最终，找了律师，朝对方把彩礼要了回来。这在乡村也是少有的。大多情况下，男方都只能在金钱上吃个哑巴亏。虽然如此，我母亲还是觉得在村里人面前丢失了颜面，张家人几乎成了她心坎上的疙瘩，无法消除。在那个秋天，她突发高血压，患了脑出血，右半边身子再也不能动弹。我们一家人在母亲的病痛之中相互搀扶，才终于走过那段暗黑之路。

我无法像劝母亲宽容那样，安慰自己的内心，许多个夜晚，我梦见与张家人走了对面，我斥责他们为何骗婚，甚至与他们大打出手。我无法谅解他们。归乡后，哪怕面对面，我也不想与他们说话。我无视他们，其实也是在逃避他们带给我们家的伤害。这样的时刻，除了无视，还能做些什么呢？张家的女儿与弟弟正式分开之后，辗转嫁了好几家，老张用那些彩礼补上了因为给我家还彩礼钱留下的窟窿。他们一直活在村里的人流言蜚语之下，但好像从不在乎。我看见老张的女儿带着与她第五任丈夫生下的孩子在村里转悠。道德似乎在她那里从来不是什么枷锁，她依然欢快地像只小鸟。母亲坐在树下，看见这场面，会忽然长吁一口气。

老张的老伴儿在村口问我话，什么时候回来的？我一想起母亲的样子，张开的嘴又闭上了，我发不出声音，只好假装没听见。我知道这很幼稚，但这是我能为身后挂着拐杖的母亲做的唯一的事情。就像小时候那样，我要与母亲的情感保持一致。可母亲却说，这不关你的事！即使我将近中年，母亲也不想我心里染上半点仇恨的影子。老实木讷的父亲，大半辈子都未与人红过脸。但他却与我们一起自动加入这场对抗里。

老张总想找机会和解，在许多场合，他总接父亲的话。他一说话，父亲就不再说了。父亲帮谁家干活，他也喜欢凑上去。父亲看见他来，便默默地走开了。

那天下午，父亲去山里拾柴回来，背着一大捆干柴往前走，沉重的柴禾压得他直不起腰来，父亲停下，在路边的石头上歇了片刻，才起身。这时，一辆机动三轮车呼啸而过。父亲光听声音就知道那是老张的，这三轮车的电机还是前些年他亲手装上的呢。过了没多会儿，三轮车的声音又近了，父亲抬头，看见老张把车倒回来，停在他的一侧，父亲把目光收回来，背着柴禾固执地往前走。三轮车在一旁缓慢地跟着。他们就这样僵持着。到了下一个路口，父亲停下来，靠着一边的地垄休息。老张也把三轮车停在一旁。父亲感觉到疲惫异常，他本来想继续前行的，但就在那一刻，忽然改变了主意。他把背上的柴禾扔到了车斗里，然后，三两步跨上去，坐稳，扶好。老张先是一愣，接着，他怕父亲变卦似的，急忙开着三轮车狂奔起来。风把两个人头顶稀疏的白发吹得凌乱。他们曾是发小，是伙伴、朋友、亲家、仇敌，这五六十年的光景好像被三轮车声震碎了，正在往后飞逝的草树上跳跃。

三轮车最终停在了我家门口，父亲跳下来，取下柴禾，他甚至没有看老张一眼，径直就回了家。我以为母亲会为此不悦，结果却没有。

有一天，老张的儿子来家里，他一进门，母亲脸上的表情就凝固了。但还是问了声，干嘛？他说，家里好几天不通电了。我父亲原来一直是村里的电工，新任命的电工在山下住着，修理电线这活儿除了父亲，大约没人可以干。我以为母亲会向他说什么。但是她什么也没说。母亲拄着拐杖一拐一瘸挪到那个已经退休多年的缝纫机前，笨拙地按响上边摆放着的电话机。母亲告诉父亲，去给老张家看看线吧，他儿子秋林说，坏了好几天了。

父亲那天还是去了，老张和他媳妇一脸尴尬，一会儿给父亲拿烟，一会儿给父亲端来了茶。忽然，灯亮了，屋子里的黑暗被驱走。老张两口子怔怔地看着扳闸的父亲。他们说，让父亲留下吃饭。父亲没说话，拿着自己的工具，头也没回地走了。

我在心里反复温习着上边这几个片段，我没有想过，有一天，乡村的恩怨录里会写下与我家有关的一笔，但转眼想，也许只有如此，我们才更像一个个被这村庄给予生命的人。某一刻，看着父亲的背影，忽然就有泪水泛出。某一刻，我会将母亲一把抱住，她大约不知道我为什么这样做。我叫一声"妈"，然后便没有话说。我能说什么呢，时间早晚把一切消解掉，消解成空白。那空白提前占据了我与他们交谈的语言区。而我们的情感，相爱或者相怨都将被粉碎在乡村的历史里，渐渐，都会变得不值一提。

移山记

机动三轮车咚咚狂响，眼看着那座大山愈来愈近，巨大的石块和翠绿的灌木迎面而来。我的大儿子一再催问，什么时候才能到姥姥家。我逗他，要是没有眼前这座山，马上就到了。儿子反问我，你们为什么不把这座山移走。

一

想起奶奶，我首先想到的是她那终生无法治愈的咳嗽，而"城市"这个词汇便是她咳嗽的源头。她幼年时，跟着一位长辈去城里，天微微亮出发，天黑了才回来，步行了一整天，回来就发了高烧，一病不起。等烧退了，这咳嗽却成了她生命里永远的标记。

奶奶总说我们是幸运的。我们小的时候，已经有了机动三轮车，每逢山下有集市，一群人像插萝卜一样，挤满车斗。等十几岁的时候，母亲才带着我一起去。车里完全没有我的位置，他们便把我打发到驾驶者的身后，坐在车斗最前边高出来的横梁上。我双手紧紧握着那道横梁，全身用力，生怕一不小心，闪了出去。来回的路上，风迎面吹着，把我的马尾一直吹向后面。山里的风是清凉的，直往发丝里钻，往鼻子尖上拍。山下的风略带暖意，但空气里有附近钢厂的呛人气味。坐在那个位置上，车前的风景一览无余，道路两侧的人，用惊异的目光看着我，而他们瞬间便与两侧的树木一道被甩在身后。这让我感觉到了一种近似流浪般的诗意。

我们大清早便出门，总是穿得很厚。到了集上，太阳已经升出去老高，我们好像跟山下的人总是差着一个季节。这种时差不只是衣着，我们的言语、眼神里闪出的光泽好像都有着某种时间差似的。我们中的很多孩子都是第一次下山，目光在各种东西上来回扫着，看啥都新鲜。集市上热闹得很，卖货的小贩一眼就能解读出我们的出身，高兴时，会问，从山里来的吧？若发生了争执，嘴一撇，就丢一句：山毛！这是一个带有鄙夷的词汇。它提醒了我们与地理位置有关的出身。

电视盛行时，全村人挤在一起看，对山外世界的向往大约是那时候开始的。我们像蜗牛一样，一方面不得不委身于大山的厚壳里，一方面，我们又嫌弃它的笨重。一群小伙伴在一起闲聊，其中几个总是在说自家山外的亲戚，他们会骑自行车，会从城里带来各种我们不曾见过的水果。他们说话的时候是轻声细语的，有些字词的发音简直跟电视里一模一样。我当时并没有在城市里的亲戚，不知是争执了多少次之后，我才忽然冲口而出，我们家其实并不是这大山里的。他们看着我，一脸怀疑的神情。回家分别问自家大人，连大人都不信。但这是真的。

每年的清明节，大爷爷总会重复说，我祖上很多代都是木匠。我们家族原本住在黄河岸边，那是运城市永州县的一个村庄，正是鹳雀楼附近。而我们其实姓吴，原本不姓刘。我祖上的那位爷爷，他的父亲有一位刘姓朋友，那友人一生潦倒，最后也没娶妻，更别提什么后代了。我们的吴姓祖爷爷便大手一挥，从自己的儿子里派出一位，过继给对方。这位祖爷爷过继时应该已经成年，他首先继承了对方的潦倒，幸而，他有一身的木匠手艺，便与一个兄弟开始沿村走巷，做起了木工活儿。几年之后，他来到我们这座深山，出现在我们的村庄里。那时，村里人少，眼见我这祖爷爷人厚道，便一心想留他住下。他们许诺给他挖窑洞，也许诺帮他娶妻。可是他本不想留下。那一家人原本是想做个木柜，当天夜里已经完工，第二天，便能如期交货，辞别。没想到，到了凌晨，屋子里着了火。他们逃了出来，那木柜却已被烧毁。对方提出，你若留在这村里便一笔勾销，若要走，就得照价赔偿。那时，我老实的祖爷爷经过一阵思忖，做了人生中最重要的一个决定。留下！在这大山里扎下根来。现在，到我这一辈应是第八代了。

这位祖爷爷大概也没想过，他的一次妥协，造就了后辈子孙的命运。使大山成为我们生命里独有的密码。每一年清明节，我们都要走很远，在那一丛坟头前，大爷爷命我们整个家族老少三代全部跪下。我们在敬自己的源头，而每一次我都在想，这坟地里掩埋的人，他在哪里，他的骨骼里是否还激荡着黄河的涛声。在这干旱之地，他的梦是否常常漫过一道水痕。

小时候学《登鹳雀楼》，我逐字逐句念，竟多情地以为，这诗词是否是揭开我们与故乡之间暗藏的密码。而"欲穷千里目，更上一层楼"诉说的是否是我世代在黄河岸边的祖先们对这流往山间的支流的眺望。这里的"目"到底是谁？一条宽阔的河流在我心里流淌着。书本里说黄河是母亲河。我也多情地以为，那是对我们这个家族的提醒。可是大人们关注于眼前事，他们觉得这故事是玄乎的，而且是无用的。每次清明节，大爷爷的讲述在我心里播下种子，他看我听得认真，跪得虔诚，归来的路上，一再夸赞，甚至从包里拿出按照风俗滚过好几个坟头的豆子馒头送我。那个沾着坟头土的馒头，剥去上边的一层皮，送往嘴里，豆沙的甜和白面的香气似乎裹挟了祖先的某种祝福似的。每一次，我都要故意问母亲，大爷爷为什么给我。母亲每一次都会告诉我，吃了它，你会长得很高，会跑得很远。

即便在这样的小山村里，我们的祖母们，近的来自邻村，远的来自于山东、河南。许多个遥远的陌生之地来的女人，与家族里男性的血脉相融，漫延而来的是后代与山里的生活……这一切都在消磨我们与故乡之间的联系。

　　我看见过，在我们村生活了一两代的外乡人，自降两辈，称同龄人为爷爷，也是在长大之后，我才体会到人在异乡，是如何渴望融入，如何渴望消除故乡给予的记忆。我想，我的族人们是否有意忘了故乡。但哪怕在一张家里有红白喜事才会被供起的"神纸"上，他们给每个逝去的男性族人都写下两个名字，刘某某、吴某某。提醒着我们要一直担负着血亲与责任这两座大山。

　　经过这么多代，这个家族的人终于与我们生活的大山融为一体，而此刻，我们的心里升出无数个触角，一遍遍想，假若能将这大山从生命中移除多好。我们自然不是愚公，也没有愚公的耐性。所以，我们只能将自己移向远方。

　　我们中的大部分也早忘了我们与黄河之间的联系，年轻一代在城里打工，归来时匆匆忙忙，也已不再去远处的祖坟了。那阵子，大爷爷老了，他连裤子都拎不利索，活得也不那么体面了。但我一回家，他还是会拉住我，讲那些大约只有他知道的家族的故事。他迫切地要把这些事情倾倒给我。听到他去世的消息，那些故事忽然在千里之外的我的心底，猛然间发芽了。

二

　　大雪之后，大爷爷的土窑洞就像一只趴着猫冬的老兽，天还不很黑，昏黄的灯光便已经亮起，成了这只老兽的眼睛。窑洞里隐约传出一阵二胡声，吱吱呀呀，传到村里的小路上，被风吹散，像是大山骨头里发出的声响。有时候会是笛子的声音，宁静，悠扬，让村里那些在炉火旁闲谈或者眯眼打盹的人，忽然侧起耳朵倾听。那些安静的时刻，大爷爷可能是在画画。他把原本用来糊墙的白报纸裁剪成8开大小，用麻绳装订了，当本子用。大爷爷推动毛笔，在上边勾画十二生肖，也勾画蔬菜。仿佛大半生走过的路、看过的风景最后都化成这些简单的事物。

有时，我们都看着窗外，在树与树的间隙里，远处的山脉起伏出漂亮的弧度。

大爷爷，你什么都会，怎么没进城？我问。

我们那时候不兴进城，他说。

有这场对话的时候，村子里已经没有多少人了，多是些老弱病残。接着，他开始讲他的爷爷是进过城的，那是新中国建立之前，临汾战役爆发，解放军好几次攻城失败，需要大量的炸药，他的父亲就用驴子架了平车往临汾城边送草木灰，具体是什么草木，我已无法求证，父亲说可能是烧的玉米秆，也有可能是木炭，这些东西都可做炸药。后来在资料上看到，"第八纵队第 23 旅把两条长 110 米的坑道里塞满了炸药"时，我便想，那里边或许就有太太爷爷运去的草木灰在发挥威力。在那个最壮烈的年代里，我的祖上也是维护一方安宁的参与者。他们并没有因为地处偏远而装聋作哑。他们冒着危险，往返城与乡，听到战争胜利的消息，在山窝里欢欣，接着，继续过起隐居般的生活。

多少年里，人们都不曾想过去远方，这大山是安稳之地。他们自给自足，种植五谷与蔬菜，丰收与否全看老天爷的心情。饥饿是常有的事儿，幸而家家都如此，也并不觉得有多苦。

只有那些在村里活不下去的人才会选择走出大山。比如我那位叔叔。家里连续给几个儿子娶了媳妇，已经到处是债。眼看他二十大几岁，还一个人单着。我知道，叔叔的处境应该极度艰难。那时，在村里，一个人没能正常结婚，不管因为什么状况，在人们眼里都是怪物一般的存在。叔叔想了很久，才背起自己那卷铺盖，走出大山，几年里，音讯全无。大爷爷知道，爬上对面那道高大的山梁，在每天都会有佛音流淌的石头庙顶上，就能看到山下的村庄和远方的城市。但是他很少去。两年后，叔叔归来，同时带回来一个衣着时髦的女人。是的，他在城里娶了妻子，开了一家小店。他回来的时候，西装革履，皮鞋擦得很亮，乡村里的尘土一遍遍往上落，他一遍遍用力擦拭。那些年里，因为他，我们家族上方的烟火是最亮最密集的，它足以吸引山梁两侧好几个村庄的目光。这束光不仅是从我们家族大院里升起来的，它更像外边世界在村庄里凿开的一扇天窗。让那些羡慕的眼神挂上去，与星辰一道在天空闪烁良久。

羡慕的目光不久就随着炮屑落回到地上。人们不再执着于庄稼，从地里转移到山里，开始忙于挖矿。这期间，一户姓田的人家走了，去城里卖油条，女儿在旁边的学校里读书。每日天不亮便在街角点起炉火，他们渴望这炉火照亮他们的生活，但几年之后，女儿因为早恋退了学，一家人的进城梦就此塌陷。

在山沟里，那些挖矿的人与在城市凌晨点燃火炉的田姓人家没有区别，他们都是在挖掉生活的大山，期望看到未来的坦途。他们辛劳而执着，要把生活的大山瓦解，再建立起一座属于自己的希望之山。

田姓一家灰头土脸地回来了。这场出行是失败的。我看见他们把大锅小灶搬进村子，锅底和炉内已经被城市的夜色染得漆黑，桌椅板凳也堆砌在厕所旁的角落里。随即加入了挖矿的队伍。

第二户去城市讨生活的是林家。在别人的传言里，总是把他们说得异常幸运。说他们遇到了高人指点，甚至说可能是因为他媳妇长得漂亮……总之，他们刚到城市的那部分艰难境遇在人们的讲述里自动抹去，换上去的是一个具有传奇色彩的故事。

初中时，我总流鼻血，母亲带我去城里看完病，说要去医院附近的林家叔叔那里看看，便带我来到他们的店里。现在想来，这探望乡亲的去处也有点奇怪。玻璃门上贴着"花圈""寿衣"的大字。那时，林家已经把儿女们都接到了城里居住，我原本一起玩耍的小伙伴早已经长成了陌生面孔。他们是热情的，跟我们说话时很亲切，但店里一来客人，就换了腔调。我隐约察觉到他们身上有了我们乡村人不具备的某种精明。

林家叔叔一直忙着扎花圈，那简直是细致的不得了的手工。旁边散落着纸屑和钳子、竹签等工具，他穿着巨大的灰布围裙。林家婶婶在里间的小屋忙着准备饭食，这里逼仄、局促。待了一会儿，我便催着母亲想走。

林家叔叔的店开得红火。他们都说死人的钱比活人的钱好赚。他们和我的本家叔叔变成了村里的体面人。村庄里的种种集体的窘迫，他们都没有赶上过。村里修建小学，他们的名字排在功德碑的最前边。他们在好多年里，是小孩子们渴望活成的蓝本。

多年之后，我已经参加工作，在火车上忽然看到林家叔叔和他的大儿子，他们正在分食一个大橘子。看到我的时候，林家叔叔从塑料袋里掏出两个递给我。他们此行要去南方进货。每隔几个月他们就要外出一趟。我们在石家庄车站分别，当时正是傍晚，我看着林家叔叔的黑色呢子大衣走在烈焰般的晚霞里。他的儿子紧追其后。他们要去赶着换乘另一趟南下的火车。多年以后，我想到村庄里那些远走他乡的人，总会想到身着黑色呢子大衣的林家叔叔，他的背影在晚霞里故意挺得很直，而他身后那个努力追赶父亲脚步的青年丝毫不敢放松。

三

那年，我从另一个城市归来，在洪洞站下车。母亲提前联系好，让本家叔叔接我，在他那里暂时歇脚。那正好是新年之后，街上行人少得可怜，到处是倒着张贴的福字，马路上扫帚落下的痕迹组成各种纹路。叔叔在前边哈着气走，先把我带到了他的鞋店，那是商业一条街的一个小门脸。一开门，便是大大小小各色号的皮鞋。很快，一个戴了帽子、捂了口罩的人推门而入，但转了一圈便走了。叔叔似乎习惯了这样的顾客，只顾忙着自己的事情。不一会儿，他托旁边店里的人看店，说要带我回家。

我坐在那辆大自行车后座上，感觉我们像鱼一般穿过诸多小巷，我抬头看到许多粗壮的树木，在蓝色的天幕之下伸展着墨色的线条。路过一个园区，那里边有几棵苍老的大槐树。叔叔也把这棵树介绍给我，说这里是许多人的故乡，每年有诸多鸟类来集会，也有很多人从世界各地赶来祭祖。那一刻，我大脑里忽然翻涌起黄河的波涛。这些年，提到祖先的时候，我很想跟某位族人一起聊一下我们的过去，那些我们未出生之前的故事或踪迹。但大爷爷已经逝去，当年他讲述的故事未落进别人耳朵里。每当我讲起每个细节，他们都表示出惊讶，令我怀疑这是否源自于我个人的杜撰。并且故乡究竟是哪里已然不重要，在忙碌者的眼里，父母在哪里，哪里便是故乡。除此之外，其他的追寻多是无意义的。

很快，我们就到了一片平房区。进了大门，叔叔把自行车停好。我看到院子里狭窄的天空。屋子里也黑压压的，里边的摆设显出一种凌乱来，这凌乱将我逼了出来。叔叔再次请我，我才进去。他把沙发上的东西往一旁推了推，让我坐在那儿。叔叔家的女儿伸着懒腰，背着书包走了。叔叔跟婶婶交代半天之后，便起身赶着回鞋店了。

我忽然想起小时候大人们的劝诫：你们好好学习，以后没准就像你叔叔一样能进城，你们的后辈也能变成城里人。我当时并不知道他们这话只是说给男孩子听的，暗暗将它当成督促自己的动力。等我真的去往他乡的时候，他们站起来阻拦我，我才知道，这完全是一场误会。在异乡的大平原上，我不费吹灰之力，就把自己的方言抛在一旁。那些曾经看过的电视都在此时派上了用场，我模仿着电视剧里那些人物的语言。故乡这座大山在生命的舞台上暂时退后。我需要拆除更多山脉，才能重建自己的生活。

在洪洞县城的那个早晨，当我旁观了本家叔叔那个与我想象之中完全不一样的忙碌的状态之后，心想，假若很多年前，我看到这个与电视剧里完全不一样的早晨，是否还会对城市怀有那样浓烈的向往之情。

几年之前，本家叔叔的亲哥哥，我的一位伯伯投奔他来，也在这商业街上开了一家鞋店。我记得有一年除夕，村里人不断往返于村口与家门之间，盼着我伯伯一家从城里归来，直到大雪纷飞。大家踩着厚雪，看见他们被一辆驴车拉上来。周围全都是箱子。到了家里，人们并不急于去试鞋，而是坐下来，听他们讲城里的事情。大妈之前没怎么出过门。各种事情在她看来，都是有趣的，我至今还记得她绘声绘色描述一个人在街上挑着蝈蝈儿笼子卖，她说，要不是睁着眼，我都以为回到咱们村了，"猫狗用来卖钱也就算了，连个蝈蝈儿也卖钱。"逗得大家哈哈大笑。伯伯忙给大家拆箱子拿鞋。当时，流行一种叫"巡洋舰"的皮鞋。人们又说又笑，脸上洋溢着幸福。那个春节，大人们都穿着伯伯从城里带回来的皮鞋，他们也像我那位叔叔一样，时不时擦拭留在上边的尘土。后来，我拎了拎父亲的鞋子，一只足有好几斤重，真看不出哪里舒服。

本家伯伯在几年之后，打道回府了。在生意不好做的时候，他见好就收。用赚的钱给堂哥娶了媳妇，然后回到村子里放羊。他们就此解脱了，在村里，空气中都弥漫着自由之光。他们并不羡慕城里人的生活，也不想留在那里。这一点与我那位叔叔完全不一样。

我忘不了，我刚参加工作的那几年，每次回乡，家里都围满了人。他们问我外省城市的天气，人们的生活。他们渴望我能用语言描绘出城市的种种景象，例如高楼，例如无人收费的公交车……那几天里，我会一直被围观。这样的情形一直持续了好几年。

那股打工浪潮最终还是来了。先是红柳一家子出去了，

给树把脉的人 / 刘云芳

他们回来的时候，衣着变了，发型变了，说话的神态也变了，手里拿着爬上山梁才能打得通电话的手机。之前，人们对归来者的变化都会表现出一种戒备心理，甚至是鄙夷，但现在，新世界的招引反而令人兴奋。人们三三两两地下山，女人们有的去当了保姆，有的当了服务员。男人们要么当保安，要么去当工人。年轻的打工者都带走了孩子，最终，学校也空了。一切都是为了孩子——没有比这更有力量的进城理由了。直到假期才回来。孩子们的语言在普通话与家乡话之间快速地、自由地翻转着。

人们像候鸟一般，在城乡之间辗转。平时在各地打工，一开始村里有红白喜事也都还回来，等到农忙的时候，也赶着来种地、收庄稼。城里的工作和山村里的生活都不敢丢下。渐渐地，他们归来的次数越来越少。就像我们第一位在这山里定居的祖爷爷一样，在他乡为后世子孙打造着新的故乡。

有人说，我那位本家叔叔在城里盖了一套二层楼的房子，终于翻身了。也有人说，他的房子花光了所有的积蓄。后来，我在别的亲戚那里，也听到过他欠债的消息。听说他去上海看到一款能充电的鞋，觉得新鲜，当即就签了协议、付了货款。等回来以后，才发现这款鞋子价格高昂，在小县城根本就无人问津。

大爷爷去世之后，在城里居住的叔叔回来得少了，有一次，他骑着摩托车从门前路过，向我们招招手，便赶紧走了。他的孩子们基本没有回来过，在他们的成长里，尽可能斩断了与山村的瓜葛。大家都说，叔叔生养了几个城里人。在人们的目光里，他将故乡的大山从后辈子孙那里成功地移除了。在那片被移除的空地上，新的希望与新的失望交织着，重叠着，是漫长时光里的另一种风景。

四

弟弟早早就辍了学，在同龄人还拿着玩具枪，嘴里喊着"突突突"的年纪，他便去工地干活了，父母将这视为一种惩罚，希望那些身体上的疲乏能把他赶回课堂。弟弟向高空抛砖，在地上和泥，推送沙子，哪一样干得都不比大人差。他在工地寻找到了课本上没有的乐趣。那一年，他十五岁，已经能开着三轮车满世界跑，在工地上也算是老人了。每天晚上，带着满身泥点子的衣服回家。我站在院子边上看向远方，邻居满是白发的奶奶正坐在树下摘花椒，她忽然抬起头，与我闲聊。后来又说，带你弟弟走吧，让他去城里。在这山里，终究还是没啥出息。

那个初秋，我带着弟弟去往石家庄。他第一次坐火车，一切都是新鲜的。火车不时钻入一截又一截的隧道，在巨大山体的腹内，我们从玻璃上看着自己的倒影。那时，我也还是个学生，我不知道，我能将弟弟引领到哪里。

像他这么大的本算是童工。他去一家烧饼店当学徒工，

给树把脉的人 / 刘云芳

白天，他们在门口的火炉里看火候，收拾桌椅、碗筷，晚上，桌子并到一起，变成一张床，他们铺了一层报纸，再把铺盖放上去。老板走的时候，把卷闸门落下去，他们像两个藏身于洞穴的小鼠，叽叽喳喳讲述故乡的事情。老板总是凌晨三点多就来了。他们也急忙从桌子上爬起来。餐桌上的油腻味已经深入被子里的每一团棉花。他们生火，也帮着和面，老板和面时总是会背着他们，说是有什么神秘配方。他们也听话，每到这个时候，便主动背过身去。

弟弟在那里干了整整一年，没睡过一个囫囵觉。每个月三百五十块钱的工资，老板总是不及时给他们，到发工资的那天，老板娘总是拿着四张钱在他们面前晃一晃，说，这是你们的工资，我帮你们存着，等你们回家时再朝我要。弟弟在那儿待了一年多，后来终于无法忍受，要求换工作。他又去当过保安、配菜工、凉菜厨师。收入很少，平时什么都不敢买。那时我已经参加工作。他不想住在环境嘈杂的集体宿舍，跟我住在外边的出租屋。每天晚上，我困得受不了了，他还没有回来。第二天早上，我看见一双黑色的布鞋停泊在门口，这是一双十块钱的鞋子，看上去是千层底，穿几次便露出原形，鞋底都是纸做的。通常，只有在周末，我不需要上班的早晨，才能看见他猫在沙发上睡觉，鼾声在屋子里回荡着。电视屏幕上唯一能收到的一个频道闪现着层层的雪花。有一刻，我感觉我们像寄居于悬崖上的两棵小草。

弟弟到了婚嫁年龄时，我母亲已经患了重病。他在城乡之间挣扎着，甚至想辞掉工作回家照顾母亲。这状况令母亲万分自责，为了能娶妻，为了能成家，弟弟必须留在城市。有一次，有个女孩相中了他，看到我们那座令人望而生畏的大山上的盘山道，便不同意了。哪怕弟弟说明以后在城市居住，对方把彩礼一加再加。最后只得分手了。

弟弟最终落脚在一座小城里，在饭店当厨师。村里有人会眼羡我们，认为我们成功把生活移到了大山之外，都在城里扎下了根。可是，弟妹和侄女们回娘家的日子，他会沿着马路开车，一路向东。上高速，下高速，在盘山道上开车，灯光环着一路向上，像一只夜游的爬行兽。它开进村子，径直停在家门口。他叩门，在父母的惊讶里，披了一身夜光进来，身上还有城市后厨的油烟气。父母眯着眼睛看时间，已经过了子时，询问他是否有事儿，几次之后，才明白，他不过是回来睡个觉，第二天一早就又走了。有两次，我正好在家。他归来时，我已经熟睡。第二天清晨，走进父母的房间，看他蜷缩着身子，躺在炕头，感觉自己一下子到了二十年前。弟弟说，假如不是孩子要上学，他大约是不会待在城里的。他想跟着父亲去砍柴，高兴了，往山里喊上一嗓子，听那声音在崖壁间东撞西撞，不断回响。

我想起，归乡的路总是像远行的路一样，都是很艰难的。一般情况下，通往城里的一趟公共汽车路过山下，另一趟停在山的那一边。每次回家都是父亲开着机动三轮车去山下接我。有一年归来时天降大雨，三轮车无法行驶，我只

给树把脉的人 / 刘云芳

好在山下的亲戚家避雨，同行的还有一个原本打算搭车的邻居。我看到父亲从大雨里走来。从包里拿了一把伞，一双雨靴。我们沿着裕里河的河岸，一路北上，河谷里的水奔腾着，呜咽着，那巨大的声响令人恐惧。父亲一再提醒我走山道的里侧，提醒我尽可能抓住那些粗壮些的灌木的根部。邻居的半个后背已经湿透。他开着玩笑说，下辈子，说啥也不能投胎到这山里。而这样的场景，在我在外村上学的那五年里，再平常不过。后来参加工作，有一年春节下大雪，山路全部封死，我爬上山梁才向单位领导请了假，她无法理解大雪封山是一个什么样的概念。

现在，路况好了很多，归乡不再那么艰难。我确定，我们从生活里移除掉的那一座大山，已经根植在了每个人的生命里。我开始认知大山里孕育的草木和人，以及我本身。许多事物在我心底交错着，它们的剪影渐渐凝结成我说话、思考和呼吸的一部分。大山，再也不会像儿时那样，成为我自卑的一个原因。

那些在城市待久的人，像弟弟一样，只要走得不是很远，都会经常回乡。当我们真的将这座大山从生活里几乎移除的时候，却在通过各种形式重建它的形态。我看见那些原本在田间地头劳作的人，企图用语言和图片勾勒出那座遮挡了他们祖辈目光的大山的时候，所谓乡愁就有了另外一番意义。

隐在发丝间的河流

一

那女人身材火辣却顶着满头银丝。我假装不经意地回头看了一眼，她的肌肤吹弹可破。我以为遇到了"天山童姥"。后来又遇到过很多这样的女人，才知道这是当下最流行的发色，名称很有趣，叫作"奶奶灰"。染这种款式的大多是自信、有个性的年轻人，要的就是巨大的反差效果。那天，站在窗口往下看，无意中发现路人发丝的颜色是如此丰富，我看着那些红的、黄的、黑的、白的……头发，它们忽然开始凝聚、缩小，变成发色卡上纽扣般镶嵌的一小团一小团的发丝，美容美发学校里的彩灯花筒忽然在眼前旋转起来，我似乎还看到了女校长那张肥胖的脸。

在那张脸的凝视下，我度过了两个月。说完这个时间，我又觉得那段时间里计时老人在打盹，让它远比两个月要漫长得多。在此之前，我每天最关注报纸和广播里的招聘热线，样子有点像等待捕鱼的饿猫。直到在嘈杂的街头，一个小小的公用电话亭里，跟女校长通了电话，才给饿猫般的生活画上了句号。

女校长身高一米五，体重超出了二百斤，像个方形的肉墩。她留着板寸，头发密实，黑油油的反着光，文过的眉毛、眼线和唇线强化了五官的轮廓，看起来面露凶相。面试那天，我像学生一样站在那里，不知如何安放手脚。她并不看我的简历，简单询问后，就安排我坐在她对面的座位上，然后放了一张招生广告，简单交代一下便走了。我手忙脚乱地接待咨询，在别人的追问里，一遍遍抱歉地解释：我是新来的。下班之后，我胆怯地问她，这算是录取了吗？女校长对着墙上一面大镜子一层层刷着粉底，说，不然呢？

下班时，天已经大黑。我骑着车子回住处，路灯与路灯之间正在勾勒欢快的音符，让我心情大好。我特地去市场买了两块钱的瓜子庆祝，因为馒头和咸菜根本不能表达当时喜悦的心情。

每周，我都要撰写一则招生广告，印到报纸上比火柴盒还小，变成音频发在广播里还不足半分钟。有了这些鱼饵，电话便会不断响起，时不时有人来敲办公室的门。他们大多是农村青年，刚来时，藏在父母身后，羞涩地拎着铺盖。跟我说话时，口音在普通话和家乡话之间跳跃。可是，没几天工夫，他们便脱胎换骨，头发被剪或者被烫染，拥有了看似叛逆、夸张的色彩和发式，原来的服装、鞋子顿时别扭起来。课余时间，他们去服装市场淘买廉价的衣饰，从两元店里寻找耳钉和项链。我之所以那么快地辨认出他们衣物的货色，是因为，我也是那条廉价购物街上的常客。

女校长在某个下午点评我的长发，"那么黑，那么长！"她拐着弯的腔调使这句话充满了贬义。年纪轻轻就保留一头自然生长的黑色长发，在她看来真是一种罪过。那个下午，我被拉到美发教室的讲台上，背对学生坐着，女校长一边用长梳在我后脑勺划分着区域，一边讲解头部的结构。我第一次感觉到那些部位的存在。我想到了转动的地球仪，正在被划分出陆地、山川、河谷。接着分出一个个国家、省市和乡镇，而巨大的河流涌动在我的发丝里。我第一次想到人们为什么把头发形容成黑色的瀑布。女校长抽几个学生上来，让他们尝试用各号剪子修剪。河流被剪断，变成小溪，它把内里的尖叫通过头皮传给我。面对一双双持剪刀的手，发丝的气息逐渐微弱。学生们平时用惯了塑料头模，大约忘了我是个活生生的人，梳头和修剪的力道太大，把我弄疼了。但我没好意思喊疼。我假装发丝间的河流本就是死水，任他们摆弄，等到最后女校长动手时，剪子忽然心情大好，用力啃咬着头发。我想反抗，可反抗的声音一直没有发出。那种耻辱感是在多年后一点点发酵出来的。每当想起这一幕，我都恨不得拥有穿梭光阴之术，把那天的自己从椅子上拉起来，让发丝间的河水倒流。

台下已然是一片赞叹声，带头的是美发教师，这个一走

给树把脉的人 / 刘云芳

三扭，金发齐腰的人，刚开始我真搞不清他的性别，直到看见他进了男厕。我被他们的目光沐浴，以为自己要美成天仙了，内心那点反抗的火苗瞬间被熄灭。去厕所的时候，我从门上镶的玻璃里看见一个短发的陌生人，她跟我动作如此一致，才认出那就是自己。内心的反抗在那一瞬间又回来，可我的双腿还是把自己带回了那间教室，老老实实坐回讲台上。

平时，女校长一看到食堂做饭的小许便直起脖子喊，瞧你那头发！小许的两只手便飞快地抬到胸前，准备随时护头，一边嘿嘿笑着说，那是他老妈的手艺。这天，小许正在窗外看热闹，女校长灵机一动，叫他进来。小许迟疑着，直到女校长说明让他调染发剂，并不是给他剪头发，他才大着步子走进来。小许调色的时候有点像搅鸡蛋，手腕来回用力搅动着。他在我头上一层一层地涂抹染色剂。我后来问他，是不是把我的头发当煎饼了。他只是嘿嘿笑。女校长这么做，是想说明学校有多么厉害，连做饭的师傅都能耳濡目染学几手。在整个过程中，没有人问过我是否愿意剪成短发，是否愿意染色。我当时多么懦弱，一再想他们是否从我工资里扣染发费，或许在我的潜意识里，一个连一日三餐都无法保障的人，是没有资格保护自己的头发的吧。我不敢表现出自己的情绪不过是为了保住一份工作。这样的真相，让我每回想起当时的情景就觉得嗓子眼里充满了沙砾。

我知道，小许跟我都是道具。我跟那些睁着大眼睛的塑料头模没有太大区别。后来，我明白，我甚至比不上道具，我是猴子，我模仿了他们需要的那个我。

下课时，我跟拿着剪刀的女校长保持了极为一致的表情。随后，回到办公室，她把我推到她常照的那块镜子前，赞扬了我的五官，当然重点是因为有了这样的新发型，才能衬托出这样的五官。下班后，我骑车走在暮色里，感觉所有的风都吹向我，没有长发的遮挡，感觉被人扒了一层皮一样。我知道隐在发丝间的河断流了，它现在变成干涸的红色山谷，像被焚烧过一般，我在心里一遍遍祈祷不要被熟人看到，在出租屋里，我故意不看镜子，好像镜子里住着鬼。

二

进美容美发学校之前，我并不知道头发和面部竟然能折腾出那么多名堂，当时流行的花生烫、陶瓷烫、玉米烫，还有什么冷烫、热烫；纹眉、纹唇、美容护理等项目，这些新鲜的词汇泡泡一样从我嘴里吐出来，我对其并不了解。我的工作美其名曰"校长助理"，其实也就是编编广告，接待一下学生和家长咨询。在女校长的引领下，我才知道这一切有多么简单，多么灵活，它们都可以在舌尖上延伸，连学费也不例外。用女校长的话来说，一个羊是放，两个羊也是赶，只要能把羊赶到自家圈里来，让它吃什么料，还不由自己吗？

给树把脉的人 / 刘云芳

　　我承认自己不是赶羊的好手，看到一个老伯拎着铺盖卷进了大门，颤抖着手从贴身的衣服里摸出几百块钱时，就不由自主想起我父亲。他身后的孩子面容羞涩。在挑选专业时犹豫不定。但有一点是可以确定的，他一定得留下来，比起其他的进城方式，交钱学手艺是最为容易的一种。招生简章上说了，毕业后，会给学生安排实习，如果在那些店里表现好的话，就有机会留下来。如果有人听了这些，还犹豫不决是否要留下来的话，就为他们减免学费，从减一百开始，一直减到五百，他们总会动心的。总之，要设法缠住他们。而此后，大到头模、吹风机，小到发卡、皮筋都要让"羊"们心甘情愿地交出自己的羊毛。再者，学了美容的，也可以学习美发，学完美容美发，还可以学学摄影。全都学了的通常是些农妇，她们要回到乡村搞婚礼一条龙服务。在学校的展示区，老学长回村之后的开业典礼上就有女校长的身影。这是女校长比较得意的部分。更为得意的是她跟一些明星的合影，真假难辨。但总能让学生和家长们产生对未来的幻想。

　　偶尔也有毕业后的学生回来。他们的头发五颜六色，头顶上刻着些文字，或者向日葵、足球的图案。他们的性别常常跟美发教师一样，不易分辨。

　　在美容美发学校，太容易看到一个人外形上的变迁。这变迁是钥匙，试图开启他们通往城市的第一扇门。晚上没有课，新来的学生总是老老实实待在宿舍里。不久之后，他们便转遍各个夜市、商场。眼睛里的羞涩渐渐退却，会对路人的衣着、发型进行点评。变化最小的是那对来自农村的中年姐妹，她们始终没有买头模，为彼此做模特时，一个人的头发烫焦了，另一个头发剪得太短了。两个人在教室里哈哈笑了好久。她俩倒很乐观，说，校长也是板寸！她们是学校里的另一种存在。

中年姐妹一下课就带个马扎跑出门。回来后，得意地说，找到头模了，还是活的！后来才知道，她们去了附近的汽车站，她俩拉着一个拎了大包小包的男人说了些什么，便让那男人坐在旁边的马扎上，开始理发。后来，人越聚越多，排起队。中年姐妹也不像往常在学校那样木讷，她们讲起自己的故乡，讲起在外地打工的丈夫，如果拥有理发、美容的手艺，她们就能把男人留在身边。低下头的男人不再说话，他微微笑着，脸上显出温情。似乎也想起了远在家乡的妻子。

三

有段时间，小许迷上摄影。一有空闲，他就借了摄影班的相机，带我出去拍照。那是早春，植物们还未苏醒，湖面不断吹来寒风。我整日穿着一件黑色大衣——我那个季节唯一能穿出门的衣服。小许一脸感激地说，也就你愿意给我当模特。后边的话，他没说。学生们进校门不久便纷纷坠入爱河，爱情的期限大多也就在一个学期，自然不愿意把时间浪费在别人身上。中年姐妹有几次缠着他拍照，他却委婉拒绝了。后来，一拿相机就躲着她们走。学校附近除了那片湖之外，还有一些厂子，在大门外，笨重的油桶码成一堵墙。我在它面前，显得很纤细。小许却在一旁兴奋地说，那就是时尚。我以为那件大衣让我看来像个女巫，可等我拿到照片的时候，看到透不进光的厚墙下站立的自己，就觉得自己更像个无辜的小昆虫，红脑袋黑身子的那种。

在学校，我耳朵里奔跑的最多的词汇便是时尚，当然，还有另一个词——土气。城市是时尚的，农村是土气的；化妆是时尚的，不化妆是土气的；青年学生们是时尚的，中年姐妹是土气的；教师们是时尚的，我是土气的……为了显得时尚，有人一天只啃一个馒头。也有人连馒头都戒掉，在水龙头那里，不住往喉咙里灌水。有人隔三岔五给父母打电话，编造各种要钱的理由。跟他们不一样的是，我是一个就业者。我给家里打电话的时候，只能说自己多么幸运。我把幸运夸大，就跟他们把生活的口子夸大一样。

有几天，女校长在办公室里计算着给初恋情人置办哪些礼品，要让他办一个体面的婚礼。这时候，她是温顺的。两头猪，二十斤豆角，三十斤黄瓜……她一边写一边念叨着。她忽然抬起头问我，你想当美容教师吗？我还没有回话，她就把几本美容书摆至我面前。对于美容，我一无所知。可女校长说，那太简单了，照着书念就行了。后来，她还说了许多话，大意是：只要她愿意，谁都可以成为美容教师，跟知识、能力关系不太大。为此，她允许我一有时间就学习。

我拿着本子推开美容教室的门时，像个贼，所有人都以为我要宣布什么事情，美容教师忽闪着两片假睫毛看着我，我尴尬地一笑，从众人的目光里游过去，游到最后一排，坐定。满心忐忑地想着美容教师问我时该如何回答，我如果说，坐在这里仅是因为对美容的好奇，她会信吗？可一节课过去了，她根本没有理我。

每当女校长带着她的闺密在办公室里用近乎吵架的分贝大谈美容技巧和昂贵首饰的时候，我心里总翻腾着另一个声音：女人美容似乎还有其他的方法，比如，学会安静，比如，修炼内心。这话有点口号化，但遇到她们之后，我才发现这是真理。可我是没有资格表达观点的。她们聚集在办公室的时候，我只能待在一角，给这个倒水，给那个拿打火机，并且努力忍住随时而来的咳嗽。她们都在附近的城中村长大，几年前因为拆迁一夜暴富。她们有女校长那种纹过的浓眉和眼线，常常满嘴脏话、浑身酒气。有时，故意在我面前说荤话，看我的反应。我不管做出什么样的表情都能引起阵阵狂笑。她们喜欢看一只猴子所表现出来的那种慌张，那种想模仿人却总是出丑的模样，这让她们痛快。我为什么没有转身就走，维护自己的尊严？这是我许多年后才自问的。答案也很现成：比起没有钱交房租、没有钱生活的窘迫，这算得了什么。

有时，她们故意起哄，让女校长叫几个小帅哥过来坐，女学校嘴上虽然说，别祸害他们，人家还是孩子，但也时不时地让她们如愿。学生们巴不得与女校长和她的朋友亲近，期望结业后能有个好去处。

在这里，每门技艺的课程只有三个月，循环授课。结业之后的学生一部分去女校长朋友的店里实习。几个月之后，有的开了店，有的去了别处。总之，实习的人员极少留下来。不把他们开掉又有什么办法，否则新结业的学生该去哪里呢？

办公室里烟雾缭绕，人们的脸在朦胧里开始变形，它们把我挤到门外。

四

那个午夜。城市里的喧闹被抽离，树木、建筑稳踩自己的影子，像伺机捕食的怪兽，让人恐惧。我的头发倒立着，为惊恐的心站岗。自行车车轮飞快地转动着。就在十几分钟前，我接到美发教师的电话，他说，小雪喝多了，还关掉了手机，让我去看看。

小雪是美容教师的名字，但我之前从未这样叫过她。背地里，我叫她美容教师，见面时，我叫她路教师。

从一条繁华的街道进去，我在一个大杂院里找到了她的住处。我没想到光鲜靓丽的她会住在那样一个地方。给我开门的时候，她披头散发，假睫毛飞在颧骨上。那间屋子小而温馨，像一个装芭比娃娃的粉红盒子。进门前我先把鞋脱了。她拿着纸巾擦了擦脸，坐在床上发呆。

茶几上的啤酒瓶东倒西歪。我数了数，有六个。

初春的夜晚依旧很冷，她把被子的一角递给我，我们盖着同一条被子，在床两侧歪着。

小雪是学校的元老，刚建校时她就来了，在学校最困难的时候，依然坚守。那年，女校长的情人在上海一个管件厂工作，弄伤了胳膊，她连夜跑去。学校就扔给小雪一个人。女校长的丈夫不像现在这般纵容她，三天两头来闹，朝她要人。那时，手机还未普及，所有的事儿都由小雪一个人顶着，每隔一段时间，女校长都会打来电话，让小雪汇款。她一个人又是老师，又是校长，又是会计，又是出纳，当然，还是保安。担心放钱的抽屉被撬，担心招不来学生，担心在校的学生不服管教……一个多月里她没出过校门。女校长从外地回来，要奖励她一千块钱，可她不要，她只要自己的那一部分，一个月八百块的工资。

女校长想把小雪打造成她需要的那种人，跟有业务关系的人暧昧，在酒场上与他们频频举杯。因为她听话，才成为女校长的亲信。她几乎认识女校长家所有的亲戚。在他们眼皮子底下，小雪跟女校长的侄子恋爱了。她没想到，女校长会第一个跳出来，把她忠诚于自己的行为当作她致命的污点。女校长教导侄子，找媳妇的重点在于：纯洁。说到这里，我终于明白女校长为何要我来接替美容教师的工作。

小雪说着人情如何虚假，世态如何炎凉，在这个以美化外形为主题的行当里隐藏着那么多见不得光的勾当。这时，仅有一墙之隔的街巷里响起油条摊搬挪东西的声音。我在黎明前的黑暗里看着她，没有浓妆的她看上去亲切了许多。我眼前出现了画皮的女妖，她们穿上一层层新皮，一遍遍描画，她们都有绝佳的美容素养，还有尖利的指甲……我被惊醒的时候，发现小雪的长指甲正抵在我胳膊上。

她伸着懒腰说，天亮了。

小许说过，某天晚上，他正在办公室跟女校长聊天，忽然停电了，他们就继续坐在那里说话。女校长描述着小雪诸多不堪。说这些话的时候，他笑得很神秘，眼角却流露出兴奋。他要求我保密，他不知道，同样的话，女校长早对我讲过。也是在那时，我明白，当一个人对你说要保密的时候，他的小喇叭就已经开播了。我看着小许描述在黑暗里与女校长说话时的一脸荣耀，不再吱声。

女校长出去吃喝玩乐时，不再带小雪，而是带上我。在饭桌上，她轻轻捅我的后背，示意我去敬酒，或者把肥厚的手搭在我肩膀上说，你当我是你姐吗？你要认我这个姐，就把这杯喝了！那些天，我总是醉着酒回家，当我顶着一头那么短的红色碎发走回出租屋时，邻居奶奶总会用看不良青年的眼神看我，她问，怎么了？我答，没事！但感觉舌头已经不是自己的了。

女校长的情人我见过多次，那是个高大帅气的男人，跟女校长站在一起极不相配。他的眼睛总在发光，好像在给每一个看他的女人发射某种信号。他们常在美容间幽会，女校长示意我从外边锁上门。有次，她瘦小的老公送来一份排骨，他盯着我问，女校长在哪里。我的心狂跳不止，但嘴上还是说，不知道。我想起，在许多个他打来的电话里，我都充当了欺骗他的角色。即使他碰上那个男人又能如何，我见过他宣誓主权的场面。当他们面对面走来时，他看也不看情敌一眼，把便当盒塞到女校长手里，说，老婆，早点回来。他以为当着情人的面叫她"老婆"就能把他击败，却不知道他转身离去的样子总是引来女校长的一阵嘲讽。他们在美容间待够了就会打来电话让我把门打开。我打开门，赶紧躲到办公室。等她回来，我交出钥匙，才发现因为刚才攥得太紧，手掌上留下了深深的印记，好像那把钥匙在我掌心印出了一道门。那男人像来的时候一样，从后院时常锁着的一扇小门出去了。

在来学习的人群里，也有这样一部分人，她们学习美容美发就是为了保鲜自己的婚姻，要把自己调制成丈夫最喜欢的那种色调。这样的人，往往等不到结业就走了，成为女校长那些友人店里的常客。她们和女校长一起把我对婚姻的想象涂抹成无望的灰色。

女校长让我给美容班的新人指导。小雪挥着手说，来吧来吧，贡献一下肩膀。我就坐在椅子上，任她把我肩膀上的穴位指给学生们看。她不知道我正在成为她的复制品，并将替代她的存在。我为自己站在那里真正的理由心存愧疚。

给树把脉的人 / 刘云芳

　　在一个下午，我从美容教室回来，推开办公室的门，看到女校长闺密的胳膊缠绕在美发教师的脖子上，急忙退身出来，但还是被她闺蜜看到了，她叫我进去。那女人让我找纸笔，又让我写下一些字，什么"上""下""手"之类。我红着脸看校长，以为她能给我佑护，可她却说，让你写就写！那女人手拄着脑袋，不住吐着烟圈。我写字的手在颤抖。她隔着桌子对女校长说，我看看你招的都是啥人。然后，她举着那张纸，从里边猜测我的身世和过往。我明知道那是一种羞辱，心里百般抗拒，却还是应答了她的每一句问话。中途，电话铃响了，我竟然微笑着接待了一个学生咨询。

　　几天后，女校长让我去美容教室，那里停放着一张床，她要我躺上去。我闭上眼睛，意识到要面对的并非化妆品，而是一排细针和一管颜料时，猛地一下弹起来。我拒绝他们为我纹眼线时才终于明白，想要像小雪一样，长久地留在这个与"美"有关的场地，就必须把那些"丑"一点点吸附进身体。我对学校里的楼道充满了恐惧。我时常盯着那个长发的模具，头发变弯，变短，颜色不断转换。到学生们毕业时，它们中的大部分被遗弃在垃圾筒里，犹如尸首。我想不明白我和它们之间有什么区别。

　　领到第二个月的工资，我便提出了辞职。女校长非常气愤，她认为我辜负了她的栽培，为此，还要回了部分工资，并且像看贼一样看着我收拾东西。走出办公室，路过美发教室，我看到学生们正举着调色盘不住搅动，调制着他们需要的颜色，而头模们都静候着。小雪正把一块清洁棉举过肩膀。饭香味在楼道里飘散，小许忽然拿着铁勺追出来，向我道别。连他自己也无法想象，半年后他会以美发教师的身份站在讲台上。

出门后，我看到一棵刚吐絮的杨树，树冠上挂满了白的、黑的塑料垃圾。我一手扶着车把，一手摸着自己细碎的红色短发，路边店铺的音乐河流一样淌过耳朵，不知怎么的，我忽然就泪如泉涌。

屋里的大树

一

当年，母亲把我送到外省的学校之后，在火车上哭了一路。后来，她得知女儿要留在当地工作，又哭过很多回。她知道，我不会做饭、洗衣，不时还会生一场病，几乎没有任何自理能力。母亲总是将各种糟糕的状况放在我身上一遍遍想，在一个举目无亲的城市，女儿可怎么活？

我忘了自己编织了多少虚虚实实的经历，她才终于对我树立起信心，并确信我是个强者。其实，她与人津津乐道的那些事情只是我人生的凸面。我一直将那些凹面遮遮掩掩，各种美化，我曾在阴暗潮湿的出租屋里，像被困的老鼠一样手足无措的日子她永远不会知道。她也不会知道，我用几块钱给她打完长途电话以后，廉价的高跟鞋就坏掉了。我站在街口，思索着到底是光着脚走，还是一高一低往前走，我对两种走法进行评估，看哪种办法更能让我在城市的街道上像隐形人一般，不易被察觉，不易被人们的目光击中。可不管怎样，我最后还是回到了出租屋。幸好那时的通信设备不发达，否则没准就被谁拍照了。

我刚参加工作时，作为科室里唯一的女性，总被教育要在酒桌上"好好表现"。一次，吐得稀里哗啦之后，同事问我，你们这些农村姑娘来城里做什么？

是的，在老家，我同龄的姑娘都在陆陆续续嫁人，当时彩礼的行情已经超过五万，再说，怎么也不用为一日三餐犯愁，更不必在没有暖气的出租屋里冻得发抖。我本能地拒绝一种与她们相同的生活方式，想让自己生命的色彩有所不同。所以，我千方百计离开故乡。每当穿越千里，从山区驶向平原，或者从平原驶过太行山脉，接近吕梁山脉的时候，我便觉得自己是在两个世界里游离，我好像被那段距离与时间所分娩，在另一个区域里完成了投胎。在母亲面前，我用各种美好而善意的谎言编织了一棵茂盛的树，并在那棵树上的小窝里，像一只努力孵蛋的小鸟，为了收获一丝的惊喜，稳稳坐窝。

那段时间，我接二连三地跳槽，在不同的出租屋里辗转。那些房子就像我在一个城市脱下的壳一样，在我走之后，它们本身与我没有任何关联。

二

在石家庄，我先后搬了十五次家。把一个人的居住点称作"家"是漂泊者自欺欺人的方法。

我第一次租的房子，在一个小院里，为了安置我，房东用三排砖架起一个大门板创造了一张床。听说我还有个读书写作的兴趣，她好心地从一堆废弃物里，找来一张布满了"早"字刻痕的课桌，便很满当了。屋里霉味很浓。本来就小的窗户，上半截是塑料纸，下半截是玻璃。白天如果不打开门，书上的字便会湿了水一般，粘连成一片。到处是潮虫和蟑螂，晚上，我能感觉到它们在不同的方位交头接耳，谋划着什么事情。第二次租的房子倒还算干净，但男房东会时不时趴在窗外往里看，我睡觉时，也会留一根醒着的神经，在窗口探测、扫描。相比来讲，那次在公园边的住处已经非常不错了。

那套房子在闹市区，楼体很破旧，像一座弃楼。从楼门口一直往上，每层都布满灰尘，有的防盗门略新些，门外却堆积着各种杂物，破旧桌子，瓶瓶罐罐，还有煤球和铁炉子……我抬起头问正在前边迅速迈脚的房东，"没有暖气吗？"虽然已经上到六楼，可他一点也不喘，神情自若地说："没有啊，要有，就不是这个价位了。"

相比它陈旧的外部，内里也好不了多少。到了阳台上，却豁然开朗。隔着一条街就是公园，传说曾是清代某家族的花园，能看到园内树木苍翠，湖泊清澈，几个白衣白裤的老人正在打太极。风一吹，对面杨树叶子上的风很快就会跳到我凸起的鼻尖上，很轻柔。

房东指着破旧的窗帘说，这是他的亡妻缝的。他好像能看见她挂窗帘的样子似的，在窗前，他的手指下意识向前伸着摸了一下，但是很快就转过身，告诉我房顶有一个壁橱。他伸手进去，摸了半天又伸出来，一股子尘土像幽闭多年的妖精一样，借着他的手复活了，在阳光里，它们近似疯狂地舞蹈着。我躲到了里间的卧室门口。他显然不甘心，又伸进手去，随后，紧凑的五官渐渐散开，我以为他找到了什么宝贝，等他的手伸出来，才发现是一把笤帚。随着他的手不住晃动，更多的尘土飞扬起来，我看见他站在高凳上开心地笑，说，这是他们结婚时置办的。

我是因为那把笤帚带来的感动，不再讨价还价。

三

天黑之后，楼下不时有摩托声聚集，夜晚和墙壁都很薄，能清楚听到年轻人的哭喊，大约是醉了，他唱着悲伤的歌曲，哦，那实在不能叫唱，应该是吼，他狂吼着心声，大约还有一个异性的名字。有时候会听到酒瓶与墙壁碰撞的声音，有一种破碎掉的痛快。路灯把屋里照得明亮，我站在窗帘后边，看他们跟跟跄跄地往前走。他们的神态夸张，肢体与语言配合得过于协调，幅度也让人觉得眼熟，让我觉得那种醉态并不是来自于他们自身，好像是从某些电视剧里学来的。

我租的这套两居室，其中一间是给弟弟准备的。他当时在上海，我流着眼泪听他在电话那头诉苦，大约源于姑娘，但他却极力掩盖，似乎为一个姑娘醉酒是不值的。他说着摸不着边的梦想，回忆他的过去，他十几岁时，就开过两层楼的饭店。但好景不长，因为车祸躺在了炕上，而肇事者是我们的亲叔叔，自然没得到任何赔偿。弟弟用两年的时间才学会重新走路，之后学过电气焊，他从老家跑到厦门，又从厦门跑到上海。一天十八个小时的工作时长自不必说，单就每天半个多小时的跑步，他就受不了。等他说了"晚安"要挂电话的时候，我终于忍不住说，我给你寄去路费，你来找我吧。

我特地去电子批发城花二百多块买了一台组装电视，用墙角里弃用的墩布又擦又刷，处理干净，接了天线，可以收到中央一套和另外几个地方台，图像并不清晰，飘着没完没了的雪花，好像银幕上那些人总是以喜怒哀乐的方式在这场没完没了的雪花里挣扎。

弟弟自己找了家饭店工作，他脚上穿着十元一双的廉价布鞋，厨房的地上潮湿，加上脚汗，用不了几天，那双新鞋就散架了。所谓的布只是它的外层，内里全是纸片。对于一双脚来说，这像唬人的假房子。

只要那双布鞋在，我便知道他回来了。更多的时候，是他回来很晚，我听见他在另一间屋里开电视，用打火机点烟。不一会儿，便听见很大的呼噜声。我轻手轻脚走过去，找一条毯子给他盖上，让电视里的雪花停止飞舞。

在外边，我们说普通话，管那间临时的出租屋叫"家"，一旦关上房门，这间屋子好像瞬间穿越到故乡一样，我们说着家乡话，做家乡味的饭菜，说着家乡的人和事。其实，一个人不管走得多远，你所谓的新"家"也是故乡田野上的小花朵，只不过那条连接着根与花的藤有长有短罢了。

四

有段时间，弟弟所在的饭店因为一场官司歇业了，对方押着工钱，不让辞职。在城市里，一日三餐、电话费……生活到处在张嘴，对于在老家可以一觉睡到大半晌的人，也真是闲不起，但日结工资的工作并不好找。

我们几经商量，决定在出租屋里做快餐。早上，弟弟煎了玉米饼，我煮了粥，用箱子端了，出去试卖。看着箱子里的食物都变成零钱，信心大增。我们在附近的写字楼发放了宣传单，炒饼、炒面以及简单的炒菜，一份起送！很快就有电话打来，弟弟挥舞着随我辗转于各处的炒勺，叮叮当当的声音在屋子里响。中午下班后，我便从公司急匆匆出来，忙着去送餐，朋友们也不时来帮忙。攀爬六楼实在是浪费时间。于是，一根长绳系着袋子从六楼开阔的阳台上下往返。楼上是忙于接应的弟弟，楼下是我和我的朋友。在闹市区，一直仰头的样子极易形成群体效应，总有人站到我们旁边，仰着头往上看，直到确信并无什么吸引人的风景，才慢慢走开。

我觉得当时的自己一脸商贩气，一手拿着计算器，一手记起账，对每一笔进账都兴奋不已，对每一分出账都心疼得要命。每天送完最后一份订单，弟弟都会光着膀子把剩下的各类蔬菜拼在一起炒了，我们给它取名"刘氏小炒"。

每当我骑着车子去送餐，就有一种力量从脚底升起来，我觉得自己像根藤一样，不住朝着某个方向伸展，这是那份体面的工作给不了我的。

我甚至想到辞掉工作，和弟弟合力把快餐事业做大，以后把父母接来。可是很多事情并不按照我们预想的轨迹前进。

弟弟因为感情的事，不得不回老家。他让我去饭店索要他未结的工资，老板拨弄着计算器，然后上唇与下唇一分一合，就说："没了"，他理直气壮，好像再算下去，我还需要往里搭钱似的。从饭店出来，我肚子、脑子都被气鼓了，像一只茫然的蛤蟆。

很快，那个订餐号码欠费，三个月后，空号了，那个时段的梦想就这样被清理干净了。我时不时还会站在楼下往上边看，那个拖把杆执着地指着天，好像要把太阳戳个洞似的，哎，不过是不同位置的视角假象。

五

朋友送了一包花籽，向日葵。

姥姥活着的时候，曾在她家那座山上，种过一片向日葵花海。那片花海在我梦里晃过很多年。

可在城市，尤其在顶楼，想拥有一片花海是多么不现实。我的好友堃建议，不如就在楼顶种。对于两个天天不辞辛劳加班，却敢时不时顶撞领导的人，有什么事能难倒我们？

于是，先在楼顶选址，接着铺上两层塑料布，又在四周围起砖，砖不够，就找过道上一截粗重木头顶住那个缺口，最终变成一个方形的坑。没有土，就向愚公他老人家看齐。每天下班后，我们从公园里挖两袋土，后来干脆挖四袋。两个姑娘往树林钻的情景少不了引人注目，其他钻树林的可都是情侣。我们才不管，一边猜测着别人的想法，一边哈哈大笑。树枝、钥匙、甚至指甲都可以当工具，两个人嘻嘻哈哈抱着袋子走出公园，又晃晃悠悠上楼，把土倒下去，铺匀。几天以后，一个不足两平方米的向日葵花池就完工了。为了庆祝，我们在楼顶一人捧半个西瓜，对着夜空唱歌。最后，我们等不得天明，像种下心愿一样把种子连夜埋进土里。此后，早晚浇水，一天探视至少三次。它们也争气，几天后，从土里顶出小脑袋来。

我们每天关注天气预报，神情颇似我在老家种田的父母。有一天，天气预报明明说晴，却又狂风大作，一场暴雨来了。我在单位无比心焦，盼到下班，急匆匆穿过街道，爬上楼顶，一片向日葵苗正托着圆润透明的"水晶"，列了阵迎我，悬着的心才终于落地。

有天上楼顶，脚下被什么东西绊了一下，回头一看，竟是那截围在花池的木头。堃在我身后瞪大了眼睛，手指着一堆散乱的砖头，泥土和塑料布已经乱成一团，花池早已经不见了。我们用手机屏幕上的光照着侦察，却没发现一点线索。第二天一早，我看到那截木头竟然压着张旧席子，上边扔着一件白衫衣。烟头遍地，那件白衬衫像是蜕掉的壳一样，安静地待在那里。

我们收拾了残局，正准备把那些泥土弃掉的时候，发现竟还有三棵刚刚发出的嫩芽，急忙小心地将它们移植在花盆里，挪回屋内。

显然，最可疑的便是"白衬衫"，可是他却极其神秘，每个清晨，都能从那里看到一些空酒瓶、面包袋、烟头。一件白衬衫和灰衬衫交替存在，后来又看到几张招聘信息的报纸。我想，或许是一个正在找工作的人，刚出校园，或者来自他乡，正经历着我曾经历过的窘迫，因为没有钱或者不知道自己能否落脚，随便找一个"住处"安身。想到这里，我把房顶上的垃圾收拾干净，扔进了楼下的垃圾桶。

不知道大雨倾盆的那个夜晚，他是怎么度过的。大约一周以后，那张席子不见了，不知道他是有了工作与住处，还是离开了这座城市。

这段时间，那些向日葵伸长脖子，好像要跟路对面的树交谈似的。我每一天都为它们扭转方向，搬离了它发芽的那片水池，它们依旧执着地、疯狂地生长着。

六

我都说要出门了，可房东还是走了进来，他在两间卧室里来回转悠。他一副识破秘密的神情，问我，你跟男朋友一起住？我说，没有。那个男孩是我弟弟。

房东的耳朵好像灌不进声音一样，他接着说，男朋友是农村的吧？他坐在沙发上，像个侦探家一样，进行推理。他把我和弟弟想象成一对穷困的正在同居的情侣。

他说，老伴死了以后，他就一个人过。他有三套房子。退休金也不算少。孩子们都在外地，他什么都不缺，就是身边缺个人。他把浑浊的目光撒在我身上。说，报纸上这样的事情不新鲜，一个女孩跟着一个上了年纪的人，比跟着同龄人得到的总归多些。"我不在乎你贪我的钱！"我当时有许多种冲动，比如往他脸上泼水，比如打开房门，让他立马消失。可我却选择了装傻。好吧，我承认我是看在钱的分上，因为他手里还有我两个月的房租外加一个月的押金。

我忘了怎么把他请出去的，总之，那之后，如果有人敲门，我就立马警觉，如果是房东，便迅速关掉手机，装作不在屋里。

那时硕跟我一起住，房东有次来，她一人在家。他得知硕也来自农村，便念起自己的经：你们农村来的姑娘，靠自己的能力能买到房子吗？你们嫁一个同龄的年轻人，能得到什么？他的眼神迷离，好像马上就有人准备投怀送抱一样。

房东一厢情愿地觉着他这样的人才是穷姑娘的救星，他能让我们这样的人过上物质丰厚的好日子。就像他说的，你缺房子住，而我恰恰需要让人住进我的房子，这是多么简单的事儿！

房东自然有的是时间折腾，所以，我只能选择搬家。他在我提到搬家时，却又拿合同未到期说事，坚决不准我搬走。

我们坐在阳台上吃火锅时，就会忽然发现楼下正仰着一颗脑袋。朋友说，你骂他呀，什么难听骂什么，可这真不是我的强项。我在生气时的第一反应就是浑身发抖，该说的话在那一瞬间全都抖没了。

有天，忽然有个年轻男人来，拿着房东的合同找我们说事。我原以为他是房东请来的救兵，结果房东也来了，劝说他不要管。我这才知道，原来那是他的儿子。房东担心我说出他平时的种种行为，以哀求的眼神看着我："房租我退你，这事儿就先别说了！我儿子可刚回来！"我明白，他担心自己的形象在儿子心中倒塌，他不愿意儿子看到作为空巢老人的他尴尬的那一面。我没再吱声。

事后，他把押金如数还给我。

把屋里打扫干净之后，我将那把有"历史意义"的笤帚放在空了的床板上。他站在他的亡妻缝织的窗帘前，问我，要搬到哪里去。我没说话，端着向日葵花盆下了楼。

绕过这个街角，便是我的新住处，从关门到坐在办公桌前，只需三分钟。加班更加便利，甚至谁来加班，忘了带办公室钥匙，也需要我下楼来送。因此，我得了"先进员工"的美名，也得到了令人羡慕的新岗位。

在那个夏末，那三棵向日葵终于盛开了，它们长得又高又壮，像三棵树苗一样。金色的花瓣非常醒目，最后有没有结籽，我竟然忘了。

男科医院手记

开篇

一听说我在医院工作，新认识的朋友便马上举起手机，或者转身找纸、笔，记录联系方式。他们一脸兴奋，感叹总算在医院有了熟人。可我若说自己是在"男科医院"，他们笑容的甜度立马降低，换上另一副表情。

我没学过医。入职前，医院里的福建莆田老板陈总接待了我。与医药知识的空白相比，他更看重我在写作上的能力。就这样，几周之后，我除了做本职的报表工作之外，还要负责写软文、编杂志。之前工作过的公司早已把我打磨成完全服从、从不抱怨的好员工。薪酬与前任员工无异的情况下，要做两份工，我竟然默认了。

我就职的企划部，是私立医院才有的部门。只有私立医院，才会在各个媒体上大张旗鼓地宣传，而私立的男科医院更需要宣传。综合型的公立医院里，总是人满为患，大夫们成天在菜市场一样喧闹的环境里切脉、诊疗，忙得连上厕所的时间都没有。但是私立医院，尤其是私立的专科医院，如果不宣传，人们就会忘了它的存在。

上班那天，我看到几位男士相继走进医院，有两位的裤子外边挂着大大的塑料袋，里边浮动着黄色的液体。后来我才知道这是尿管。陈总叫人带我去路对面的办公室。说是办公室，其实就是一个居民楼里的单元房。我从女人们不断聊天、孩子不住哭闹的楼道爬上四楼，走进了一间两居室。关上门，那间客厅便是企划部的办公室。后来想，企划部其实也是医院体外的尿管，输出着很多不堪、却非常重要的东西。听说，之前企划部也是在医院大楼里的，但后来某位领导灵机一动，把企划部的牌子换成党支部，让企划部搬走。他们认为党支部更能让患者安心。

整个办公室加上我有三个人，也可以说是四个。这是因为企划总监的座位常常空着。他大多时间把自己锁在里间的卧室。巨大的呼噜声常穿过木门，提示我们他的存在。陈总一来电话，我们在门口喊上两声，便见他穿着宽松的秋衣、秋裤匆忙跑出来，脑袋上仅有的几根头发准确无误地描绘"缭乱"的意境。他看也不看我们一眼，好像不看我们，我们就看不到他令人尴尬的造型。通常在下班的时候，他才穿戴整齐地坐在办公桌前，给我们安排下一天的任务，让人觉得他总是在加班。

负责网络推广的小满算是我的领门师傅，那些让人脸

红的生殖名词从她嘴里说出来，像是在说桌子、椅子一样
平常。我却连复述的勇气都没有。她让我把这些词汇输入网
络，无数条信息顿时就爬满了屏幕。无论我输入哪个词汇，
我们医院都会排在首位。我还以为这是医院的威名太盛。后
来才知道，那都是付费的结果。网络推广的首个位置都是不
同的医院竞拍得来的，谁花的钱多谁就靠前。我才想到，平
时有点大病小病的就去搜索是多么无知，原来那都是人工吹
出的泡沫。而一些所谓的患者问答与疗效介绍，大多都是人
为的炒作。很多疑问，都是自问自答。人是需要锻炼的，几
个月之后，我便能像小满那样，在大庭广众之下，说出这些
病症，把它们当作桌子、椅子一样，再也不觉得脸红。

　　我那时总是得意于自己的创作。是的，那些在市区各个
报纸上印刷的软文都出自我的手笔。那些在城乡免费发放的
杂志上的文字，要么是我的原创，要么是我改编而成的。虽
然我不屑于改编，但陈总不干，他急切地想要一篇那样的稿
子，他想要的是结果和效率，你怎样完成，他并不介意。我
承认，这些所谓的案例都源自我的虚构，我将脑海里的故事
移植到某县或者某区，让人们相信，真有那样一个人活生生
地存在于这个区域。我让故事里的主人公身患男科疾病，让
他经历种种磨难，让这些阴影一点点缠绕他们的脖颈，但最
终他们都走进了我们医院，从此得以解脱。所有的结局必须
指向这一点，我才能得到领导通过 QQ 回复的大拇哥。

　　我把软文练习当成笔尖的舞台，尽情磨炼。私下里，我

跟设计琳安复述它们时眉飞色舞。琳安在这里已经工作了五年，了解很多真实的故事。她说，等我讲完这些，你就知道自己多么善良。

等她的故事一出口，我就知道，现实生活是一把多么锋利的手术刀了。那些故事并不具备多么曲折的情节，却足够锋利。让我后来杜撰各类故事的时候，总觉得鼻子下面竖着一把尖刀。我也学着这个行业里其他文案的样子，从网上找各种故事，然后改头换面。这样的行为几次就够了，复制、粘贴只需要几秒钟，而其间的忐忑却能在你心里趴上几年、甚至一生。虽然他们都说，这很正常。

候鸟病人

每个上班的日子，我第一件事便是去医院门诊处拿前一天的登记卡。这些名片大小的卡片上登记了患者的姓名、住址、年龄和检查的诊室，甚至通过何种途径来的医院。我要对它们进行归类统计，等到下个月初，以表格的形式汇报给陈总。假如有几天，他从监控视频里看到人流过多或者过少时，也会临时找我要数据。

有些人会把自己的信息写得格外详细，生怕漏了哪条，这样的人大多是看不孕不育的，哪怕有一丝希望，他们都不肯放过。有些人只写名字和号码，其他的都免去。这些人大多是看阳痿、早泄甚至性病的，他们尽可能不透露自己的信息。小满告诉我，在男科医院遇到熟人看病，如果对方不主动跟你打招呼，你一定要假装不认识，或者假装没看见。一旦说话，不管怎样对方都会没面子。

我记下了她的话，但遇到一位老朋友还是忍不住迎上去。都已经面对面了，怎么可能装作没看到。他一脸尴尬，搔着头说，是帮别人问问专家的。我支吾着走开了。从此，他见了我都怪怪的，好像我知道了他见不得人的秘密一般。

有一种候鸟患者，他们中的一些人奋斗了多年，终于事业有成，在他们认为自己战胜了一切的时候，却输了身体。而大多数的患者，是现代生活里的挤压品，他们表现出深入骨髓的疲惫。在一次跟大夫聊天的时候，我知道，如果能取得这样的人的信任，几颗麦丽素就能把他们所谓的疾病治好。可信任是不容易建立起来的。麦丽素的成本与利润也不可能酿造出足够一个医院生存的血液。

隐形人

在医院的结构里，陈总像个隐形人。他的旨意却贯穿于医院经营的每一个环节，可常人来医院是看不见他的。他们看到的是整洁的医院大楼，有着天使面孔和表情的护士，还有德高望重的院长。表面上看，院长身高将近一米九，魁梧高大，各方面都非常优秀。但事实上，他是个傀儡，比他矮三十公分的陈经理，才是控制他行为的主人。各个主要场所的监控画面显示在陈总办公桌上的电脑里。许多时候，院长对其他员工指手画脚，却在走进那扇门后，被陈总训得不像样子。他们站在一起，就像一个人的梦想和现实，面子和里子，对比非常强烈。院长在他的现实面前折腰，陈总在他的面子前面隐藏，他们形成了一个手掌的正反面。

在男科医院的后台支撑部门里，到处都是隐形人，他们要么是陈总的表姐，要么是他的堂弟或者远房表哥，差一点的关系也是同乡。他们说一件事情，说着说着就说起了家乡话。我们被语言的栅栏拦着，不明白他们到底在讲什么。

在前台，护士和大夫们要讲求服务，讲求医德，而我们负责制作鱼饵。或许，我们才是这座医院真正的内心。我们也是隐形人。琳安做各种能冲击眼球的广告，小满的推广倒是省心的。在网络上复制各类保健知识，也将别人的咨询和回复，改头换面变成我们医院的。有段时间，客服也归了我们部门。我才知道，网上挂的专家热线其实是客服人员。客服人员小柳当时还没拿下护士证，她负责回复网上的问题，也接电话，一有时间就会抱着书啃，说这次一定要考取护士证，这样就可以离开这个岗位，而热线电话里打进来的也不总是咨询问题的。很多病人治疗之后不满意，便会借着电话发泄他们的情绪。这时，说什么都是无用的，只需要倾听就够了。

每过一两个月，陈总就会召集一次"隐形人"聚会。这时候，他会举杯向大家道"辛苦！"说一些客套话。等酒过几巡之后，他就开始念家史。虽然他所说的跟别人传说的有些出入。但所有人都像听第一遍那样安静，那样表现出惊叹和敬佩。20世纪80年代，他的父亲和族人们一路北上，来到了这个小城。当时刚刚改革开放。他们先是挑着扁担，在街头卖所谓的祖传神药，之后攒够本钱，在偏僻的地方租了房子。他们隐秘的治疗程序迎合了当时百姓保守的心态。高额的利润让他们的家底雪球般越滚越大，最终发展为现在的规模。而这样规模的医院，他们在全国就有好几家。就连他们家的亲戚或者乡邻也都开办了男科或者妇科医院。

陈总是多么乐于学习，他从远方来的各个总监身上汲取着养分，过一阵便把他们换掉。我们爱睡觉的总监半年后便踏上了归乡路。里间的主人换成另外一个年轻人，他惊讶于我们工资的低廉，却不断把自己的创想放到案头，让我们去实施。寒冬腊月，我和小满、琳安轮流跟着一辆面包车去发杂志。我们坐在副驾驶，后边跟杂志挤在一起的是在校大学生。我们的工作就是监督他们发放杂志。在气温零下十几度的那些日子，我们去过海边小镇，也去过荒凉的小山村。那些地方，都是热情的村民，他们接过杂志的时候，还会邀请我们去家里吃饭。

临近春节，我们要发放印有广告的廉价挂历；夏天，发放印有广告的扇子。那个场面相当恐怖。只见集上的人一哄而上，他们不等我把宣传品递到大学生手里，便抢夺而去。就这样，我被人推着搡着，头发散乱，整个人坐在地上。他们眼里只有挂历。我捂着脑袋，感觉有些人从我身上跨过去。人们为了抢一个几毛钱成本的台历或者扇子，竟然看不见一个活生生的人，听不到那么大声的呼喊。后来，我站到高处，看他们从高大的男生手里抢扇子，外围的大爷、大妈原本颤巍巍地走路，一听到"免费"两字，便顿时来了精神，混入抢扇子的人当中。几个男人从一旁冲过去的时候，带动路上的土，灰尘乱飞。如果不是亲眼遇到，我会以为这是拍电影的片场。眼看男孩也要被推倒，我给他打个手势，让他赶紧回来。我们反锁在面包车里，对人们说，没有宣传品了。他们却不相信，不住敲打车窗玻璃，过了好半天才散开。

那一刻，我感觉自己像食物一样被人盯着，我所处的地点似乎并非集市，而是非洲某处的原始森林，外边聚集的不是人群，而是凶猛的野兽。

可到底谁才是真正的食物，谁才是猛兽？当那些穿着朴素的人走进医院，做各种检查的时候；当院长从"妙手仁心"的锦旗前起身，走进陈总的办公室，不住被灌输市场理念和医院利润的时候；当我们每次为一份广告做评估或者搞市场分析的时候，看到那么多的患者诉求，那么大的市场需求，我们的兴奋、狂欢，我们的聚会是正常的吗？那些虚拟的人群、医疗市场被我们蛋糕一样划分着。我们这些隐形的手，在划分别人的时候，不会被刀划伤自己内心的某个部分吗？

除了发杂志、卡片，我们还会去乡间贴广告画。在某个人家的外墙上，蓝色的广告格外醒目。有时，医院里还会发动大家去乡下搞义诊。用一点小便宜把一些人带到医院来，为他们体检。从农村坐车来的以老人居多，他们要么无比惧怕，把医生给予的建议照单全收；要么把这当作市区一日游，将大夫提出的病症当阵风，他们习惯于忽略自己的身体，认为每一种疾病都源自于命，这一点有些像我的父亲。

最后

我没想到自己能在男科医院工作两年那么久。两年之后的一天，我正坐在公交车上，胃部忽然不适，这不适让我意识到一个生命正在我的体内，一种光晕忽然牢牢罩住我。也是在那个下午，我发现自己下体出血。在一片慌乱之中，丈夫陪我去当地最具权威的妇幼医院检查。大夫查完 B 超之后，说没有胎心，事实上刚刚怀孕是查不出什么胎心的。我看大夫匆忙看表，她说，建议你去做流产，如果出血量过大，会有危险的。我现在给你开单子，趁下班前还来得及。她说得那么轻松，那么急切，似乎是要清理某块地面上的垃圾。

我坐在走廊里，看着手持那张单子的丈夫低下头去。

我在这个时候，做了一个伟大的决定：牵着丈夫的手回家，心安理得地静养了两个月。那段时间，大夫的话一直是悬在我丈夫头上的一把利剑。怀孕满三个月，我在另一家医院里听到了来自腹部的有力的胎心音。丈夫听到这个消息的时候，已经泣不成声。

后来，每次走进医院，我都会疑心重重，虽然这并不是我想要的。

陈总自然是不养闲人的，就算内部流通的职工手册上都明明白白写着，怀孕六个月自动离职。我离开男科医院之后，小满去了另一家新开的男科医院，她正得意于自己的高薪，医院便解散了，在那一个月里，他们只迎来了一个患者，听说这一个患者就收回了医院将近三分之一的开销。琳安辞职后去了家妇科医院。在私立医院，工作人员来来往往是多么正常的事情。

我有几个朋友依旧停留在那个行业，他们抱怨鱼饵越来越不好做，患者越来越精明。有阵路过那家男科医院，发现办公大楼已经拆迁，忽然想到生命中很多东西也是这样拆拆建建，只有脉搏在人心里一起一伏。有一刹那，我体会到呼吸是如此不畅，好像那拆除高楼的粉尘隔着玻璃就已经钻到了我的肺里。

大山之子

半张被子里的母亲

他留着一小撮微白的胡须，脑门剃得锃亮，神仙一样摇晃着脑袋在石桌前喝茶。脚边还守着只黑狗侍卫。这个形象深烙在我脑子里，以至于他去世几年后，我还会一次次梦到。

他是我的姥爷。母亲常在背地里说起他的光荣史：这个曾在日本人的轰炸里漂泊的乞丐小孩，居然成了国营煤矿的工人，因为吃苦耐劳、人缘好晋升成领导，还入了党。可以说，前途一片光明。可他偏偏放弃这一切，跟他同样是乞丐出身的妻子，背着一包盐，两副铺盖跟着他的母亲一路跑到这深山老林来，在这里生儿育女，过着隐居般的生活。

姥爷从来不提过去的事情。在我记事后，他已经把这座山变得非常像样。三排房子镶嵌在山体里，房子的一侧开着桃花，像是戴簪的女人。池塘里蜻蜓飞舞，开垦的土地都植了果树。他不断嫁接，让一棵桃树和一棵李树结婚，也让一个家养的桃树和野生的桃树结婚……它们同根连枝，形成新滋味的果实。姥爷应该得意，可他偏偏是沉默的，像只老兽一样，保持着自己的威严。在餐桌上，第一碗饭总是他的，动筷子之前，别人绝不能先动。姥爷蛮横、暴戾的脾气我没见识过。他有一把长鞭子，牛皮的。那鞭子其实是牛的墓碑，是姥爷养过的一头牛留下的全部遗物。他挥动那长鞭，打在羊群身上，也打在妻子和儿女身上。他有九个儿女，加上他和妻子和母亲，这十一口人，是这座山里全部的人类。

或许应该说是十三口。东边金针菇地里还葬着他的父亲，他在姥爷幼年时就死了。失去父亲的儿子，只能沦为长工，夏天把游动着红虫的河水灌进肚子，冬天把脚插到新鲜牛粪里取暖。姥爷的母亲一边改嫁，一边把对儿子们的愧疚酝酿成对死人的怨恨。战乱期间，人们背井离乡，她也不例外。谁也没想到母子俩竟然能在临汾相遇。当时姥爷已是煤矿工人，正准备娶妻。相认的过程是艰难的。认下儿子就意味着，在他结婚的时候，母亲得表示点什么。可她第三任丈夫什么都没有。她从家里搜罗不到什么东西，才把自己的被子剪掉一半，送给姥爷。她自己只能蜷缩在半张被子里度过每一个长夜。半张被子里的母亲，像一粒春天的种子，一不小心，就会伸出身体的枝芽。半张被子里的母亲也真是神奇的种子，一下就铺天盖地，包裹了他的心。

姥爷把新发的工资给他母亲，把妻子新做的食物也给她。在偿还母亲的过程中把自己瓦解，粉碎，重生成母亲渴望的样子。姥爷一生都在做这件事情。

黄色的金针菇永远也不收获，它们一年一年地起来，倒下。花开时，蜜蜂腻在花香里，像个迷路的外乡人，哼着曲子东倒西歪。每年清明去上坟，姥爷都向土地洒下半瓶酒，好像他父亲的嘴变成了金针菇的两片嫩芽。他燃起一支烟，却不插进土里，似乎怕父亲的嘴烫伤，他把烟塞进坟堆的石头缝里，烟雾便随风飞去。

几十年前，姥爷听从母亲的安排辞掉工作，来到这山里。他的母亲看不到煤矿工人有什么希望。山里的野杏、野苹果、野蘑菇在贫困年月显得如此诱人。他怎么也想不到，若干年后，一个正式的煤矿工人和一个深山老农的子孙的命运会有着天壤之别。当时，他果断跟随母亲来到这里，挖窑洞，开荒种地。他们继承来的半张被子跟母亲那半张被子终于缝到了一起。

姥爷的母亲说，我们要在这里扎下根。要想扎下根，不只要生儿育女，还得在脚下的土里埋下你的亲人。姥爷就回乡了。他从沁水到临汾，跨过了战火、饥饿和一次次生与死的鸿沟，从儿童走到青年。他回去的时候，已经是和平年代，回到故乡的路变得纸一样薄，几个小时就到了。回来时，他背着一个麻袋，麻袋里是洁净的白布，里边包裹了头颅、腿骨、手骨、脊椎……一副完整的尸骨。父亲的血肉已经被时间啃食，跟裹着他的席子一起碎了，钻进了土里。因此，姥爷在麻袋里装了一捧故乡的土。

在火车上，他不断抽烟，用白纸卷的那种喇叭筒。白的纸像裹尸布，烟丝是它散落的灵魂，即使用颤抖的手将它裹紧，还是会化成烟雾慢慢飞散。他把骨架拼接在一块木板上。他母亲扑上去大哭。他觉得这哭泣是虚假的。母亲哭的并不是父亲，是她自己。父亲的尸骨不过是她情感的泄洪口。泪水一次次滴上去，白骨却不收留，羞涩地滑进了木板。

他把父亲的白骨像种子一样埋进土里。为此，他们做了顿好饭。全家人都觉得喜庆。母亲的泪水完成了分娩，她疲惫地靠在炕上，吃着儿媳递来的食物。别以为这就是结局。第十三个人的名号随时可能被删除。母亲的思维是一个摇晃的房子。那房子可能崩裂，也可能甩出家具、砖石、被褥，或者活生生的人。她跟姥爷的关系，就像一朵巨大的花朵和一只小蚂蚁。花朵随便掉下一根花蕊或者半片花瓣，就能让小蚂蚁忙碌大半辈子。

姥爷的母亲摇晃着小脚让姥爷给新坟开膛破肚，把他父亲那副骨架送回故乡，因为她在梦里遭遇了第一任丈夫的打骂。姥爷只得服从，等他从故乡回来，他母亲已经离开，回到了第三任丈夫的家里。

至于那副尸骨最终在这里定居，是在他母亲去世之后。这个女人临死前说，要跟他第三任丈夫葬在一起。他怀疑那是同母异父的弟弟编造的谎言。他们为了给自己的生父争夺坟里的伴侣大打出手。姥爷还是输了，他又回到几百里之外的沁水，又一次挖出父亲的尸骨，将那些骨头抱在怀里，一路"爹""爹"地叫着，生怕父亲的灵魂迷路。

姥爷的母亲不知道儿子的内里是多么渴望繁华的生活，而且他还有这样的特质：怀疑自己的皮肉之身，并且不断在后代的骨血里捡拾父辈、祖辈的血脉伸展出的树叶或者脚印。这个女人入土的那一天，我在对面的另一座山上出生。这微妙的巧合，让人不由自主想起姥爷对我的纵容。那些年，他扛着裹了稻草的木棍走在去往我家的山路上，木棍上插满了鲜红的冰糖葫芦，浑然一棵顶着山果行走的老树。这礼物是送给我的。它带给我的甜蜜，至今不灭。

谁吞下光明

姥爷开垦土地，也是修理自己。挖煤和当农民是如此不同。他不再有工友，妻子、儿女跟土地、荆棘一样，都是对手，对他的人生都是一种瓦解。

姥爷向山的不同方向修路，怕路荒芜，便让女儿们嫁出去，来来回回踩在这条路上。早年，他向某个村里交党费，把自己的家以自然村的形式挂在一个大村庄名下，开始做一个合格的村民。哪怕独居在山里，他也按照国家的政策去开垦土地，决不多占一分。所以在三年自然灾害的大饥荒中，他们也没有免于挨饿。他只能把孩子们送到几十里地外的村庄读书。找一户人家，把他们寄养在那里。

他喜欢去别的村子，放羊时也总是跑得很远，有意去结识一些人。他在外边有热情的名声，在家里，他默默地夹菜、咀嚼，孩子们是否在吃，根本不管。在九个儿女的印象里，父亲没有留下任何温暖的细节。无非是他的暴脾气，无非是他在没完没了地种果树，无非是他为了忙田地，一整夜都不回来。夜不归宿的姥爷在某块地里燃起一堆火，像一匹狼一样守住月光。他放倒灌木和高大的野草，让它们给粮食让出一条路。姥爷砍倒它们的时候，大约也像当年带着父亲的尸骨走在路上。祈祷这些灌木能让一让。

姥爷活得非常小心。那些年，他一直在摆脱这样的命运，期望与这里有一次决裂。他把儿子送到部队，让他们走出大山。却没想到，他们像弹球一样，一复员又弹了回来，只得四处张罗给他们娶妻。本地自然找不到儿媳，本地人都嫌弃他们。笑话大概也有一箩筐了。比如某一年，他们在大年三十去对面山村里买盐，结果家家户户都在过年。他们的三十是人家的大年初一。一条河带来的时差，让那些人笑弯了腰。舅舅们回到家里，才发现台历上多印了一天，这一年是没有大年三十的，腊月二十九已经是最后一天。

姥爷年轻时遇到过一位老道长，说他命里只有两个儿子。回来以后，他就把当过飞行员的三儿子送到山下，让他给一个五保户养老送终，继承人家的姓氏和小房子。他让小儿子去倒插门，好像从未生养过他们一般。然后在两个穷县的山沟里，接来了大儿媳和二儿媳。他以为命运也会睁一只眼、闭一只眼，对他的儿子们进行赦免。当时，房子已经建好，只需一个墨水瓶，储了油，再用一团棉花塞进铁皮卷里做灯芯，便能照亮一个小家庭。

20世纪80年代，改革开放了。国家神经末梢上的我的姥爷，顿时看到了契机，改变命运的时间到了。他学着开放这座山林，把果树栽满田地，把果子销往不同的地区。姥爷开始热爱这座山，在此之前，他觉得自己与这座山无关，早晚要离开，尽管土里埋着他的父亲。他没想到，在他种下一棵一棵果树的同时，也把自己种进了山里。人们想起那座山，便会想起他，说起他，便会想到这座山。每一棵树都接收到了这种信号，把这秘密任务藏在果子里，它们味美、甘甜，吃完之后，让人忍不住想起它们的出处。每年五月，他便去附近的县城，租间房子准备囤积即将成熟的水果。那匹走惯了山路的黑骡子走在县城平坦的大道上，非常不习惯。

县城车水马龙，夜晚有电灯照着，人间繁花似锦。当然，也能看到乞讨者。他会放下一些水果，有时也放几块钱，并没有像平常的施舍者那样快乐。那种用一只碗讨生活的日子，他再熟悉不过了。

从外地回来，他就关上门跟姥姥坐在炕头上数钱。我那时想，山里总共也没几个人，干嘛不在院里的石桌上数。难道阳光和风会把钱偷走？后来，我体会到，越在狭小的环境里数钱，人越能生出更多的满足感。带着这样的满足感，姥爷期盼着每一个悄悄来临的春天。在花开之际，他就用目光称量一棵树的未来。花开得过少，暂时没什么奏效的办法；开得太密，果子就会很小，卖不上价。为此，他动员我们去摘花。他第一次把我举起来，就是为了摘高处的花朵。我的手一次次伸向白的、粉的花苞。听从姥爷的命令，给果子们布阵，他是这座山在春天的领舞者。

姥爷在果树方面有多骄傲，在儿女面前就有多沮丧。他的二儿子，我二舅，从平车上摔出去，身子悬在山崖上，多亏他拼命抓住了一棵野桃树，好半天之后，他才被拉上来。从那开始，二舅一直说头晕，赖在床上。后来送到医院。大夫说是脑瘤。命运里藏着的小偷，把姥爷好不容易挣来的钱全部偷走了，还偷走了他头发里的一抹黑。可摘除脑瘤并不像摘花那样容易。手术之后，"盲"这个字便生出两个果子，从他眼眶里越长越大，直到把仅有的一点光亮也挤出去。

姥爷琢磨出各种训练办法，企图把二舅丢掉的目光移植到手指上。二舅真就具备了这种能力，他每天都劈柴、把柴禾码得像城墙，透不见一丝光来。他能放羊，羊的安静跟他的安静融合在一起，流到高山上姥爷的眼里。

二舅眼睛好时，把向日葵籽撒满一块地。等黄花满园，开得壮观时，他却看不到了。他看到的是往年的向日葵田，耳朵却听着二舅妈把这一年高大的向日葵花盘砍掉。二舅看不到向日葵籽是否足够饱满，他能做的只有用力拉着一车向日葵尸体，走在回家的路上。

收割向日葵需要几天的时间，收割向日葵遮掩着的那些故事却不那么容易。它们比舅舅的脑瘤扩散得更快。姥爷的鞭子第一次落在陌生人的身上。有关不贞、外遇的气味在家里蔓延。可我们还是能看到一个男人翻山越岭地来。他闯进二舅种植的向日葵地里，把本来属于二舅的向日葵姓氏踩在脚下，让二舅妈挨了鞭子，还撇着嘴笑。那笑真是根锋利的细长铁针，不知不觉就把二舅的嘴缝得牢牢的。

姥爷给他们盖新房子，帮他们卖掉水果，给二舅妈钱。在一个夜晚，姥爷像猎人一样，拦住了准备私奔的二舅妈。鞭子不住落在这个女人身上，她身旁的男人黄鼠狼一般逃走了。许多年后，这些鞭子的伤口竟然在姥爷的良心上结痂。对于这段历史，他只说了四个字：她也不易。

姥爷一直在拯救二舅的人生。他不理解儿子为什么越来越沉默。当全家人站在道德的高地上，对二舅妈进行讨伐的时候，无形之中也创造了致二舅早亡的成因。他们言辞之中的暴力，他们所谓的正义都表现出一种莫名的狂欢。就连小小的我也是参与者。我吃着二舅妈做的饭，只要看见那个男人来，便回到姥爷的屋子里，向大人们报告。

二舅还是死在了一个大雪天。全家人把他葬在一棵梨树下。他们只想到春天时，梨花满树为二舅戴孝，却没想到秋天里，时光和蜜蜂把梨子蛰烂，一遍遍砸向二舅的坟头。姥爷没有大哭，他去山下的镇上给两个孙子存了一小笔钱。他甚至渴望那个挨过他鞭子的男人来，只要他来，就把二儿子的位置给他。可他没再来，二舅妈同意一个外乡人入赘，他们做了两年夫妻。她便在一个深夜里悄悄走了，再也没有回来。

在别人眼里，姥爷是个有钱人。人们帮他算账的时候，只算了他这些年的收入，却没算他的支出。他的儿子在医院里已经把他的存款额几乎抹掉。

反叛者

姥爷的水果销往很多地方。甚至有人慕名而来。那段路实在不好走。但一旦到达山洼，就能看到翠色的池塘。牛羊的铃铛和狗鸣清晰可辨，却不见人，只有炊烟从树梢上冒出来。从果香里穿过，走进摆了石桌、石凳的院子，便能让人想到世外桃源或者仙境。

这些外来的人，白天的时候兴奋。晚上，煤油灯把他们的影子投射出去，老墙上，影子们无声地碰撞着，重叠着。山里的黑夜太厚、太沉，肃穆而有威严，人们必须听它的号令。那些人起床之后，说从未睡得这样香甜。说愿意来这里定居，也盖套房子跟姥爷当邻居。走后，却再也没有音讯。

姥爷对这座山寄了厚望。步入中年的大舅越来越像接班人。大舅是党员，也是这一大家子的村委会主任，负责跟山外的村落建立联系。当时生活的条件已经相对优越，大舅时常在醉酒后，穿越山林，从别的村子回来。终于有一天，他醉倒在半路上，受了山风，得了脑血栓，没多久，他就去世了。姥爷再次丧子，像一只被雷电击伤的乌鸦在院子里尖叫了一声，便蹦起来。之后，他没事就躲在果林里，靠修剪一棵棵果树来修复自己心上的窟窿。

表哥们读书都不是好手，他们像父辈一样，去几十里地外的村子读书，漫长的步行，所有艰苦的条件，都成为他们躲避读书的借口。暑假，姥爷总是把他们的老师请来，让他在山上住几日，走的时候，架上骡子，拉着平车，让教师坐在一团被子旁边，被子下边藏了成袋的水果。他两个孙子到了婚娶的年龄，却找不到合适的对象。没有人愿意往这山里来，连贫穷地区的姑娘也不行。正是这个原因，他才准许儿媳下山改嫁，带走三个孩子的。

在山下，他们没有朋友，也没有赚钱的门路。许多个夜晚，他们像鬼魂一样躲进原来的屋子。天亮后，等姥姥、姥爷下地或者放羊的时候，再从窗户里跳进去，搜索值钱的东西。几次之后，姥爷通过炕单上的脚印辨别出孙子们的行踪。他把秘密藏着的钱故意放到没锁的抽屉里，或者炕角的褥子下面，等着他们来取。

表哥们看不上卖水果这样的活计。在他们眼里，接下路人买水果的钱，跟接受别人施舍没什么区别。他们喜欢挖矿，汗流浃背，把一个男人的力气全部消耗完。两次丧子已经消磨掉了姥爷身上的戾气，知道这些之后，他并没有拿出鞭子，他所能做的就是在他们一次次挖掘矿石时，去神庙里烧香。

　　只有二舅的儿子，我的二红表哥是像他的。只有他想守着山林，继续像姥爷那样养育果木，给水果谋求出路，并谋划着建个罐头厂，让那些看不起"一家村"的人来山里上班。姥爷开拓性的基因在他身体里蔓延，这个蕴含着希望的一个设想，被姥爷否定了。他把二红表哥赶往城市，让他去给别人倒插门。可这个像他的人，放着家里的饭店老板、超市老板不做，偏偏去煤窑上班。在一个夜晚，他的命被那个黑色的魔鬼吞掉了。

　　在孙子们眼里，姥爷是个守山的怪物，尤其在老了之后，更露出倔强的本性，把所有人都赶得远远的。可他们不知道，那些爬山上来卖伪劣产品的人轻易便在姥爷那里得到了钱财，走的时候，还能带走一大包水果。他像山林隐藏一些小花，小兽一样，隐藏着他的寂寞。

　　很长时间里，山里只有他和姥姥。原本小姨父想继承这片果园，姥爷也乐意。交接仪式还没有完成，小姨父便死在了私人开采的矿洞里。小姨家门前有一段上坡路。我忘不了姥爷走在那段路上的样子：身子努力前弓，背在身后的手不得伸到前边，一次次压在大腿面上，支撑起身体。

　　生活就是这样对付他的：把他的鞭子没收，让它变成废旧物品，或者墙上的装饰品，让他挨鞭子，并且习惯鞭子留下的一道道伤痕，把它们当成年轮或者花朵。姥爷坐在沙发上，沙发的骨架是柏木的，原本长在他门前。女儿结婚时，他砍了它们，做沙发，当陪嫁。此刻，他坐在上边，看女儿把身体埋在被子里。一道山脉在颤抖、起伏。他把进门的外孙我的小表弟抱在怀里，去院子里勾苹果树枝上的蝉蜕，一个金灿灿的躯壳。表弟在蝉蜕里装沙土，从它后背的缝隙里一点点灌进去。姥爷看着他，默不作声，好像灵魂不在。好像也有那么一只手，在他后背撕出一条裂缝，从高处往这条缝隙里灌着沙土。他倾听着沙土的声音，辨别它们的流向。一个人活到一定年龄，身体里可能住的不是自己，而是一堆泥沙。姥爷也是如此，他修炼的目的，或许不是成为自己，而是受降于泥沙，学会跟它拥抱。

没多久，姥爷便又开始植下新品种的果树苗。他看多了太多亲人的死，所以，想看新树活。

进入新世纪，这山里依旧没通电。大村和乡里都认为一户人家实在不值得费那么大劲布线，何况还是两个老人。他们建议姥爷迁移出去，可姥爷死活不走，他认定自己是大山之子，得守在这里，直到生命终老。

姥爷不再那么努力干活，羊也卖了。一天的时间变得松散，去金针菇地里看看，去梨树下看看，再去看一眼大舅的坟地，看看二红表哥的坟。那些坟丘是他生命里的穴位。大年三十，想到两个老人守在一座山里过年，我就心酸。我独自下山、过河、上山。在他们的惊讶里，手捧着一杯热水，好半天，才说出让他们跟我走，去我家过年。我想，他们应该像其他人一样，在新年的这一天，听到别人家的鞭炮和祝福的声音，在春晚的喜庆里吃团圆饭。而不是只想去上坟。

我用一瓢水浇灭炉火，姥爷没有拦我。黑狗已经站在我身旁，摇着尾巴。这个家伙，平时有事没事就往我家跑一圈，吃个馒头，串个门就回来。姥爷不再说什么，让姥姥拿几件干净衣服。黑狗走在前边，我们走在后边。

姥爷坐在电视前，看得很入迷。那次之后，我请求做电工的父亲解决这个问题。父亲自然不可能种下无数根电线杆，把电送去。他想到用蓄电池。他买了电池，又买了台黑白电视，装了灯泡，每周都要充好电，给姥爷他们送一次。后来，我去姥姥家住，见识了点着煤油灯看电视的奇异场面。他们太珍惜这些电了，比起看电视这样的精神享受来说，更愿意关掉灯泡，委屈自己的眼睛。

小姨父去世三个月后的一天，姥爷依旧在我们村陪着小姨。忽然有人来，说大姨父在煤窑被砸死了。姥爷急忙把手扶在砖墙上，才没倒下去。三个月的时间，他两个同叫"天星"的女婿一个死于矿难，一个死于煤窑。两个女儿寡居。姥爷不知道该住在谁的家里，他回了家。自此，姥爷的表情便怪异起来，一说话就笑。不管别人说什么事儿他都在笑。有时候，他自己一个人待着，也会不住发笑。好像笑是一块橡皮，能把所有惨烈的事情全部给擦掉。

给树把脉的人 / 刘云芳

斑驳的树影

在晚年的那些时光里，斑驳的树影常照在姥爷的脸上，形成明与暗的脉络。我坐在核桃树的枝杈上，感觉自己看到了隔离这位大山之子的内里：沧桑却又明亮，似乎雕刻着让人难以解读的经文。

姥爷曾想过从剩下的两个儿子中间挑选一位继承人，可他忘了，他已经把他们送出去。按照当地的风俗，两个在外的儿子没有赡养他的义务，自然也不能继承他的果园，毕竟在他们心里，这果园的麻烦大于收获，谁又愿意从接近城市的繁华之地钻进山沟里？

他想从大表哥和二表哥中间寻找新的继承者。可他们看不出水果流淌着的大山的骨血，看不见姥爷脸上那些复杂的经文。在他们眼里，果园是姥爷手里的天秤，一直偏向二舅的孩子们。从自己的母亲那里，他们知道，失明的二舅家的孩子明显比他们得到的更多。那些源源不断运出的水果，一定换回了更多的钱。他们一直用心于毁坏和挖掘，毁坏在春风里孕育颗粒的麦子，毁坏满树的梨花、桃花和苹果花。那些花朵覆盖了土地，也被风吹向别处，戴在他们父亲、叔父和曾祖父的坟头。

树的未来怎么也不如人繁衍后代重要。可是一个从山里长大的没怎么读过书的孩子，到了山下的大村子，本身就水土不服。加上随母亲改嫁而来的特殊身份，让他们身处尴尬的境地。最终，大表哥只能跟一个大他十岁的丧夫的表姐生活在一起。而二表哥竟然娶了一个大他二十几岁的女人。这在十里八村成了一个荒诞的传说。他们把这笔账记在姥爷身上，就连姥姥、姥爷辞世，也没能来。姥爷的生命里充满了开创性的能量，是一个乌托邦式的梦想家。他只想到果树、果园以及可能带来的收益，却忽略了对孙子们的教育。他能让一座山闪耀光环，却无法让他们具备人的良知，甚至连起码的亲情都不顾忌。姥爷的梦彻底破碎了，他唯一能做的就是带着他的黑狗，去山林里倾听各种声音。

大山能把一位饱经沧桑的老人培养成诗人。姥爷对姥姥说，我希望你走在我前边，这样我就把你安置在炕上，连棺木都不要。我把砖和石头找好，和好泥，从里边把门和窗一点点封上。跟你一起躺在炕上，一起死。那时，我正值青春期，这些话把我感动得要死。姥姥因为这些话，忘了她皮肤里积攒了几十年的鞭痕，咧着干瘪的嘴，像哭，又像是在笑。可诗人的话是随心说出的，不等于誓言。姥姥走后，姥爷又活了好几年。他辗转于女儿们的家里。除了吃钙片和降压片、不停发笑这样恒定的事情，基本是沉默的。在我家时，村里人常来找他谈天。他总能安静地听别人讲话，不会插上一句。

姥爷各项功能开始退化，耳朵背，眼花，甚至出现大小便失禁的症状。别人对他的亲情也在退化。听到大姨数落他种种不是的时候，我无比地气愤。在他弥留之际，我从远方回来。他当时赤裸着身子，几乎瘦得皮包骨头。我看到了上苍对他最大程度的惩罚。让他幼时背井离乡，让他一次次白发人送黑发人，让他病重，最终只能像牲口一样关在一间屋子里。我走进那间屋子，跳上床。窗户开得很大，冷风不住往里灌。他赤裸着的身体上只搭了一小块毯子。枕头上沾的屎已经干了。我把他扶起来，他面容皱在一起，瘦得完全脱了形，只有那笑声是熟悉的。

听大姨说，每个晚上，姥爷都会大喊大叫。他喊爹，喊妈，也喊他死去的儿孙。他哭喊着那些亡人的名字，好像在生命的枯井里看到了死亡背后的风景。大姨拿着手电进了屋子，发现他要么在墙角的地上，要么在床下边。他喊着要回家，要到他的山里去。我想起他决定从山里离开时的情景。那天，他拿着斧头，面对一大片果树。它们刚刚落了花，在清晨，小果实像是乳毛未退的挂泪的婴儿。姥爷砍了一棵果树之后，便蹲下去。好像被砍的是他。他再也下不了手，只好任果树自生自灭。

听说有人去了那山里，把门撬开。他们住着姥爷的房子，吃着姥爷的树上结下的果子，在山里挖矿。听说，几个城里人为了躲避火化，也可能是买墓地的钱，把亲人葬在那里。而我姥爷却葬在山那边大姨他们村里。在他死后，亲人们没有太悲伤，大姨终于没了负担，像其他中年妇女那样，去城里打工了。

　　除了每年去上坟的表姐，我们基本都不去那座山里。别人疯狂地去摘所谓的"野生水果"的时候，我们家人基本都沉默着，谁也不想去。我们怕在那空了的房子里、掰开的水果里忽然看到姥爷的身影。但别人说，那里有人砍了柏树，那里有人在老房子燃起火，有人在养蜂、放羊的时候，我们的耳朵就会马上竖起来，用力收集着与之有关的信息。

　　发达的通信把世界缩小了。有次，我路过那座山，看上去并不像小时候那样高，那座山的六十年埋葬在姥爷的心里、身体里，最终成为坟头上一排青了又黄了的野草，所以它才变矮了吧？我这样想。

无处祭奠

小时候，一过清明，你就带我和弟弟去上坟，我们给墓主人祭奠红豆馅的馒头，烧纸钱，烧元宝。有时候，你也亲自给哪一位糊件纸衣或纸裤，或者纸鞋、纸帽子。我喜欢听你讲他们的故事，他们中的一位，从遥远的黄河岸边来，在这里扎根，他与同他共穴长眠的女人繁衍生息，有了我们。有两位是你的公公婆婆，你让我在他们的坟前栽一棵葱，让弟弟在一边栽上松树，让我们把馒头从坟头上滚下来，沾土的馒头在你手里，被揭去一层皮，塞进我们嘴里。你说，这样才能受他们的保佑。

你还要抽出一天回娘家。很远的一块地里，住着你的母亲和父亲。他们都死得早，一个在你八个月大时，一个在你三岁的时候，你说，你不记得他们，那时候没有照片。是另一块地里的你的叔叔婶婶把你养大的，他们没有给你裹脚，还送你去读了书。那个年代，女人读书是多么可笑。在外村，你寄居在别人家里，在一间老房子里跟一群男同学摇头晃脑读四书五经。你的毛笔字写得好，五十年以后，你的同学从很远的地方来看你，他还记着先生夸你的话。他们还记得你总咳嗽。集体的朗读声里，你的咳嗽声总是利器一样冒出来。

你是三岁那年得的咳嗽。父亲去世，让你成了没爹娘的人。一个本家爷爷要去逛临汾城，你非要跟着去看看尧庙，还有城里挂着的大红灯笼。那时，没有车。小小的你吃人家口袋里的干粮，却不肯让人家背。

你从城里回来以后，开始发烧。有人说是因为累的。后来，就落下了咳嗽的毛病。

咳嗽声伴着你读了那么多的书，识了那么多字。你走进我们家里，你的咳嗽声也在我们的村子里落户，你怀了我父亲的那一年，收到了分配的通知，可以去临汾城里工作，可是你没去。你同爷爷在村庄里种粮食蔬菜，生儿育女。

有我的时候，你还年轻。你总是在院子里的杏树下坐着，夏天，你捡拾从高树上落下的杏，你把它们摆放在窗棱上，变成杏肉干或者杏仁，在冬天，它们就成为你送我的礼物。

你用麦秸给我编蝈蝈儿笼子，带我去地里给它们摘南瓜花吃。听说，你还会像男人一样用藤条编筐，婚后的几年，你白天看孩子，晚上就在煤油灯下把熏软的藤条编成各式的筐，让爷爷把它们带到集上换油换盐，或者换布。你喜欢把别人扔掉的布头拼接成别致的图案，我的棉袄、小被都是这样形成的。还有一个最特别的书包。你给我挎在肩上，它们像一个向日葵。

是塑料袋拼的？我问你。

你说塑料袋烧了难闻，污染空气。方便面袋、洗衣粉袋……你攒了很久才凑得足够多，把它们折成一个个细长的三角，再缝在一起，这样才结实。

你蹲下身端详我，把新书包的袋子拉平，你笑说，好看！

那段时间，我骄傲地从孩子群里走过，面对他们羡慕的眼神，我说，我奶奶做的！后来，别人都学你的样子做塑料袋的包。那阵子，村子里没有人会把塑料袋烧掉或扔掉。这都是你的功劳。

你爱养花，你看着花前翻飞的蝴蝶，跟我讲梁祝。我们坐在你用玉米皮编制的一大一小的蒲团上，你跟我说尧舜，你对我讲二郎神如何挑着扁担一步千里。你告诉我一个姑娘该有的样子，你说，笑的时候别张那么大嘴，吃饭的时候，别那么大声。你能管住自己的一切言行，可是你管不住咳嗽。我三岁的时候，有了弟弟，那时，所有的人都以为我会跟你一起住，可你不要我，你让我留在母亲身边独自入睡，别人都说你是性情冷漠的奶奶。许多年后，我在你的炕上过夜，我终于明白，你不是不想要我，你是怕我受不了你一整夜的咳嗽。

我十一岁那年去住校。像你当年读书时一样，寄居在别人家里。学校没有食堂，我们三天回一次家，口袋里装十个馒头，一玻璃瓶咸菜。有一回，你要去我上学的村子里吃酒席，开席了，我还没看到你的身影，我不肯入席，靠着路口的大槐树等，很久之后，你从山坡上下来，一步步走近我。别人都不知道为什么，只见隔了一棵树，你哭，我哭。好久之后，你问我那天为什么哭。我说，我怕你不来。我问你为什么哭，你不说话，不停地咳嗽。

有一年，我在学校梦见你病了，便请了假，一定要回去看个究竟。我一个人在塬上奔跑，翻过两座山，跨过两条河，终于回家。来不及进屋，我先趴在你的窗口往里瞅。你手背上正输着液，那是你第一次得脑血栓，你的舌头不听使唤，我扑在你怀里，你摸着我的头发，支支吾吾喊不成我的名字。

因为发现得早，你得以康复。可你还是不顺心，为你小儿子的婚事伤透了脑筋。直到媳妇娶到家里。你以为自此可以安心，可是根本不行，新娶来的媳妇要独占一个院子，你必须让路，我怕你哭，我的父亲母亲怕你生气，让你住进我们家里，可是你不乐意。你说，两个儿子像秤，倾向于哪一边都不平衡，所以你决定找一间老房子住。有那么几个月，你住在一个被人遗弃的老院子里，我们看着别提多别扭。

你的小儿媳妇就要生产，要你回去看孩子，他们给你一间屋子却不让你走堂屋的路，人总不能从窗户里飞出去，你和你的丈夫从靠墙的一边挖出土窑，又打通它与那间屋子的通道。

我那时候已经去了外省，我回来以后，穿越黑暗的甬道去看你，我走得跌跌撞撞，你在炕角上说，习惯就好了。

我上班后的第一年，回家后，给了你二十块钱，你把它们攥到手里，流下了眼泪。那时，你的眼睛已经完全花掉了，却还能一下子把我从人群里找出来。可我就是不敢看它们，感觉它们像两个深不见底的洞。

那些年，每年见你一次，我听到你的咳嗽比说话声音多。

终于有一年，你躺倒在炕上，再也起不来。母亲每天给你送饭。给你擦脸和身子。你身上已经有了褥疮，让人不忍目睹。那个春季，我穿过甬道走进屋子，一股难闻的气味浸泡着瘦得不成样子的你，你用力把头扭向一边，叫我的名字。

我知道，这会是我最后一次见你。我去上班之后的第二天，在外省的街上，得到你逝世的消息。我坐在马路牙子上想到，从三岁到七十岁，咳嗽紧紧追随了你六十七年，当你终于躺进柳木棺材，被土盖上，被雪掩上，老房子安静了。

很长时间，我们全家人陷入失落与慌乱，仿佛那一声声的咳嗽不只是咳嗽，是老房子和整个家族一声一声敲了六十七年的木鱼。无数偏方，无数草药和西药，什么都不能把这咳嗽拦住，可是那一年的春寒，一场雪落下来，把这场有着六十七年的木鱼声彻底治服了。

我开始明白，小时候，你为什么说你不喜欢过清明节。每年的这一天，我都游荡在异乡的城市，看陌生人在街边点燃厚厚的纸钱，用一条白色的线将亲人的名字牢牢圈住，好像在给思念定格。我不知道该去哪里祭奠你，你的坟头在故乡向阳的圪梁上。你的遗像还是我拍的，逢年过节，甚至是我结婚，他们都把你请到一张小桌上，点燃香，供上瓜果和吃食。拍照的那一天，你坐在杌子上，我帮你擦了口水，我说，奶奶，笑一下。你就轻轻笑了一下。你每次从照片里这样看着我，都让我想起十一岁那年，我们隔着大槐树一起哭的情景。

我擦净眼泪。母亲对我说，你奶奶要知道你过得这样好，又当了妈妈，她该是多么高兴。是的，你一定会为我高兴。在无数个梦里，我见你从杏树的花影里站起来，把一些落地的东西捡起，让它们在阳光下得到晾晒。装你的那口棺材，还原成村外泉眼旁的一棵老柳树，一群大鸟终于可以回到丢失多年的家园。

第三辑

女人树

唐山母亲

一

　　我不止一次去过唐山地震遗址公园，园区内，原机车车辆厂的残墙还记录着 1976 年那场灾难恐怖的表情。一旁的铁轨扭曲着，这看似简单的线条似乎是对那段历史最简单、最有力的概括。这个在中国拥有第一个火车站、第一条规范轨距铁路，生产了第一辆蒸汽机车的工业城市所遭受的重创都隐藏其后。在这里驻足片刻，许多沉重的东西便从心头涌上来。

　　不远处，十三面黑色的纪念墙伫立着，上边排列着二十四万人的名字。每次，我都忍不住仔细"读"它们。目光在黑色墙壁上抚过刻痕。我从那些姓氏与名字之间，寻找遇难者之间的某种联系。有的名字只有最后一个字不同，他们大约是兄弟姐妹；有的几个相同姓氏之间夹杂着一个异姓女人的名字，那大约是一个家庭的女主人；而有的名字实在不像个名字，大约是绰号……每个名字都隐藏着一个家庭的哀痛，它们连缀在一起，成为城市之殇。这让那二十三秒大地剧烈的震颤把时间变成一道悬崖，而今天我们看到的名字不过是崖壁的一个切面。

有次，外地有朋友来，我将他们带至纪念墙前。他们的目光好像迷路了，很长时间里都沉默着。忽然，有人跳起来，他手指着上边的名字，我们都顺着他的手指往上看，那位逝者正好与一位同行的朋友同名同姓。在这座城市逝去的一个生命，于几年后，在千里之外的另一座城市再现。这种想象，也许是对那场灾难之中无数灵魂去处的一种善意的猜测，但这生与死之间的联系，一下子戳中大家，几个人顿时泪流满面。然而，四十多年前的那个夏天，几乎是没有哭声的，是的，他们克制着自己，把泪水藏了起来。当天崩地裂，房屋塌陷，人类如蝼蚁般被摧残，到处是尸体与废墟的时候，没有任何一种表情能够支撑起人们的心境。人们盘点着自己的亲人，盘点着仅存的东西，相互携手，把希望灌注于每一个平凡的日子，把漫长的怀念之路平摊在之后的岁月里。那种力量毅然超出了所有人的理解与经验。

我从老照片里看到过当时大地的裂痕，那深深的鸿沟在震后逐渐愈合。这场地震导致七千多个家庭全部罹难，上万家庭解体。站在时间的厚土之上，我常想，那些家庭以及每一个人心上的鸿沟是如何一点点愈合的。而每个家庭里作为最柔软的支撑——女性，她们到底是怎样从废墟中走出的，又是怎样一点点抚平身边人的恐惧，把一个个家庭牢牢黏合在一起的？

二

距离那场震惊世界的灾难四十多年后的一个夏日，早晨，阳光已经很烈，光线如细针般在土地上刺出我的影子。腹部突出的轮廓，已经昭示着一个生命正在不断成长，我即将第二次做母亲。我没有因为这个生命的意外到来而改变行程，我甚至觉得，能以年轻母亲的身份与那些从地震废墟中走出的"唐山母亲"一起打开时间之门，或许对我来说是一次重要的洗礼。也许是因为孕妇的荷尔蒙在不断分解的缘故，我在那些故事里，禁不住流下泪水来，而与我相对的阿姨们始终面带微笑。我开始理解，当年为什么没有人痛哭。因为在那样一场巨大的灾难之中，所有的泪水都是轻浮的。

我坐公交车辗转到丰南区，再次转车，去往一个叫"小王庄"的村庄。房屋整齐排列着，街道宽阔整洁。我与边秀红阿姨相约在村委会见面。她转过身去，掀开衣服，腰部露出一道伤疤来，这伤疤像是压制时光的一道口子，将那一日大地的震颤、毁灭以及种种迹象封锁起来。

我试图从她的描述里窥见那一夜的恐慌。然而，那恐慌从她的神情里是找不到的。那个深夜，天黑得要命，全家被一声巨响惊醒。外边响起一声撕心裂肺的呐喊：地震了！这声音还没落地，房屋便轰然倒塌。边秀红刚想爬起，却被一根房梁重压在腰上。她和丈夫对着爬出墙外的儿子喊，赶紧跑，去麦场！丈夫费了好大力气才把她拉出来。她顾不得身上的伤，急忙跟丈夫跑到邻居家救人。

到处是伤亡者。边秀红是村里的赤脚大夫，她一看这状况，赶紧去自家倒塌的房屋里扒药。当时是夏天，无比炎热，又是凌晨，人们大都衣不遮体。村民从废墟下找出件衣服递给她。那是一件十二岁少女的衣服，紧紧裹在她身上。后来，她又找来一条肥大的裤子。能有衣服穿就不错了。她完全成了指挥者，让大家把重伤人员抬到安全的地方，又为轻伤者快速处理伤口。

脱脂棉没有了，怎么办？时间紧迫，这个时间能去哪里找。情急之下，她把自家的被子抱过来，三下五除二拆了被面，一大团白棉花裸露出来。她招呼大家过来帮忙撕棉花，自己又跑去扒墙角里的一坛老酒。那坛酒全家珍藏多年，一直也没舍得喝。她庆幸这坛子没有被砸碎。人们把棉花撕成一小团一小团的，放在酒坛里制作酒精棉。这软软的棉团像边秀红的话语一样，让人心安。

有孩子疼得直叫唤，她急忙赶过去，一检查，才知道是胳膊脱臼了。可她从未给人接过骨，但如果不及时接上，留下后遗症就严重了。她大着胆子，回想着之前见过的接骨场景，尝试着把孩子的胳膊举起，旋转，再用力，竟然真的接上了。她一个接一个地处理，一处接一处地跑，消毒、喂药、接骨、包扎……余震不断，她却在与时间赛跑，希望能够救助更多的人。这时，忽然有人跑来说，有个人尿不出来，难受得要命。她过去一看，伤者的肚子已经胀成了一面鼓。原来是尿道被砸坏了。边秀红意识到，他需要导尿，可这件事她完全没有做过。情况危急，看着伤者痛苦的神情，她只能硬着头皮从医药箱里翻找出输液管，简单消毒以后，准备开始导尿。人们见她一脸淡定、自信，却不知道她心里也是没底的。她勇敢尝试了好几次，终于成功了。这位伤者得救了。

边秀红顾不上休息，她一个人守护着几百人的安危，真是连眼睛都不敢眨一下。腰上的伤一再疼痛，提醒她该休息了。她累得走不动，便拄一根木棍，咬牙坚持。婆婆看在眼里，心疼极了，特地送来一碗热粥。她这才意识到自己已经三天三夜没有休息了。这碗粥让她从胃暖到了心里。

边秀红把自家的存粮也拿出来给大家吃，在那样的年代，那样的时刻，粮食比什么都金贵。可她说，哪顾得了想那么多，大家一起把眼前的难关闯过去才是最要紧的。家里的排子车，在当时算是大件了，她也毫不犹豫地贡献出来，用于运送重伤员。

几天之后，人们开始修建临时的简易棚。而她和丈夫忙着救助别人，奔波于各处，家里的事情根本顾不上过问。婆婆在外边因为风餐露宿，心脏病发作，忽然晕倒了。村里人过意不去，这才为他们建起了临时的"家"，那个仅有几平方米的临时居所，不只是他们一家五口的容身之地，还成了临时的医院。一个广播站的女广播员和两个村民都住在这里。边秀红让他们住在最里边，她自己睡在最外边。每天晚上，她的上半身躺在"家"里，腿脚却只能伸到外边去，好像这房子长出了腿脚似的。

解放军的救援队是第九天到达村庄的，边秀红帮着把救援物资发给大家，把重伤员转移出去，这才安了心。在她的努力之下，整个村庄的救援工作井然有序。所有的伤者都得到了及时处理。

她以一颗慈爱之心看待整个村庄的生命。之后的许多年里，她依旧为人们输液、打针，守候一村人的健康。后来，她还当上了村里的妇代会主任，现在，七十岁的她，仍在村委会担任委员，为新农村建设发挥余势。不管在哪个岗位上，她都尽职尽责。

现在，她每天从街上走过，看到曾经救援过的人在路边扇着蒲扇看孙子。而她在地震时接生过的孩子如今也已经人到中年……这一幕幕场景令她欣慰。

边秀红永远也忘不了四十年前的那些场面，有个年轻妈妈搂着几个月的婴儿正在熟睡，被挖出的时候，依旧保持着喂养的姿势。她说，她见过一些死亡的人，他们的生命终止了，手上的机械表还在沙沙响着。这一静一动之间的对比，时常在脑海里萦绕。我想，那些不幸的人走了，活着的人何尝不是一块块机械表，他们转动着，这转动是时光的推动，亦是生命中最珍贵、最蓬勃的力量。

三

地震前一天的傍晚，天气热得要命，病房里来的人也都议论纷纷，说天上的云着火了，又说哪里的鱼都跳上了岸，青蛙也成群地跑到马路上，好像要远行似的……各种声音都灌不进高继贤的耳朵里。人们议论完之后，也会看她——这个才三十一岁的年轻女人，偏偏就摊上了身患癌症的丈夫，家里还有三个孩子等着抚养。她每天给他擦拭身子，喂饭，只想陪他走完最后一程。

天色忽然暗下来，黑得要命。悬在房顶上的电灯闪了几下，便灭了。楼道里也黑成一片。有医生照着手电来回巡视，叫大家赶紧休息。高继贤睡不着，历历往事都在眼前排演起来。八岁那年，她被过继给姑姥姥家。姑姥爷是人民教师，日子自然比她家好。那个年代，贫穷像一匹恶狼一样，把人都咬怕了。可没过多久，姑姥爷却忽然病逝了。她从一个家庭的贫穷里刚刚脱离出来，却又陷入另一个家庭的艰难里。

十三岁那年，她便辍学了，开始去工地、去河渠当小工……她光着脚踩在水里，连雨鞋都不穿，并非完全不在乎，也可能她根本就没有一双完整的雨鞋。后来她结了婚，有了一个儿子两个女儿。儿子原本是机灵可爱的，可一次高烧后却患了智障。

给树把脉的人 / 刘云芳

忽然，房子剧烈地摇晃起来。人们站起身，想往外跑，却怎么也走不了。人站在那里，像是簸箕里的豆子一般，被颠来颠去。医护人员打着手电筒领着大家逃生。等到了门口一看，外边已经是一片狼藉。到处是尸体。前一天还繁华的城市，一下子被夷为平地。她被这阵势吓坏了。那时余震不断，天空轰隆隆响个不停。丈夫也被抬出来，她转过头，想跟他说话，才发现他已经没有了鼻息。在这场灾难的混乱里，他走了。她抓起一条旧毛巾，盖住了他的脸。她顾不得悲伤，脑子里交错闪现着三个儿女稚嫩的脸。

她仔细辨认着回去的路。原本的房子塌的塌，裂的裂，到处是残缺不全的肢体。大自然的一双魔手把所有的东西都撕碎了，踩躏着。有时，她也碰见从其他地方跑来寻人的。大家交换个眼神，就又各自走了。她觉得自己像被擦除了路线的蚂蚁，要一遍遍尝试才能走上回家的路。等到了家，已临近中午。邻居大婶抱着儿子送过来，一脸歉意地说，闺女们……已经埋了。她抖着嘴唇，好久说不出话，最后，只问了一句：咋就埋了呢？

就在前一天晚上，婆婆带着三个孩子还有小姑睡在炕上。半夜，房顶砸下来，除了智障的儿子，其他人都走了。满大街的人哪个不是家破人亡？那突如其来的痛苦一下子抻平了每个人的表情。在这巨大的灾难面前，所有人的情绪忽然凝固了似的。

孩子的大伯、大妈也都没了，两个半大的小子投奔过来。她一个人领着三个孩子。孩子们都看着她，她说，该怎么过就怎么过吧。

日子本就艰难，已经改嫁的养母忽然病倒，继父辞世之后，她一直受着对方孩子们的排挤。高继贤一看这情形，只好把养母接回家里，娘儿几个相依为命。她要养小的，还要养老的，这负担着实不轻。

等解放军一来，给各家搭起帐篷，后来，又盖起简易房，这才一点点好起来。那时的唐山正在重建，大街小巷每天都在发生着新的变化。儿子一天天长大，与其他孩子的差距慢慢凸显出来。许多次，当她拖着疲惫的身子下班回来，在街口看到儿子被几个调皮的孩子围住，高喊着，叫爸爸！而儿子吓得不知所措的时候，她的心顿时就碎了。儿子的好奇心重，时不时就把别人家什么东西弄坏了，她少不了一阵道歉。到后来，她似乎成了一种习惯，但凡看到什么东西被破坏，便会想着赶紧先上前致歉。

很多时候，她不愿意回家，后背趴着的幼小的儿子，一看她往村口走，便哭着摇头。即便迟钝如他，也能感受到母亲掩藏在身体里的情绪。是的，她又要去葬丈夫的那座矮山上。她多想大哭一场，把心里的憋屈对他说一说，像电影里演的那样，用力敲击他坟头上的厚土。可是有太多生命死于那场灾难，她丈夫不过是顺道跟着去的。很多话到了那里就变得无力言说了。

两年后的某天，哥哥匆匆来了，当时，她娇小的身躯正负担着两大桶水。哥哥一见这情景，眼睛都红了，接过扁担，便说要她回趟娘家，去见个人。地震之后，重组家庭的很多，这一年里，上门说亲的人也不少，但她很长时间里都是拒绝的。哥哥硬要拉着她去。她洗了把脸，便坐在哥哥自行车后座上走了。

她穿过堂屋，先进了母亲的屋里。母亲说，一个人多难！一听这话，她的眼泪便汹涌而出。她不知道自己为什么会哭成那样。从丈夫查出癌症再到大地震，她的泪水好像被封锁了一样。在这一刻，她再也绷不住了，往日生活里积攒了太久的压抑、艰难全都顺着泪水流了出来。

对方是人民教师，在那场地震里失去了妻儿。她心想，这样的条件，人家怎么可能接受她和她的傻儿子。而且，他们还相差十六岁，如果不能一起到白头，以后自己还不是孤独终老。

当她红肿着眼睛去哥哥屋的时候，一抬眼，才发现那张脸是那么熟悉。早在十几年前，养父在世的时候，这张脸就常常出入于他们家。对，他是养父的学生。对方早知道是她。这一下子，很多话都省略了。

两个被天灾震裂的家庭很快黏合到一起。那些年，这样的家庭比比皆是，如果把一个个家庭比作方形圆形、菱形的话，地震之后，你可以看到，那半个圆形粘着一个角，这个碎了一角的方形粘着一个残缺的梯形，这些相互黏合的图形需要在时间里慢慢消磨掉原来损坏的边缘。而他们是幸运的。在一起相守的二十八年中，他们没红过一次脸。他将她的儿子视如己出。哪怕孩子到处惹祸，他也跟着一起去别人家赔礼道歉。在她的暮年，想起这个男人，内心是感恩的。这也许是她生命中最温暖的一段时光了吧。

即便丈夫收入稳定，高继贤也要自立。五十多岁的时候，她依然出去做小买卖。有段时间天不亮就起来，弄一口大锅煮玉米棒子，再用一辆二八的自行车驮上一百多支，出去卖。有一天，她把电话忘到了家里，等回到家，儿子告诉她，丈夫已经打过多次电话，说他出了车祸，正躺在医院里。她急忙把家里仅有的几千块钱带上去了医院。丈夫的双腿骨折。肇事者说要回家给他拿钱，结果多半天过去了，却不见踪影。显然，这个老实善良的男人被骗了。她赶紧凑钱为他交上手术费。她放下手里的一切，全心护理丈夫，原来宽松的日子一下子又紧巴了。她每天推着他出去锻炼，可他们没想到，他双腿刚刚痊愈，腰胯又掉了，等腰胯好了，却又病瘫在了床上。她那么悉心照顾，也没能留住他。

她盘点这一生送走的亲人，养父母，亲生父母、两任丈夫、两个女儿……这些痛苦的日夜都已经被时光磨得圆润，她说起来，变得平淡，像是送走每年秋日的落叶一般。但每一次变故，从突如其来到全然接受，这个过程只有她自己知道。她说，我对他们都尽心了。是的，命运给予她这么多苦难，她却一直竭尽全力关爱着身边的每一个人。

她儿子那愈来愈苍老的身体里，藏着一个三岁左右的孩子。五十岁以后，他见了二三十岁的年轻姑娘依然会开口叫阿姨。他时常在口袋里装一两块钱，买一把劣质玩具手枪，对着天空、树木一阵乱抖，如此便快乐得要命。生病了，他拒绝吃药。他只听某个医院院长的话，他认定那个有耐心的老院长是他的舅舅。所以，哪怕一次感冒、发烧，高继贤也要时刻关注着，并且不住在心里祈祷着，希望他能快点好起来。

有人说，她这辈子被儿子拖累了。但她从不这么觉得。这孩子是她的骨肉，既然带他来到了这个世界，就要负责到底。每天，儿子都会搭上某一辆家门口的公交车，去往不同的地方玩耍。他断断续续地向她描述这城市的变化，这儿又多了什么，那儿又不一样了，今天，他又遇到了什么样的人，对他说了什么。她总是要连蒙带猜，才能弄明白他要表达的意思。但她很享受这个瞬间，仿佛亲情之光也是照耀着他们母子的。

可是有一天，已经晚上九点多了，还不见儿子回来。几个相熟的老姐妹帮她在附近找了一圈也不见踪影。她们赶紧打了辆车，顺着公交车站，一站站往前找。终于，在街边看见了儿子。他抬起头，兴奋地跳起来，喊妈妈，说自己一直等不到公交车。司机问他，你找得到家吗？他一脸迷茫，看着外边的路灯，说，不知道。他可能永远也不知道母亲为什么会在这一刻紧紧握住他的手。

儿子没准会做出什么事情来，她每一次都要整理心情，收拾这残局。她有时会叹气，如果我死了你该怎么办？儿子似乎并不知道什么是死。他一脸天真地说，没事，你死了，对门的阿姨会给我做饭吃。她笑起来，笑得让人心酸。对着天花板想，假如地震没有把两个女儿带走，会不会是另外一番情景？

在小区里，人们都喊她傻子妈。她早已经坦然接受这三个字，她相信大家并无恶意。她从未觉得是自己是应该被同情的弱者。她教育儿子要做好事，教给他做人的道理，出去要注意形象。她这样吓唬他：街上有很多摄像头，连着各家各户的电视，他如果表现不好，所有人都能在自家电视里看到。这一招是有效的，他出去真老实了。她多次告诉儿子，在小区乱贴小广告是不对的。后来，她发现，他见了小广告便会撕下来。而他们前后的那几幢楼便很少再看到小广告的踪迹。这小小的变化也让她欣喜。哪怕他看上去已经是个小老头儿的样子，她也要不厌其烦告诉他什么是错，什么是对。

命运在她人生中设下了太多的暗沟和荆棘，而她却丝毫没有怨气，她平和地讲述着，告诉我，她自己也与死神打过交道。她得了直肠癌，2015 年，她先后经过了两次手术。她以乐观的心情看待一切，那些该来的本就是她该承受的。现在，她是小区里的楼长，是所在区域的热心居民。她感恩于国家对她这样的家庭予以的政策上的关照，感恩每一个帮助过她的人。这位可敬的老人，可能是命运给予她的甜蜜太少了，所以，哪怕别人对她的一点点好，都会牢牢记着。

四

地震来临之前，张敬娟正在学医，在乡间辨认各种草药。

1976 年 7 月 28 日的凌晨，等她从废墟里爬出来，看到的是坍塌的房屋，变形的街道。人们陆续从揉碎的梦境里，从房屋里逃出来。张敬娟安抚那些老人、孩子，在余震一次次来袭的时候，握住他们的手，说，没事的，没事的。

她一边扒人，一边护理伤者，忙得焦头烂额。陆续从废墟之下扒出的伤者却越来越多。很快，药就用光了。天气炎热，他们的伤口如果得不到及时处理，很快就会感染。张敬娟大脑里一闪，忽然想到了一个主意。她说，我知道哪里有药！她曾去过丰南城区的医药公司，看到过那些药片装在一个个深色的大玻璃瓶子里。

她决定去找药。可医药公司还在二十里地之外，当时余震不断，又下起了雨，道路两侧的建筑很可能会有二次坍塌，可想而知，这一路是非常危险的。张敬娟顾不了那么多。她从自家院子里找出自行车推出来，走出不久，一回身，发现后边有个身影追上来。那是同村一个小伙子，他也推了辆自行车来，说，我陪你去！天空闪着金光，大地深处还在轰隆隆作响。在处处塌陷的道路上，他们两个艰难地、小心地前行着。有的地方已经断交，只能绕着走，有的地方，多了很多砖石，他们只好搬着自行车走。抬起头，两边的村庄也都陷入黑暗之中，他们隐约听到那里有大声喊话的声音，也是在救人吧。他们完全是凭着感觉前进的。她甚至劝小伙子，要不你别去了。可那个人的声音比她还坚定。

跟她猜想的一样，医药公司那条街上的房屋都倒塌了。她踩在乱石堆上指认出存药的那间房子，两个人从一片乱石、残墙上跨过去，费尽力气把房顶扒开，又一块块把砖石扔开。她擦拭掉在上边的厚土，庆幸这些瓶子没有被砸坏。她找到了需要的药物，脱脂棉，像寻到大批宝藏一样欣喜。

回到村里，她赶紧护理伤员。一有空闲，就跑去扒人，双手磨得尽是血泡。有次，她跟大家一起救出了三个姑娘，可她们已经呼吸微弱。她急忙冲过去，在没有任何防护的情况下，为她们做人工呼吸。终于，其中一个姑娘醒了过来，有了意识。

张敬娟三天没有休息，终于累得晕倒在地。醒来之后，村领导下令，让她不要去扒人，安心护理伤员就可以了。可她却说，让我去吧，能多救一个是一个。几天之后，伤员们的状况基本都稳定了，重伤者也转移走了。

她给村口一户人家换完药。出来看见一条水沟，借着夜色，她照见了自己的影子。这些天在雨里泥里跪着爬着，她都快不认识自己的样子了。就这样，她扑通一声跳进去，任冰凉的水冲刷着她疲惫的身体。她那条迷人的大辫子因为许多天顾不上梳理，已经纠缠成一团，怎么也梳不通了。回到家，只好将它剪掉。

给树把脉的人 / 刘云芳

连张敬娟自己也想不到，那个陪她去扒药的小伙子后来会成为她的丈夫。那种陪伴与守候一直延续了大半生。此后，她担任村里的赤脚大夫，电话二十四小时待机，冬日的深夜，天气冷得要命，而她爬起来去看望某个患者是常有的事情。但她从不收出诊费。丈夫总是默默地帮她拎着医药箱，陪在身旁。在许多个夜晚，他们相伴着，手电筒的光束在前方探路，之后，所有的路程仿佛都是大地震那段路程的延续，这辛苦竟有了浪漫的滋味。

非典肆虐的那一年，大葱、萝卜都被当作预防良药，贵得离谱。原本几块钱的来苏水也一下子贵到了五十多块钱一瓶。她觉得这太不可思议了，赶紧联系几个同为村医的老朋友，把他们手里的来苏水搜集到一起，全部对村民进行免费发放。她还主动宣传起预防非典的各种知识，破除了不少流言。

张敬娟所在的村庄已经进行过规划，与城区连接成一片。那天，她送我出门，路边的人不住跟她打招呼。临别时，我看到这一片耸立着的高楼，心里想着，某个夜晚，张敬娟夫妇随着一束光爬上某一栋楼，在高楼之上，那些身陷病痛的人盼着她的到来。她抱着发烧的小孩，拍着他们的后背，哄他们，说，不怕，不怕。那样子格外慈祥。让人一下子想到了四十多年前的那个夜晚。当时她还不是母亲，却闪耀着母性的光芒，温暖着每个人。这么多年，她竟从来也没有改变过。而这，何尝不是一种最美的守护。

五

那个夏天，我走访了多个从地震废墟上走出来的女性。许多天里，我的脑海里都会浮现她们的面容，以及那些掩埋在时间褶皱里的细节。我像吸铁石一样，在报纸、书籍、网络以及人们的聊天中吸附着类似的故事。她们中的许多人，把幼小的弟、妹抚养长大，还有的人忽然就成了另外一些孩子的"母亲"。她们尽自己所能关爱着周围的人。当世界暗下来的时候，她们便自动闪耀起女性之光，照耀着别人。

我常去抗震纪念碑广场，那里几乎是这个城市最热闹的地方。高耸的纪念碑耸立其中，上边雕刻着唐山人民重建家园的图案，这图案与周围人们的笑脸相映着，一个城市的过去和未来都在这里呈现。我回望街头，车流涌动，人影刷新着人影，好像一段时间覆盖了另一段时间，便不由得对那些支撑起这一切景象的所有力量肃然起敬。

十个鸡蛋

　　那个摇晃着小脚的白发老太太，是爷爷的舅妈，也就是我的舅太奶奶。

　　每次我回家，她摇晃着小脚走在去我家的路上，她手里拿着一个脏得分不清颜色的小布包躲躲闪闪，生怕遇到什么人。没错，她是给我送鸡蛋的，没错，又是十个鸡蛋。

　　这个举动从我离开村庄去异地读书的那一年开始，每一年必送，数量不多不少都是十个。前几年，我还不懂事。她送来的鸡蛋被我随随便便放在我们家其他的鸡蛋中间。把布包还她，她还一再补充，这鸡蛋是家里鸡下的，这鸡是她散养的，鸡吃的又是她特意去挖的野菜。她每次都要赞叹时间过得如何快，我长得如何快。我每次都有一点烦。我眼睛看着别处，漫不经心回答她的话。她走之后，我还对母亲说，十个鸡蛋，有什么好？母亲把鸡蛋给我煮了，偷偷塞进我的行李。我在异地，眼前总晃着那张笑盈盈满是皱纹的脸。

　　十个鸡蛋，对于她来说，是极珍贵的东西。她的儿子是领养来的，并不贴心。穷苦的时候，她用鸡蛋换盐换油。并且，她送来的时候，还要小心翼翼，生怕自己的儿子儿媳知道这件事情会不高兴。她躲避人们目光的样子是笨拙的，甚至是有些可笑的。有些年，我就对她说，您就别送了，我不爱吃鸡蛋。

我真的不爱吃鸡蛋，这个她知道，但是她依旧把鸡蛋送了来，这鸡蛋又必定是刚攒下来的。她对我说，这鸡蛋跟别的鸡蛋不一样。

后来回老家，一觉到大天亮都没听见鸡叫。我疑惑地问母亲，母亲说，现在人们都不养鸡了。我心里还想着她不会再送我鸡蛋了。结果，想法还没落地她就来了。还是那样的一副神情。到了我们家里低声说话，那样子送的好像不是十个鸡蛋，而是十根金条。母亲惊讶地问她，您还养着鸡呢？她说养着呢，就养着一只，要不拿啥给孩子！她说的孩子是我。我那个时候已经结婚，被她称作是孩子让我的心微微颤了一下。我捧着她给的十个鸡蛋，觉得这真是无比珍贵的礼物。

那时，我已经出去很多年，在外边的世界看惯了冷漠。回到村子，再看见她的样子，我开始对她充满敬爱。回到家，不等她来，我就赶紧去看她。她看我进来，慌慌张张地收拾这，收拾那。她说着话，满脸笑容地看着我，一会儿从柜里抓一把核桃，一会儿从炕边的盒子里拿几个柿子，过一会儿又从什么地方拿出一些零嘴，有些是别人送给他们的，她舍不得吃，一直留着。忽然，我就看见桌子上放着一些鸡蛋，我数一数，正好是十个。鸡蛋后边是神灵的画像，鸡蛋和画像中间燃着袅袅香烟。我说这是干什么的，她说没事，随意放的。我给她不多的钱和几包营养品，她再三推辞，我再三要求留下，她养的那只鸡宠物一样在门口斜着脑袋看我们推来推去。

我有点盼那十个鸡蛋上门。她这一次没拿小布包，而是用黑色塑料袋，放下就急匆匆走了。我问母亲这鸡蛋为什么要供，一再逼问，母亲才告诉我，许多年前，不知道舅太奶奶从哪里听来的秘方，说是准备十个鸡蛋，在神前诚心供过，给远行的亲人，他在外边一定会事事顺心。她不让母亲告诉我，是怕我知道后秘方的灵验程度会打折扣。我一下子僵在那儿，不知道该说什么才好。我这些年第一次主动要求马上把鸡蛋煮了吃。打开黑色的塑料袋，跟鸡蛋一起的还有我给她的一百块钱，她又还给我了。我这才明白她为什么用塑料袋而不是布包装鸡蛋，鸡蛋从透明的水里煮熟了，我就着泪水把它们全部吃下去。

在异乡，每当不顺心时，我总能想到她摇晃着小脚走在山路上的情景，想到她怎么在神像前燃起三炷香，怎么一个一个集起十个鸡蛋。想到她怎样十几年如一日的为我祈福，被一个老人这样深深祝福着，我还有什么理由不快乐。她看见我幸福的样子很有成就感。她觉得是她的鸡蛋应验了。我想说感谢，又觉得感谢这个词太轻了，我只能努力让自己活得幸福快乐。

榆林拐杖和它的春天

母亲有一把木制的拐杖。

它取材于一棵在春天忽然死去的榆树。其他树枝都向南边伸去，追着太阳生长，唯独它，向着相反的方向延伸。它孤零零的，像一根伸出的食指，指着院里码放得格外整齐的圆形麦秸垛，更像一杆枪威逼着一颗圆滚滚的脑袋。直到多年后，它在母亲手上被盘磨得圆润亮泽，我才忽然意识到，这截树枝早就以威逼的架势出现在我们院子里，等待着母亲臣服于那场病痛。

父亲早就看它不顺眼了，总想着怎么将它除掉。可树枝太高，他必须借助一架梯子才能完成这件事，可我家没有梯子。直到这棵树死了，他才忽然想出办法：把一个不太大的锯绑在结实的长木棍上。举高锯子，找准树枝与主干之间的部位，用力拉扯起来。父亲像个行刑人，对待一棵树，一块木头，他总有各种办法。

那些他父亲、祖父种下的树，都在他手里变成了一张张桌椅、门、窗户，甚至我和弟弟的玩具。他还没有专门给母亲做过一件什么东西。

母亲当年结婚前要的那种新式的组合柜，他没有兑现。他按照自己的想法，做了两件掀盖的木柜，母亲已经很欢喜。然而多少年下来，里边装满了父亲、我和弟弟的衣物。与母亲有关的东西少之又少。这木柜就像母亲的心一样，看似归她所有，却装满了与别人有关的记忆。

父亲想给母亲做一个梳妆盒，但母亲美化自己的工具仅有那折断了好几年的半把梳子，还有一个黑底碎花，上边写着"万紫千红"的小铁盒。父亲这想法很快就夭折了。

我和母亲站在不远处看热闹，看见树枝间的碎末纷纷落下，像穿过阳光的金子。父亲戴着帽子，闭着眼和嘴巴，生怕它们会进入自己的身体。眼看就要锯掉了，可那截树枝就像死死扯住母亲衣角的孩子般不愿撒手。最后，父亲把锯子反过来，狠狠对着它砸了一下。那截树枝才终于带着它稀疏的散枝落了地。他把这一截锯下的树干放到牛棚旁边那间堆满杂物的矮房子里。树的其他部分却没有再管。母亲好几次想到要将它烧掉，却始终也没有动手。

母亲忽然病倒的那一年，在外打工的父亲才不得不回来。他站在母亲面前，五官被错乱的表情挤得很别扭。半年未见的妻子躺在床上，睁开眼睛看了他一眼，继续沉睡。

母亲的语言系统错乱。她时哭时笑，以一种唱腔的方式高叫着：好黑啊！太黑了！真黑啊！

父亲凑过去拉她的手，好像要把她从一段暗无天光的路上领出来。

一个月后，父亲将母亲带回老家。她半个身体已经在慢慢苏醒，可她太害怕跌倒，不敢站起来。住院之前，她就是因为忽然跌倒才得了脑出血。

父亲拿着斧头，四处蹚摸，最后他忽然想起什么，跑到矮房子里，找到那截榆木——好像它在这里等待这几年，就是为了完成给母亲当拐杖的使命。父亲将它的散枝砍掉，只留一小段粗枝当作手柄。又反复打磨，抛光，最后，将一根崭新的拐杖递给母亲。

母亲用左手一把将它扔到了远处，对父亲大声喊道，不要，我不要！我这半边身子肯定能缓过来，就像这半边一样！说着，她用左手去捏右边的脸，用左手抚摸右边的胳膊，用左腿勾右腿。最后，她用左胳膊紧紧搂着右半边的身子，哭了起来。

母亲对拐杖充满了恐惧，好像这截木头要在她命运里长出一棵让她无法撼动的树一般。可是她尝试站起来，就必须依靠什么。父亲自然代替那拐杖成了她依靠的力量。可父亲不能一直守在家里，他要去侍弄庄稼，还想打零工，挣点买菜钱，这样就可以免于向远方的儿女们开口。父亲还养着一头牛，牛用一张巨大的胃消解着父亲每天的劳动成果——那一大捆一大捆的青草以及父亲割草的时光。然而更多的东西留在野草根部的伤口上。

我不知道母亲是在怎样一个清晨，一点点靠近榆木拐杖，并将它紧紧握到手里的。她接受它，也是在接受那半边身体可能再也无法醒来的事实。她抚摸它，与它磨合。她清楚日后，她的路不仅是自己的，也是这截拐杖的。在院子里，一场小雨刚刚淋湿地面。她拄着拐杖从屋里走向厕所。洋灰地上响彻的清脆的声音渐渐消失。到了湿润的土地上，这张狂的拐杖自动变成了哑巴。它失语了。也可能是与泥土的亲近，让它顿时寻回了往昔的什么记忆，它在泥土里偷懒，流露出成为一棵大树的野心，每一次与土地亲近都企图扎下根去。在这一段泥泞的路上，母亲也像拐杖一样，想起曾经如风似火的样子，种种与奔跑有关的记忆在这一刻复活，她似乎感觉到，只要她不停下来，她的右半边身子就会苏醒。她努力向前的愿望被一根想在泥土里扎根的拐杖阻拦着。她摔了一下子，幸亏旁边那几口黑得发亮的瓦罐支撑住了她。

那一排黑瓦罐曾经是她的法器。在食物匮乏的冬季，她曾用它们变出各种咸菜，用它们储存鸡蛋，用它们漤柿子。多少生活的细节都装在这瓦罐里。在她生病之后，父亲将它们转移到路边靠栅栏的地方，又摞成两层。龙须草很快被吸引，好奇地围过来，牵牛花也伸过触角，将它们搂在怀里。旁边不知道何时长出一棵嫩绿的枸杞树，用不了两年，也能垂下红色的果实了。它们像母亲的往昔一样，用丰富的色彩和不同的形态，在记忆深处形成一根会变形的彩色拐杖，努力冲击着她的感官。

父亲冲过去的时候，母亲已经站起来。他原本做好了迎接她哭泣的思想准备。但母亲没哭，她看着瓦罐上边挂着的透明雨滴。她本来要溢出的泪水，瓦罐替她流了。她只对父亲说，你看，我还担心把它们放在这里，会落满灰尘呢。瓦罐黑得可以发亮，他们两个人和一把拐杖的影子被这一块块光亮拼凑出来。但母亲更多的东西，如纳了一半的千层底，绣了荷花，鸟却只飞来一边翅膀的十字绣……都只能丢到一边。有些针长久不用已经开始生锈了。她把那一包上好的丝线和大小不一的针送给我。母亲一定想不到，它们随我翻山越岭，到了千里之外，依然是躺在抽屉里继续生锈。或许她是知道的，但又有什么更好的办法？送给女儿总比直接扔掉的好。

接下来的日子，母亲要驯服那拐杖。她先驯服它的声音，它落在水泥地的声音太响了，一声一声，仿佛在叩响土地之门。夜晚，母亲走过水泥地板去上厕所，它连缀起来的声音，形成清脆却乏味的节拍。母亲开始恐慌、不安。她从衣柜里找出一块小花布，吃力地剪出一小块儿，将它绑在拐杖上。小花布像是拐杖的口罩，又像是个靴子，声音果真就小了。

母亲拄着它在院子里来回转悠，要让这拐杖与自己融为一体。似乎也是在吓唬右腿：你再不醒来，就有替代品了。每一次，母亲都感觉到体内有股力量就要滋长起来，但每一次都是徒劳。报纸上、电视上各种神奇的药物不断涌来，

给树把脉的人 / 刘云芳

都是专治她这种病的，母亲心里升腾起希望，但这希望又与昂贵的药费搅在一起，形成堵在舌头上的一扇门，让她不好意思说出口。最后，她还是说了，我们按照屏幕上的联系电话，买了药，但广告上那些老年男女治愈之后的灿烂的笑容没能移植到她脸上。她曾在服药期间感觉到的那股力量，最终还是熄灭了。她坐在门前的小土堆上，双手扶住那把榆木拐杖，把脸贴在拐杖上方的树杈上，满面愁容，仿佛一棵树上结出的最苦涩的果子。

母亲开始喜欢早睡，她以这样的方式回归。在梦里，她东奔西走，去看住在山那边的大姐与小妹，去河对岸的山沟里给大哥和二哥上坟，她在路上采了一大捧野花，红的、黄的、白的，真好看！两个哥哥是不喝酒的，她在井边给他们打了一瓦罐的水，她先尝一口，是甜的，再分别洒到坟前，她跑下山去看在三哥家里住着的父母。干完这些，似乎还要去坐火车，女儿就要临盆，她要赶着去照看，在女儿因为分娩而喊疼的时候，必须得紧紧握住她的手。她坐了那么久，火车却一直不开。等天黑了，有人驱赶她下去，才知道，她误坐在一节没有火车头的车厢里，永远也不可能离开。

醒来后，她才想起，她的母亲已经在几年前走了。葬礼那天，下着大雨，她穿着白衣白裤，在雨里哭，在泥里哭。那天的大雨远不及她的泪水滂沱。后来，她的泪水干了，喉咙里再也发不出声音，只大张着嘴。

姥爷那段时间就住在山下的三姨家。大家集体帮她隐瞒着，说她去给女儿看孩子了，一走就是许多年。姥爷每次都点头，说，知道了。

母亲是在许多个叠加的梦之后，才终于同意下山去见姥爷的。八十多岁的姥爷站在弓形的门口，挂着一根竹制拐杖。母亲从机动三轮车上的大椅子上站起，喊了一声"爸"便开始笑。姥爷也开始笑。这两个表情错乱的人，用笑容遮盖了所有由多年的思念、猜测酿制的复杂情绪。母亲被父亲和姨父从车上背了下来。姥爷和她两个人面对面站着，竹子拐杖和榆木拐杖支撑着这场重逢。母亲已经开始哭泣。姥爷的手抚过她花白的头顶，不断重复着几个字：傻妮子啊，傻妮子！

母亲和姥爷说着话，他们的拐杖放在沙发的侧边，像两匹拴在那里等待主人相会的马。

多年看不到女儿的姥爷，在心里不住猜想。他甚至想过，我母亲是不是已经不在人世了。所以，哪怕母亲身患残疾，他也觉得，这个结果是好的。姥爷一直笑，一直笑，他每过一阵就会说：傻妮子啊，傻妮子。几年里的期盼、猜疑、失落、祈祷……种种复杂的滋味都深陷在这三个字里。

一年多之后的那个春节，母亲早早开始准备看望姥爷。她念叨的时候，父亲总是不应声。到了说好的日子，父亲却还是推托。母亲忽然意识到了什么。她追问着，终于知道，早在三个月前的初冬，姥爷便已去世。母亲好半天说不出话来，她用力敲击着榆木拐杖，好像要把那短暂的几次相聚从拐杖里抖搂出来。可是，那拐杖早已被她训练成了哑巴，又脏又旧的小花布，包裹着一根拐杖有可能发出的所有声音。

　　母亲没有哭，但她却在第二天的清晨给我打电话，说，她梦见自己一个人站在土炕上，四周都是悬崖。我明白那是她内心的无助与恐惧在发出警告，便劝她，你要难受，就哭几声吧。但她却重重叹了一口气，姥爷当年说的话移植到了她嘴里，她说：傻妮子啊，傻妮子！

　　母亲再也离不开那拐杖，她有时坐在门前的土堆上发呆。双手握紧它，怕它忽然跑掉似的。

　　把拐杖驯服之后，所有的东西都能变成拐杖的代替品，比如笤帚，她手握笤帚，从一间屋子穿过另一间屋子，扫了屋里又扫院子。比如搓衣板，比如那一段段塞进炉口的柴禾……有它们支撑着，她就觉得生活四平八稳。

　　总有"好消息"从亲戚朋友们的舌尖上奔过来，今天是坐一坐就能包治百病的椅子，明天是各种有神奇疗效的药物和传说。所有东西都在伸出触角，撩得她心痒。她在电话里一次次向我验证，这是真的吗？那是真的吗？我竟不知道如何作答，我怕自己把她心里仅存的一点希望给熄灭。但后来，她在医院大夫那里得知真相。再有人向她推销什么的时候，她便直接拒绝。我才发现，与是否还有治疗的希望相比，她更怕被骗，她怕自己会犯电视里那些老年人通常会犯的错误。母亲用半个身体抵抗着一个老年人可能会遇到的各种蜜枣与暗箭。

　　母亲一旦到了自家的地盘上，顿时变了样子。没有拐杖，她也能自如地干一些简单的活。后来，我追问多次，她才说，是不想给忙着上班的弟弟添麻烦才回来的。另一方面，她也是怕再去跟那些新事物、新环境进行磨合。我可怜的母亲要驯服一件生活中的器具是多么不容易。

母亲把那些失败的、沮丧的过程都藏起来，只让我们看到好的结果。她总说，哪怕只有一只手能动也要将日子过好。每当听到这话，我就想到冬天里被放置的半颗白菜，它努力冒出新芽，努力从半颗心里开出完整的、灿烂的花。

许多个夜晚，我都会梦见母亲和她的拐杖。有时，我就是那拐杖，我陪她走在泥泞的土地，走过雪地，到处都是我们的足迹——两个脚印和一个圆圈。母亲回过头看这落在大地上的孤单的印迹的时候，我躲在那木质拐杖旁哭。醒来之后，我觉得梦真是相反的。在这些年里，我太把自己当成一棵树，树枝一直伸向远方。母亲在我幼年时，只告诉我要往高处飞，要往远处走，她把要成为拐杖这样的事情留给自己。可她偷偷在心里锻造的那根拐杖还没有成形，便病倒了。那年，她才四十八岁。

有段时间，我在本子上想描画一个拿着魔法杖的仙女，可画来画去，总会将魔法杖画成拐杖。于是，我将那拐杖画得枝繁叶茂，像棵行走的树，它将主人揽在自己的影子里，像把伞一样，为她遮挡风雨。有时想想，手持拐杖努力生活的母亲，何尝不就是那个拿着魔法杖的仙女。

矿工的妻子

一

　　她端坐在对面，全然不像原来那般琐碎。那些鸡毛蒜皮的小事，与邻居之间的不睦、女儿们的近况都没有提及。她不住讲起如何养生，如何按摩穴位以及各种所谓的健康常识。那些知识庞杂，各种名词在舌尖上乱炖，听起来很能唬人。某一刻，我怀疑自己不是来看望表姐，而是在观看某个保健节目。但上次来，她还是个病恹恹的村妇，农忙时回山村耕种庄稼，平时租住在这小镇上，吃完饭，放下筷子，便上了炕，去梦里游荡。

　　我侧过脸，看见旁边的高低柜里放满了大大小小的药瓶，一年前我来时，那里装的是碗筷和一些乱七八糟的调料。而且，一聊天，她总是不停地讲梦，像一遍遍往墙上糊纸似的。她说，梦里的炕很大，很温暖。父母躺在她的两侧，都在酣睡。她大约只有十岁，或者更小，就那样躺着，一动都不敢动，生怕惊动了时间，一不小心就长大了。她也总叹着气说，一次也没梦见过我们那个村子。我想，她或许想说的不是我们那个叫罗家圪垯的村子，而是她的先夫福七。接着，她说，她也没梦见过再嫁之后的生活。好像这之后的日子是从另一个人的命运里嫁接而来的。

表姐二十岁那年就嫁到了我们村。她的先夫福七除了种地之外，还牧放着一群羊，后来矿石沟红火了，挣钱多，他便随了大溜，去挖矿。而她也随之变成了一名矿工的妻子。福七在矿石沟遇难之后，她才改嫁到河那边的山村里。自此，我们隔得远了。但每年回乡，我还是会去看看她。父亲开着机动三轮车，下山、过河、再翻山，这一路要走上两三个小时。车身颠簸着，大山起伏，顶着枚太阳，像是这座山在颠乒乓球。

前几年，表姐还住在山区，后来，那村子空了，他们便搬到山下的小镇。现在这套老三居是租来的。她说，那些药真是神了，吃完后，把她的困乏全部赶走，身体竟然跟打了气似的，越来越有劲儿，甚至还胖了好些斤。说着，她去扯肚子上的赘肉。而半年前，她在微信里用同样的口气向我推荐过一款洗脚盆，说双脚伸进去，人能舒服得飞上天。关键是，盆里的水渐渐就变成了黑色，那是体内的毒素排出来了。她说得玄乎，又说很多像我母亲一样得了脑出血半身不遂的人都治好了，没事还能去镇上赶赶集。我知道这盆子是假的，便劝她别上当，可她却并不理会。

没过多久，母亲忽然打来电话，说多年没回过村子的表姐竟然去看她了。想到表姐回村后，原本被淹没掉的一切记忆又扑面而来，她必定是要难过一场的吧。而母亲接下来却说，表姐给她推荐一种椅子，光是坐坐便能打通经脉，让母亲沉睡多年的半边身体苏醒过来。母亲转述表姐向她推荐椅子的话语，跟曾经向我推销盆子的套路如出一辙，依旧是包治百病。她建议母亲买一把，虽然要上万元，但通过她依旧可以得到很大优惠。她说她自己就买了一把，给改嫁后的丈夫治好了腰疼。她甚至给母亲出主意，让我和弟弟一起出钱买这椅子，她愿意分担三千块。她的这次回村和慷慨让母亲感动，因此才特意打来电话。就在母亲激动的声音里，弟弟发来了跟表姐聊天的截屏。弟弟向表姐提出借她买的那把椅子一用，如果有效，愿意给她三倍的价钱。结果表姐当即就翻了脸，并且说，这椅子是自己买的，为的是家人的健康，与别人无关。我看到"别人"这个词，感觉格外扎心。想起当年母亲为她以及她的孩子付出的种种，真不是滋味。

但这次回乡之后，我看到那套唯一属于她的房子像时间标本一样，停泊在我家房顶的斜上方。清晨，我倒垃圾回来，能看到它。晚上，我从厕所回来，满天星斗闪烁，周围的树木在风里摇晃着，让我觉得这房子是一个神秘的时间之船。我还是忍不住让父亲带我去看她。可怎么也想不到，她竟然摇身一变，成了个"大夫"。她往上推推那副新配的眼镜，背后两幅"医德高超""妙手回春"的匾红得刺眼。她说，那是患者亲自送的，他们有的肾阴虚，有的湿气重，在她的调理之下，都好了。她反复说着百会、太阳等穴位，又说着那些保健品如何好。这两者之间似乎没什么关系，后来，我终于明白，她是花几万块钱代理了一家人参保健品，在手机上的照片里，我看见她跟那些同行们一起互动的场面，几十个男男女女团在一起，做着某个网络上流行的花朵的造型，她在他们中间是那样羞涩，她像说神仙一样，说着这家企业的创始人，目光里流露出崇拜来。沙发旁的桌子上放着一个笔记本，那里记着她歪歪扭扭写下的字。她原本没怎么上过学，因而从这字体里便能想象到她书写它们时是如何的艰难。但她心里的"神仙"是别人不能说的，一旦谁说这是骗局，她当即就翻出那个公司的公众号给你看。在她眼里，网络上是没有虚假的。假的怎么能放到网上呢，她总这样说。

这一天，无论我聊哪个家常话题，都会在她那里调整方向，然后扯到医疗保健上来。

二

表姐掀开门帘要去屋里拿一个什么东西，在我的意识里，这一掀就掀到了二十多年前，也是一个红色的门帘，从一旁的缝隙里总是忽然就伸进一张黑长的骡子脸来。它一边往里看，一边不住喷鼻子，接着，扫视一圈，又跟我对视片刻，大概觉得无趣，不一会儿，便把脸收了回去。那间屋子很小，一套皮沙发就已经摆满了，门后放着洗脸盆架。一套当时流行的组合柜挤在沙发后边，想要开柜子下端的门，须得把笨重的沙发搬开。两个刷了白漆的木柜就只能并排放到炕上了。

我环顾她现在租住的这三间老屋，其实也不比当年好多少，只是堂屋里没有牲口罢了。即便原来那样养着骡子的房子，后来也不属于他们了。有段时间，婆婆隔三岔五来找，让他们搬出去。福七一共兄弟八个，而这间房子不过是兄弟们轮流娶妻的住所，从老大到老七都是这么过来的，下一个要结婚，上一个就得赶紧搬出去。可是，能搬哪儿呢？福七头疼得很，几乎就要去南坡老院里挖窑洞了。最后划拉来算计去，一拍大腿：学校旁边不是有间空房子吗！

房子的主人进城工作后就没再回来。福七托了好多人才跟人家联系上。对方捎来话儿说，钥匙早丢了，你自己撬了门，住进去就行。表姐那时刚生下二女儿，身材干瘦，也没有多少奶水。福七只好买来只奶羊，拴在香椿树下，远远看去，像在树上拴了一大朵白棉花。

多年不住人的房子到处都是蚂蚁洞，一下雨，炕上、地上就摆满了大盆小盆。许多个雨夜，我们都会忽然听到一阵急切的敲门声。表姐和福七带着一身雨气就进了门，把两个孩子放到炕上，奶羊的绳子交到我父母手里，便赶紧走了，生怕粮食、被褥都让雨水给泡了。在多个连雨天的浸泡之下，盖房子的梦想与粮食一起发芽了。表姐一闲下来就想，要是能有一套属于自己的房子那多好啊。福七当然也想。他从一出生就挤在满是人的炕上，做梦都想住得宽敞。

福七决定去挖矿。比起村里人其他行当的收入，挖矿来钱太快了，到了矿石沟，在哪个犄角旮旯挖几铲子下去，都能冒出红色或者黄色的矿渣，再往下挖，便是矿石了。拉到山下，立马就能换成现钱。他们家的日子很快有了起色，买了电视，又买了三轮车。男人们去挖矿，女人们多在家里做饭，照顾老人、孩子。谁也想不到瘦弱的表姐会出现在矿石沟。她要剔除泥沙，从大山的肉身里挖出矿石——这硬骨头来，但她的力气太小了，无论如何也撼动不了它们。她能做的只有往外运矿，使劲往前拉，但那筐却怎么也拉不动。福七说，你放下，快回去吧。她却摇头，说，我能干。福七一点点从筐里搬出矿石，直到筐下边的轱辘动起来。她用尽全身力气往前拉，每一次，都像是驮着盖房子的愿望前行，这愿望太沉重了。

后来，表姐竟然学会了开三轮。在盘山道上开车，步步都是悬崖，但她硬是敢开着三轮上下山。村里的女人们都嬉笑着说，这哪里还是个女人！

他们努力了几年，才准备盖房子。可是，钱依旧不够。又是凑又是借，终于竣了工。房子盖好都是先要放一放，通一通风的，可他们倒好，潮气还没散尽，就急匆匆搬了进去。那时，我已经住校，星期天回村之后去新房里看他们。

锅里冒出的水蒸气与屋里未装修的墙上的灰融为一体。他们一家人的欢笑，从这团灰里冒出来。福七边往嘴里扒拉面，边说，先挣一年钱，把欠别人的钱还上，再挣钱装修房子……后来，我随表姐去客厅看，才发现，地上完全没有处理过，还是泥土地呢。我们开玩笑：你们干脆就别铺地砖，直接种菜得了。结果，福七真就在客厅地里种了辣椒。表姐看见，笑坏了，说你咋不挖鱼塘呢。福七说，挖啥鱼塘？给你挖个游泳池，那才阔气呢。

福七学着别人在三轮车的左侧焊了工具箱，表姐用布头拼了个布垫，又缝上两根细绳，绑在工具箱上，便成了她的专座。他俩总是一前一后坐着，顺着盘山道一路向下，去往镇上。到了山下，道路紧贴着河岸，河谷里的大风把他们的头发吹向脑后，两张笑脸完整地露出来。那个时期的表姐是我们村最受苦的女人，但又是我们村最幸福的女人。人们第一次看见，苦和甜在一个人的身上联系得如此紧密。改嫁后，我再也没见她那么辛劳过，但，再也没见她那样笑过。

三

那天一早，表姐就来敲我家的门，说福七一晚上没回，让我父亲赶紧去矿石沟看看。父亲钻进那低矮的矿洞里，他手里的矿灯几乎要被熄灭，一股异样的气息围着灯纠缠，父亲顿时觉得阴冷。接着，在宽阔处，他看到有人躺在那里，先喊了几声，没有人应，这才拎起灯照了照，正是福七，早已经没了鼻息。而前边躺着另一个，是跟他一起挖矿的搭档。

两个年轻人丧命，好像一下子打掉了村庄的两颗门牙，那些日子，整个村庄都提不起精神来。

表姐在村口的麦地里哭了又哭，直到被人硬架着回了家。院子里摆了福七的照片，是从结婚证上翻拍下来的，那照片多么刺眼，扎得每个人都眼睛发酸。照片前供着各种吃食，两个孩子披麻戴孝，依次跪下去。表姐不知道别人是如何把福七装进棺材，又如何扬起一锨锨土将他掩埋的，以致于此后的每一次，她一看见小土包，就觉得胸口闷得慌。

好多天之后，母亲进了他们的院子，门是虚掩着的，屋里却没人，又跑去厕所看，也没有。等她重新回到屋子，忽然听到一旁的水缸里有动静。母亲掀开水缸上的盖子，缸里一片黑色的头发在水面浮起，像一朵黑色的花，母亲从缸里把她拉起来，猛烈地拍她的后背，等她大口大口吐完水，忽然一巴掌甩了过去。接着，便大哭起来。

母亲命我陪她，其实也是看着她，怕她做傻事。

我跟她去地里摘豆角，一旁响起三轮车的声响，她忽然就跑了，一直跑到了地垄上。自言自语：去挖矿了，他们又去挖矿了。

是啊，人们用差不多一个月的时间来消化两个青年死于矿石沟的事实。这一个月的时间里，男人女人们谈论的都是生命与生活的抵抗，孰重孰轻，讨论来讨论去也没有结果。但日子是要继续的，有的人去找别的活干，或者去好几座山那边的国营煤窑。可是没几天，便不再去了，光在路上就得耽误好几个小时。而且挣的那点钱，完全满足不了他们已经被矿石撑大的胃口。

表姐跑到地垄边，便直接跳了下去。她疯了一般追着三轮车奔跑。我紧跟着，都来不及拎上菜篮子。她要去矿石沟。

我之前是去过矿石沟的，很小的时候，我跟着母亲在这里放过牛。那时，矿石沟偶然裸露在外的红色、黑褐色的矿渣与绿色的植物融为一体，是一种独特的风景。可是没几年的时间，这里被人们私自开采，处处都是矿洞，从悬崖上往下看，红色的残渣一直向下，像一道血色的瀑布。

表姐站在大石堆那里就愣住了。烟头、脚印和一些垃圾在这里显得拥挤而杂乱，往昔的记忆一点点泛上来。旁边插着的高香正燃着，人们祈求神灵的愿望好像还没有飘远，微风把准备上升的青烟渐渐吹散了。那是矿工们在开工之前敬了山神。山坡上，村里有个放羊的人在唱歌，那歌声悠扬、宁静，好像是从天上流下来的。表姐忽然坐在石头上哭起来。

后来，表姐哭也哭不出来了。

小院里，喇叭花爬满了她的墙头，似乎也想探听一个新晋寡妇的消息。她懊恼不已地凑到我眼前，问，你快看看，我的眼睛是不是变成两口枯井了？我闻见一股来自口腔的难闻的气味。还没等我回答，她就转身去忙别的事情了。她喂牛，喂猪，喂鸡。在一个破门板上用力剁野菜，好像剁什么看不见的仇敌似的，从头到脚发着狠。最终，她头发松乱，浑身颤抖，喘着粗气，败下阵来。

她会把后门打开。春天，我离开村庄时，那棵捧着大片白花的树，秋天归来时已经戴了满头的梨子。这一开一合，仿佛是在一瞬间完成的。她时常忽然站起，嘴里说，福七快从矿上回来了。然后匆匆忙忙跑去做饭。不一会儿，一碗冒着热气的手擀面就做好了，她一脸喜悦地端过来，却发现沙发上坐的是我。她先是愣一下，然后说，你……吃吧！

最难的是有人来要账。她从柜子里拿出过两次钱，那是福七下葬那天别人随的礼。再来人，她便什么也拿不出了。人们一开始还好言追问，到后来说的话就越来越难听：你才二十八，哪里守得住？过几天你改嫁了，我们上哪儿找人去？

表姐一开始还解释，还保证。到后来，一句话也不说了。她坐在后院的梨树下紧闭嘴巴。那时，树叶开始被秋风染红，叶子一片片掉到她脚边，头上。后院的鸡咕咕叫着，猪哼哼着。人们在屋子里拥挤着嚷嚷，你一句我一句。似乎生活的全部就是这一场场的催逼。

我把父母叫来，两个孩子也跟了来。母亲本意是想，这些原本是亲戚朋友的人能看在幼小的孩子的面儿说，缓一缓。但人一多，你一句，我一句，孩子们的声音便被淹没了。他们猜测着我表姐后半辈子的各种命运。他们都见多识广，看到过别的村子里，男人死在煤窑上的媳妇当时也要死要活，可过不久都一个个嫁人了。何况那些女人还有煤窑上的抚恤金，而福七是私自开矿没的，没人给表姐半分钱，不改嫁，怎么养活几个娃？况且这山沟里，井在半山腰，土地都是梯田。家里没有个男人，你吃什么？喝什么？

表姐瘦小的身子缩成一团，忽然，她从这一团里爆发出来，站起身，顺手从身后的鸡舍旁拎了根大棍子，冲到门口，大喊一声：都别嚷了！可是，人们都深陷进自己的想象和言说里，根本没人理会她。

后来，表姐给他们写了张欠条，他们拿着欠条，表情却还是不信任的。表姐说，等卖了玉米，我亲自给你们把钱送去。她甚至想把房子抵出去，换几个钱。那可是新房子。可是村里没人愿意要。传说得也很邪气。说这房子风水不好，说之前这地基下边是座坟。一般人根本镇不住它。好像，他们都是风水先生，都看透了某种隐秘的命运。

到了收玉米的时节，母亲不止一次告诉她，我们跟你一起收，你先别急。可她听也不听，就走了。收完以后，棒子在院子里堆了一座山，她躺在玉米堆里，耳朵贴着它们，好像要倾听春天播种时散落在地里的欢笑声。

时不时有人在远处望，等收玉米的人吆喝着进了院子，催债的人便跟着来了，装袋的装袋，装车的装车，算账的算账。不用表姐说话，他们便商量着怎么分钱。表姐坐在门口纳着鞋底，她说，福七只喜欢穿手工做的布鞋，买的鞋穿到脚上就像受刑一般。玉米不值几个钱，分完以后大家也没好再说什么。只给表姐报了个价便走了。

四

晚上，常常是我已一觉醒来，她还在翻来覆去。有一次，我隐约看见她伏在炕上，嘴里轻声念叨着：不管有何方神圣，如果您在，请把福七给我带来，让我见一见他。她一字一顿地说话，像是用慢刀在谁心上割肉。我听着都难受。

她一直等不到他来，连梦里都没有。

那时，村里还没有通自来水，人们每隔几天便要去半山腰的井边拉一次水。表姐不想再碰福七那辆三轮车，她自己挑水，挑到半山腰，太沉了，刚想停下来休息一下，桶没放稳，一不小心便倒了，骨碌碌顺着山坡往下滚。她追了一段，怎么也追不上，一屁股坐在地上，看着它们欢实地连蹦带跳，直到被沟里那一片高大的灌木丛拦住。洒了的水在山坡上画出一串形状模糊的图案来。不知道是不是想让她从那图案里找出某种来自命运的暗示。

母亲那时就劝她，在这山里一个人撑不下去，你还是得找个人。其实福七去世没几天，就有人上我家来提亲，我们这才发现，方圆百里竟然有那么多未婚的小伙子，他们表现出想娶妻的那种迫切感，着实让我吃了一惊。后来，她告诉我，媒人讲的话，她一句也没听进去，她之所以选那人做她的丈夫，只是因为看见他脸上跟福七长着一样的痣。

到了那年春节，我第一次看见这个叫连顺的男人。他坐在我家沙发里，像小孩见了老师一样，双腿并拢，后背挺直。这个比表姐还小三岁的男人，在事情讲定后的第二天，便背着一套铺盖从山的那头来了。表姐做贼一般，不愿意跟这个男人一起走路，也不想看着他吃饭。

连顺在煤窑上班，每天回来，都会去村里转悠，他的目光粘在别人挖矿的打着厚补丁的衣服上，粘在那些铁镐和三轮车的矿渣上。他对矿石沟充满了好奇，总想探听那里的秘密。多日后的一天，他早早回来，手里竟然拎着挖矿的工具。表姐疯了一般告诉连顺，那是吃人的山。可连顺说，我命大着呢，别人不都没事吗？我们看着表姐抱着他的腿哭，表姐挽留他的样子让我们震惊，后来，我发现，那一刻，她不只是在挽留连顺，也是在挽留记忆里的福七，假如，她能回到过去的话，她一定这样拦住福七，死活不让他去挖矿。

可连顺也像着了魔似的，一大早就偷偷去了。好像矿石沟的风一遍遍向他吹过来，催他去似的。他根本管不住自己的双脚。

人们在矿石沟见过表姐如何跟连顺拉扯，最后，她坐在一片红色的矿渣上，说，你挖矿可以，先去跟我离了婚。原来还固执的连顺一下子就被震住了。那天，村里的男人们都早早回了家。他们似乎从表姐这个矿工的遗孀的身上，看到了自己的妻子可能会有的一种命运。之后没多久，当矿管所的人来宣传"禁止私自开采煤矿"的时候，人们的心很快就松动了。

几个月后，我再回家，发现门锁着，便去了表姐家。等爬上那道短坡，却看见原来的房子变成了一堵墙，门窗竟然都被砌上了。如果不是母亲在山梁上那块地里喊我，我几乎就以为自己走入了另一个空间。

母亲回来说，表姐跟着连顺搬走了，再在这房子里住下去，她就要疯了。连顺也说，表姐总在梦里哭，总是说胡话。

想到这些，我更加觉得眼前的表姐是如此陌生。表姐说，这一年来，她总算是挣到钱了，这是她这辈子第一次挣到钱。她诉说着挣到钱的满足感。我没有接话，只时不时礼节性地哼一下，脑子里却回放着她二十多年前的辛苦，她竟然未把那些付出与经济价值联系在一起，她去山里拉矿，或许不过是对福七的陪伴罢了。

上一年清明节，她的两个女儿回到村里上坟，说想去找一找老照片，看看父亲的样子。我陪她们回到那个院子里。杂草丛生，我们从蒿草中间挤过去，将与门框齐高的砖墙一点点拆下。一把钥匙扔在最底层的砖下边。它多像一颗被深埋的种子。打开锁，推开门，几缕光迫不及待地射进去，一些尘土在空中跳跃起来。这房子里的摆设如旧，它们像一座被封死的时间博物馆，在这里等待着被开启、被参观。墙体上斑驳的雨痕形成了一幅幅具有神秘感的图案。

孩子们在组合柜里找到了照片，那是他们一家人的合影。照片是我当年拍下的。福七去世那年的正月，学校给我们布置了一个寒假作业，让拍一组与幸福有关的照片。福七在我的指挥下，搂着表姐的肩膀，他俩一脸羞涩。前边两个女儿都在眉心点了圆圆的红印，乖乖坐着，笑得很甜。

在她们欣赏照片的时候，我转身从侧边的小门进入客厅，那土泥地里竟然长着野草，我不知道它们是否也会经历着季节轮回，还是一直疯长。这些年，它们看到的光都是从砖石缝隙之间透出来的，那仅有的几缕细光，是它们活下去并且长高的全部理由吗？

一旁，有几件农具，上边还带着十几年前田地里的土。客厅旁边是黑漆漆的厨房，一口锅停放在炉子上。那扇后门，正对着一棵梨树的后门，已经被堵死。就在这时，我的眼泪忽然奔涌而下。而门的那边，大约是一树梨花迎着春风在颤抖吧。

我从不敢告诉表姐，我经常在梦里看到福七，梦里，他们这套房子的地下有一个秘密通道，福七就是从这条秘密通道走了的。通道的门埋在客厅的土泥地下边，一直往前走，那里堆放着很多挖矿的家具，大块的矿石镶嵌在这通道的墙壁。接着，便听到了歌声和鸟鸣。福七躺在一个软椅上晒太阳。他一脸幸福的样子，让我不知道说什么好。看到表姐现在热心于推销保健药，我更不想说这些了。但她却忽然念叨着：现在多好啊，你看看，我都可以挣钱。以前……以前怎么就光知道挖矿，不知道干点别的呢，要是知道干别的事情也能活得很好，我……她没有说下去，我便什么都明白了。

路过山下一个村庄时，有女人老远就跟父亲打招呼，我还记得她，她的先夫便是与福七一起丢了命的搭档，丈夫去世之后，她带领一儿一女改嫁到这里，听说性格开朗的她一直过得很好。但每次看到村里的人路过，她的目光都会追随很久，好像要一下子追到二十多年前似的。

在河谷里，三轮车的声音阻断了其他所有的声响，想起当年人们送矿的那种热闹场面，几十年的时间相互交织、撞击，奔涌着……抬头往山上看，那里除了石头崖壁便是成片的密林，而矿石沟多像隐在这大山发丝间的伤疤。我见过人们为了生活在大山里"挖血挖肉"的场面，也见识了大山不动声色"吃人"后留下的恐怖。那些矿工的妻子们，她们散落在各处，一生都在消化这恐怖留下的涟漪。而作为亲人，大家总是需要从那场灾难里分泌出新的慈悲，来谅解她现在那些看起来荒唐的行为。

那天，三轮车一路颠簸着，把我的思绪颠成了细沙。再抬头，月亮已经端坐在山顶，我看它时，似乎整个世界都在颤抖。

挖耳朵

　　一尊罗汉歪着脑袋，双眼一斜一眯，指间捻着的草茎缓缓插入耳朵，好像里边住着只需要饲养的兔子。这幅《挖耳罗图》总能把我带回小时候。在某些阳光明媚的日子，母亲盘腿坐在炕上。我侧身躺下，枕在她腿上，把一边的头发撩开，等待她悉心开采。挖耳勺进入耳朵后，像长了眼睛似的，次次挠中痒处，其中的滋味妙不可言。我享受着这个过程，以至于现在想起，身体里还会忽然冒出一丝慵懒。

　　长大以后，我的耳朵好像长了栅栏一般，对别人的探测心生恐惧。可当年，我却对母亲充满了崇拜感，一心渴望像她那样在别人幽暗的耳朵里看到些什么，好像耳朵是隐藏秘密的容器，藏着什么宝物。我开始尝试给小伙伴挖耳。细数起来，我利用各种器具还真造访过不少耳朵。而躺在我面前的人也像我当初一样，迫不及待地想看看，到底挖出了怎样的"宝藏"，不过是一些分泌物罢了。每个人收集声音的密室看上去大同小异，实则都不太一样。像饺子或者元宝的耳朵，线条圆润；像小船的耳朵，似乎游了很久，终于在这个人的脑袋上停泊；有些耳朵耳廓大张，好像随时准备收集各种声音；有些耳朵简直就像反卷的叶子，恨不得把所有东西拒之门外。后来，我见过一种挖耳草，茎上光秃秃的没有叶子，顶端只有黄色的花冠，那花冠真像一只耳朵。在故乡的院子里，有时能看到山顶上冒出一朵白云来，落在电线杆的上方，忽然就觉得这根电线杆是在给天空挖耳朵，天空太舒适，挖出了一大片的蓝。

挖耳的器具千奇百怪，简易发卡、指甲、棉签，自然不算新鲜的。我还用过麦秸、笔芯、竹签、头发丝。几乎所有的器具都有一定的危险性，但头发不是。那时密友会在课间找我，她躺倒在课桌上，耳朵向上。我薅下一根长发，然后来回折绕，直到有四五根那么粗的时候，将它拧成麻绳状，伸入耳朵，像电钻打眼似的来回旋转。这种方法是我在一位白发老奶奶那里看到的。小孙子总是缠着她挖耳朵，她担心其他器具太硬，伤了耳膜，便就地取材用头上的白发做了挖耳工具。后来发现，没有什么挖耳工具比头发更能代表小女儿之间的奇妙情谊了。我给女同学们挖耳朵的样子，常会招来男生们的嘲笑，说是两只猴子在捉虱子。有时，在野外玩耍，耳朵忽然传来信号，我们也会用随手折来的小树枝，这是最天然的挖耳勺。

我最喜欢的挖耳勺是父亲钥匙扣上那枚。它原本是一根钢条，是父亲在他的少年时代打造的。那时，他是家里的长子，后边的弟妹排了五个，奶奶自然忙得团团转，根本没有精力照顾他，更别说让他的耳朵躺下来，享受一次母子亲情。不知道是出于叛逆还是什么，父亲亲自打造了一枚挖耳勺。他后来描述过当时的情景，把钢条截成合适的大小，又用小锤把一端砸成扁平。再用钳子夹紧一个缠了布的钉子，置于钢条的扁平处，用小锤一点点往下砸，砸成一个小窝。力道不能大，否则，钢丝上就都是细小的坑窝。完成之后，再将另一端弄弯，形成圆圈，方便系挂。父亲做得好极了。后来的几十年，别人来串门时都会借用父亲的挖耳勺，好像来我家根本不是为了给我们送点蔬菜，或者闲聊，完全是冲着那枚挖耳勺来的。我亲眼见见他们，说着说着话，就从炕头拿起父亲的钥匙，然后一屁股坐在我家椅子上，一条腿踩着椅子的横梁，一条腿自然下垂，靠近挖耳勺的那只眼睛眯成一条线，所有的专注力都聚集在手上。神情活像白石老人《挖耳朵图》中的老者。

也曾有人拿着钢条来家里，请父亲指导或者亲手为他们做一枚合心的挖耳勺。父亲在一块巨石上尝试多遍，钢条的一端要么砸得过薄，折断了，要么砸勺窝的时候不成型，反正，父亲再也没有做出那么好的挖耳勺来。后来，我家开了小卖部，再有人找父亲做挖耳勺，他就指着柜台说，我送你一个得了。等小卖部关闭之后，我家里到处是挖耳勺，塑料的、铁的、钢的，还有带灯的，有花纹的，但都不及父亲打造的那枚挖耳勺好用。可它却消失不见了。父亲常在夜里梦见到处找它，有时能找到，有时找不到。梦里能找到的时候，他起来就上那个地方找找看，但一无所获。后来，他还怀疑过很多人，又将一一排除他们……这枚挖耳勺终于成为他记忆里的痒，无法抓挠。

身边第二个亲自做挖耳勺的人是我丈夫，他翻阅大量资料，让我见识了形形色色的挖耳勺，金的、银的、铜的、玉的还有瓷的。考古学家发现的最早的挖耳勺是一个王妃的陪葬品，出土于商代的墓穴。而且挖耳本身也是一项传统技艺，早已形成行业，在成都至今还有专业的挖耳师，他们有个别致的名字叫"舒耳郎"。他们手里的挖耳工具有好几十种，听尝试过的人说，终于领略到了什么叫"销魂"。而我丈夫选用的材料多是木器，包括：酸枝、绿檀或者小叶紫檀，勺柄的方寸之地，成了他展示手艺的场地。什么羽毛啊，树叶啊各种花纹都会雕刻在那里。等这些作品成形了，一字排开，精致极了。我问他，这是给人用的吗？他答，肯定不是给树用的。后来，他还用猛犸象牙做了两枚挖耳勺。一枚精致小巧，形态简洁，另一枚则在末端分叉的地方做了一树梅花，又用一小块料，雕了石窟里打坐的修行者，还在"石窟"的边缘打了眼，用绳子串了，系在梅花挖耳勺的根部。这还不算完，他又雕刻了一个卧榻的僧人，将一块不足五毫米的余料用上，刻了本翻开的书，倒扣在床榻的一侧。每次使用它，我都觉得无比奢侈。说实话，我更愿意使用五毛钱买来的铁质挖耳勺。

可是，自从有了梅花挖耳勺，儿子便对挖耳充满了渴望。他乖乖躺在我腿上，长满细小绒毛的耳朵像森林里遇到的白木耳，呈现在我眼前。我惧怕它们的纯洁和柔嫩，偷偷把梅花挖耳勺收了起来，用棉签在耳朵口轻轻刮触。不一会儿，耳朵的主人就睡着了。这一招百试不爽。今年回老家，给母亲挖耳，她同样枕着我的腿，一动不动，脸上流露出孩子般的神情。我一点点清理着，并把大块的"宝藏"展示给她看。这多像儿时的情景，只不过我们互换了角色。十几年的时间瞬间冻结了一般，只留下两个挖耳的场景彼此映照着。

对于母亲来说，用什么给她挖耳不那么重要，她把耳朵展示给我，只是为了给我打开情感的通道。而手里的挖耳工具便是最好的感应器，让我们不言不语，却什么都懂了。

有时，走在城市的街道上，各种音乐、汽笛声、争吵声相互碰撞着，变成虫子用力往耳朵里钻。而身边的人互相议论和传播的声音不过是一只耳朵通向另一只的分泌物。我看着路边一棵棵高大的梧桐，想起在故乡的某个午后，独自进山，林子里安静极了，偶尔听见几声清脆的鸟叫。山风刮过来，在我身体里搜寻起来。我站立着，手足无措，最后这股风变得细长而有力，变成挖耳勺，钻进我的耳朵，把那些嘈杂的声音和耳垢吹得一干二净。从山里回来的路上，我看见遍地的蜗牛壳，像是一只只被遗弃的耳朵。

用一点诗喂养爱情

时间是深夜，孩子已经睡熟。老黄在用 3000 号砂纸打磨一件木雕。看我拿张纸走过来，他停下手里的活，听我轻声读诗。读诗是我们生活里再平常不过的事情，老黄称它"私人广播"。

我时常想起 2008 年的春天，千里迢迢来唐山。当时火车晚点，半夜才到站。我怀里抱着只长耳朵毛绒兔子，右手拎着个大包，里边塞了件厚实的粉红外套，样子像个夜归人。那可是我第一次来这个城市。就在一个月前，我还忙碌着相亲，在 A 君与 B 君之间抉择，到底应该赴谁的约。直到红鼻子老黄从天而降。

这多像一场赌注。当时我只见过老黄的照片，瘦高个子、眼睛细长，他鼻子大而且红，像在脸上扣了个草莓，让我想起麦当劳的小丑。

那时，我正在省会一家"把女人当牲口用"的大型企业工作。对于一个板着面孔训斥别人，也要厚着脸皮随时受领导训斥的白领来说，诗只是我骨头上的分泌物。我将它们放于博客，在小圈子里交流。不知谁将其中几首传到一个论坛上，被远在唐山的老黄看到。其中一首《流转》中有这样的句子：

> 我想应该把你隐在草原
>
> 或者藏在某个树洞里
>
> 你却独自跑到马背上
>
> 你赶着一群羊
>
> 在我挥动鞭子的时候说
>
> 我爱你

老黄大学时学的是国画，却对文字情有独钟。身边没有笔墨时，他喜欢用文字勾勒画面。他有严重的草原情结，在一篇文字里，想象自己是一只沉默的羊，被美丽的姑娘牧放。他读到我的诗句时，觉得心里某个地方被亮光晃了一下。

这首《流转》就这样流转到他心里。他百度我的名字，在我博客，惊讶地发现我竟然画画。事实上，我不懂画，但却手痒于以色彩和线条表现想象，表现那些说不出的诗句。这些涂鸦用色不讲规则，布局不合常规。但老黄说，艺术与性情相关，没什么对错，也没什么不可。

他找到我的那个下午，我忘记了自己是个工作狂，手头要做的事情一放再放，我们从金农、八大山人到马蒂斯，从诗经到以一截裤腿作王冠的诗人顾城……我相信对面的人像我一样陷入狂喜，我脸色泛红，似有醉意。

一下午的网聊，让我不得不加班到深夜。独自走出办公室，看到天上的星星用力睁眼，路旁的树木正准备吸精吐绿，似乎世间万物的灵魂都在狂欢。

我回忆起与诗结缘的十七岁。那年，一个女诗人忽然成了我们的老师。她给我们念卞之琳的句子，也把海子的诗写在黑板上。我觉得那些诗句正借着她的身体发光。因为这些诗句，我清楚记得窗外那些贴着墙侧耳倾听的半红的爬山虎，也记得第二年梨花纷飞之下，那一片坟墓。红叶、花朵和坟墓是青春里的粮食和毒药，而它们都与诗歌相通。

我的第一首诗也诞生于那年，它在心里酝酿良久。后来，经历了生产之后，我才明白，怀诗和怀孕的经历何其相似：都让你茶饭不思，让你辗转难眠，让你欣喜的同时伴着某种忧伤。那首诗于半夜分娩。多年之后，我还记得最后一句：月宫里不点灯的时候，带着灵魂回家。

与老黄相识后的第四天便是愚人节，我在下班后，拨通他的号码。那个声音自此一天天熟悉起来。之后的几天，朋友从我脸上看到了爱情的光彩，他们见我就要落入陷阱，忍不住劝解：多少网络骗子让无知少女把青春和钱财输得精光……我直接跨过这些良言，执着地与老黄交往。很多东西可以编造，对诗的感觉和喜好是无法骗人的。

他当时迷恋在葫芦上烙画，化金刚杵为绕指柔。我时不

给树把脉的人 / 刘云芳

时把新写的诗歌传给他。对于"牛的犄角划破天空，故乡流淌出来"这样的诗句，他表达了喜爱之情。于我来说，是莫大的鼓励。原本说好，年底见面，后来年底变成了国庆节，国庆节提前到中秋，又提前到端午。我强烈地感觉到自己内心"流转"的方向，于是，那一个个靠近的节日变成泡沫。他说，"两个小时后就有趟来我这里的火车。"我放下手里的工作，快速请假，收拾行李，买票、上车……这距离他看到《流转》的时间只有二十天。

与想象中的不同，我没有在人群里寻觅、辨认，一眼便看到车站灯光下他瘦高的身影，世界上的人和物顿时灰了下去。我故意放慢步子走过去，问，是你吗？他先是笑了笑，然后把躲在身后的右手伸出来，是一个嫩绿色的毛绒"七仔"，之前，我说过喜欢那个形象。

当时，各个饭店都已经关门，他只能带我去吃麦当劳。那个小丑跷腿坐在长椅上，迎接我们。在空旷的大厅里坐定，我忽然觉得自己是荒唐的，也在吃东西的时候，故作自然地看他。他非常腼腆，不像是会做疯狂事情的人。后来，我从他朋友那里得到证实，没人能想到他会网恋。

我看他的时候，他也正在看我，是在寻找一扇时间之门，也是在确定。饭后已经接近清晨，路灯闪烁，我随他回到住处。整洁的小屋里，一张桌子上放着电脑，它和诗合成了我们的媒人。旁边的三层架子上是码放整齐的书籍，这些书统一用牛皮纸包了书皮，可以看出它们的主人是何等细

心。那些葫芦整齐排列在一处，有一个是观音坐莲，一半还
是线稿，一半已经烙烫好。我在他的引导下，触摸那细致的
线条。他说，这是给我的。墙上挂的那把吉他，正是他每天
晚上通过电话为我弹奏的乐器。他站在我身边，忽然念起我
的句子："时间站在你身后，却从不出手相救。"顿时，时光
对接，我们从陌生的躯壳里找到了那个熟悉的灵魂。

我们忘了自己一夜未眠，任语言碰撞、目光干杯。越来
越确定：对方就是自己要找的那个人。他握着我的手说，同
志，可找到你了！两个人的手在墙上组成一只飞鸟。他说，
得感谢诗歌，它是打开我们缘分的钥匙。

那次离开唐山，我检票进站，回身，他的身影却被人流
淹没，泪水顿时溢满眼眶。心的直觉如诗的直觉一样，它告
诉我什么是对的。我那件厚外套，已经跟吉他一起挂在墙
上，一直在我床边静坐的长耳朵毛绒兔子，如今正坐在他的
床边，这是最好的允诺。即便这样，他也觉得我是从梦里穿
越来的，是否继续不太确定，他感觉自己像《聊斋》中那些
幸运又不幸的书生。

两个月之后，我在朋友惊讶的目光里辞去了工作，奔
他而去，然后闪电结婚。我们租的小屋无比简陋，厨房里的
柜门一开一关就能听到噼里啪啦的声响，再打开，可以看到
许多只蟑螂的死尸。我依旧在半夜写诗，完成之后，将他晃
醒。这很像校园时期的生活。有时候，他画画，我在电脑上
敲打文字，宁静的空气里有一份默契在流动。

之后我们搬了四次家，时光因为诗歌的掺入变得淡而有味。下班后，我做饭，他为我读诗，那些诗句落在家常的菜肴上，让它们变得如此丰盛。

我们成了房奴，孩奴，我不得不辞去工作，居家带孩子。有段时间为了生活，去小区附近的市场摆摊。因为有诗歌和文字，我们的心灵才如此有韧性，那些诗句可以把心上的尘土洗净。我们都深信，诗歌是永恒之光。

我无心写在纸上的诗句，被他记着并念起，他用这诗做钥匙，开启它们映射在心底的那些画面和声音。我从老黄的画面里，看到了诗意，并为之感动。后来他倾向于木雕。那些桃核经他的手忽然跳出一个慈眉善目的菩萨，或者庄子。他用别人看似无用的边角料，雕刻出许多微小的众生，这何尝不是一首诗？似乎那些菩萨、众生都在木头和桃子的深处修行，只等着他的目光去发现，去挖掘。写诗也是如此，它藏匿于生活深入，只等着心去感应。

有了孩子之后，我们忙碌于生活，关于诗的交谈变少。但陪孩子学走路、学说话，看他为未知而广阔的万物命名，也是诗。

这一天，我们重回七年前第一次吃饭的那家麦当劳，老黄原来坐过的座位上坐着我们四岁的儿子。顿时感慨：一个孩子就是一摞厚实的时间。晚上回家时，看到道路两侧光秃的树干，他忽然说：

年轮是爸爸，树干是妈妈

他们生出了许多树叶

大部分时间，树叶宝宝都在用力吃奶

到了冬天，他们就出了家门

跟土地说悄悄话

……

我们用诗喂养了爱情，现在爱情的结晶又用新的诗句喂养着我们。我珍视并记录这些句子，多年后，让他看看自己的脚印。

食物的根脉

夕阳坐在房顶的红瓦上，看三棵鼎足而立的柿子树。虽然是冬天，树叶都已落尽，可明晃晃的柿子还挂在树枝上。这些柿子是不摘的，供过冬的鸟食用。可以说，柿子树就是鸟的餐厅。天不亮，它们就来，先是喜鹊，又是野鸽……最晚来的是麻雀。麻雀站在树上就不走了，它们要在西窗下的竹林里过夜。

在北方的农村，拥有这么一片翠竹是很少见的，因此，竹林和鸟鸣成了落日前的一景。年近九十岁的婆婆奶坐在炕头，目光守着墙外那些跳跃的鸟，等待即将来临的黑夜和晚餐。灶膛前，婆婆正在烧火，准备把我做好的枣花馒头（花样馒头）放入蒸笼。这是我娘家山西过年时必备的食物。山西是面食之乡，很小的时候，我们就要接受来自母亲或者祖母的训练。直到婚后，我才知道，很多食物的香气是有根脉的，它需要通过一个人的手，移植到另一个家庭里，再扎下根。也许这正是很多食物传承多年而不消亡的秘密。

婆婆家在蓟运河畔的一个小村庄，他们从未见过我说的枣花，眼看着那些白嫩的小兔、长龙、花朵和蝴蝶从一团团面里幻化出来，忍不住赞叹。恰巧那天邻居来串门，拿起手机就要拍，之后便发到了朋友圈。就这样，馒头还没上屉，便迎来好几拨人观瞻。

婆婆嫁进门四十年，无论什么吃食，都要第一个送到婆婆奶的嘴边，这次也不例外。婆婆奶看着热气腾腾的枣花馒头笑了，露出仅有的一颗门牙。令她开心的不只是这馒头，更是团圆的气氛。平时，我们都在城市生活，这小院里只有三个老人居住，婆婆、公公和婆婆奶，三个人的年龄加起来超过了两百岁。这顿饭他们已经盼了很久。猪肉炖粉条、红烧鱼、小鸡炖蘑菇……都是婆婆提前做好的。它们陆续上桌，只等着几个青菜出锅。我代替婆婆担任了大厨的角色，饭炒好上了桌。筷子还没动，他们却开始夸赞好吃。似乎只要一家人围在一起，就已经酝酿出幸福感，吃什么都是美味了。

婆婆奶赞小鱼贴饼子做得好。我原以为那是婆婆的拿手菜，这时才知道，她是从婆婆奶那里学来的。婆婆奶年轻的时候，一家人吃了上顿没下顿。她时常迈着小脚去河边摸鱼，给孩子们做小鱼贴饼子。没想到，后来生活富裕了，一家人还是好这口，每次家宴都少不了这道菜。它像一把钥匙，一下子就把婆婆奶的记忆打开了，当然这记忆也是一道菜，营养了我们的心。

幼年时的婆婆奶常跟在大人后边乞讨。我们已经无数次听她提起一个卖烙饼的男人。瘦小的她站在饼摊前一动不

给树把脉的人 / 刘云芳

动，那人便问，你跟谁来的？她答，跟我婶。那人又问，你娘呢？她说，我哥腿上长疮死了，我娘心疼，哭病了。那人听完后，就把一整张冒着热气的饼塞进了她的布包。她至今记得他的模样，那真是个好人！婆婆奶一直感恩，并把感恩的态度植进了儿女们的心里。每逢有人来家里乞讨，绝不会让对方空着手走。不只对人，就连鸟也是如此。整个冬天，婆婆不时会在小院里撒下一些谷子。我一开始还纳闷，后来才明白，那是留给鸟雀的食物，为的是让它们顺利过冬。

婆婆端来一碗剩饺子。这饺子来自蓟运河对岸的天津宝坻，是她娘家人送来的。蓟运河畔流传着这样的风俗：家里人要给已经出嫁的姑娘留一碗小年夜的饺子，以示对她的惦念和祝福。传说，它能给人带来好运。婆婆从不会独吞。过去的时间里，她常把这饺子一分为二，给已经没有娘家人的婆婆奶一份。如今，她要将它分成三份，另一份要给我——这个来自千里之外的儿媳。

气氛很快热烈起来。在这个四世同堂的家里，男人们喝着酒，说着今年庄稼的收成和村里新近发生的事情。支撑起这桌饭的三代女人默默分食一碗有着吉祥之意的剩饺子。每一种食物都像一个地图，用气味标识着它独特的根脉，承载着浓浓的亲情。

而鸟们的食物也有着它们的根脉，这树上的柿子和树下的谷子，不只源自于一株植物，还源自于有着善念的人心。

老 荷

　　曾经为了看整池的残荷，我们在冬天起了大早去这座城的南湖，我坐在丈夫的自行车后座上，从雾里穿行。那片荷海忽然出现在面前的时候，我惊呆了。

　　它们此时的美是美给自己看的，没有昔日的水波衬托，没有娇艳的姿态，看上去东倒西歪。有些花头被折损，有些叶子褴褛、残破。那些让人愉悦的色彩完全丧尽，一副由着风雨来的泰然架势。游人少得可怜，我却觉得它们是那样冷艳，透着凄凉、孤傲之美。

　　几年之后，母亲，确切地说是丈夫的母亲，在老家的小院种了一株荷花，容纳它生长的是一口被废弃的大锅，里边铺满了淤泥。猫们渴了，常在里边舔水喝。有一天，猫忽然呆住，好像发现什么小怪物一样，母亲跑过去看，原来是荷花冒芽了！它很争气，长出几片叶子，后来还鼓出一朵荷花来，花朵不大，却极干净。一家人欢喜的不得了。

　　深秋，荷枯了，母亲每日黄昏以后给它遮一层塑料布，到第二日太阳升高再揭开，还一心想把它搬进厢房。直到别人说，这样做大可不必，她才罢了手。

我们都不愿意叫它残荷，觉得"残"这个字多少有些破败的意味。况且它也并没有枯死，生命的能量全都聚集在根部呢。"老荷"是我对于这株荷的昵称。

老荷尝尽了风雨，虽然母亲努力照顾，但还是不行。在一个大风天，遮挡着它的塑料布被吹得毫无踪影。淤泥已上冻，老荷却把这份守候牢牢藏于淤泥之中。它的姿态令人心酸，不知道被时间还是风给弄弯了，这使它本身像一个符号。

母亲看老荷像极了儿女，想给予它无尽的呵护；我看老荷，却像极了母亲。

从猫发现冒出那片叶子以后，它就在给予与挺立，一直到身形变弯，叶纹上布满了褶皱，在寒冬里，它与母亲看上去是这样相似。

那些无数赞美它的诗词，一霎间都变得苍白。我当初为满池残荷惊叹的心境完全不存在了，竟生出隐隐的心疼。我从炕头扯一条围巾小跑着给风里的母亲送去。她一边围在她满是白发的头上，一边对我说，还是得把它挪到厢房去。

我们俩合力把一口大锅挪动，虽然已经小心翼翼，可那株老荷还是在锅里不住颤动着身子。它终于到了厢房以后，我们又找来几块砖将它支得四平八稳。

这段时间，母亲常去看它，并且猜测着第二年它能不能顺利钻出芽来，样子像是占卜孩子们的命运。我们回到老家，也忘不了去看。可将它关在没有人气的厢房里，总觉得有些残忍，老荷会孤单吧！直到一场暴风雪之后，我们开始庆幸，幸亏将它移居在厢房，否则将是一大劫难。

窗外，雪把世界刷白，母亲推门进去，像是对着自己孩子问寒，冷不冷？

她还是忍不住想把老荷挪进有暖气的屋子。荷被多次辗转，最终在春天和暖之后，母亲把这口锅移到院里去，鸟鸣甚欢，似是为这一株荷庆典。

某一天，我回家去，看见大锅里已经有两片圆叶子长起，我当时刚洗完手，被它的绿看呆了，手指上的水滴下去，在叶子里滚落成珠子。

老荷立在水里，清新脱俗。我还是愿意叫它老荷，还是觉它像极了我们的母亲，不管它站在什么样的境地，都会把最干净的爱挺举给别人。你无意给它一滴水，它却为你幻化成珍珠。

我们的母亲便是这样，深爱儿女的她，尽心照顾公婆的她，为家族奉献的她虽然满头白发，脸上也尽是沟壑，但她完全可以与一株荷媲美。

后 记

算起来，我是从很小开始写作的，但真正意义上写散文是在 2011 年左右。写了很多与故乡有关的文字，这常常是我绕不过的一段生活经验。它像个巨大无比的旋涡，不管是梦里、还是笔下，在我想自由言说、自由表达的时候，总会回到这个旋涡里。事实上，我觉得，不是我选择了故乡作为写作对象，而是因为我出生于农村，恰巧，这些人与物都变成了我生活里最重要的一部分。而散文，就成了我收集这些生命脚印的容器。

小时候，我们对外面世界的认知是通过电视，偶尔传到我手里的一张报纸，我能看到最远的地方，是两座大山交叠的缝隙里，那微弱的来自城市的灯光。在我成长的过程中，不仅是自然田园风光的那种无限美好，还有贫困、落后，几位亲人的相继离世，以及村里人因为生活不得不去私自开采矿产，一座美丽的山被挖得体无完肤。接着是矿难、女人带着孩子改嫁，一个家庭就此破灭，这些事件都成为我少年时代的关键点。当有人说我的写作具备现实性的时候，我想说，是生活的经历先把我引向了现实，是现实性过早地在我生命里展现出了魔幻的那一面。

最初，我一直在写其他体裁，那时，我从山村出来不久，很年轻，但我惧怕别人看出我年轻，也生怕他们看到我的心。当随着时间推移，我想打开心扉，把一些事情、一些人记下来的时候，我才发现，原来，我写出了散文。也就是说，我最初写散文只是个人情感表达的一种需求。

前几年有位作家朋友给我写评论，他说我是微笑着讲述苦难的人。我很感谢他有这样的评价。确实，我从小到大经历了很多事情。老天爷似乎一直在不断往我的生命里扔写作素材。他让我出生在那样一个山村，又让我走出去，城市生活和山区生活的巨大差异，来回磨合，带给我更多言说的欲望。我很小的时候，盲人二舅去世，大舅也很早去世，接着是两个姨父，一个表兄。二舅妈偷偷逃走，大舅妈也带着人去了他乡，姥姥、姥爷只得离开。那座山上唯一的一家人就此分崩瓦解。我见识过这座大山庄园一般的诗意，也见识过命运的荒诞。发生这一系列事件的时候，我正值少年，他们都把我当孩子，然而这些东西却在我心里留下了巨大的窟窿，真是需要在漫长的岁月里一点点缝合。从少年时期到青年时期，很多年里，生与死都是我思考的一个重要问题，并非刻意沉淀，而是它们是这般真实地存在于我的生活里。散文像一个过滤器一样，一次次把我所经历的这一切渐渐过滤出来，让我自己在完成书写的同时，能跳脱出来看待这些

給树把脉的人 / 刘云芳

事情。

我写过不少与父亲有关的题材，每一次，都因为亲情题材有同质化的倾向，不想再写，然而，终究还是又去写了新的内容。后来，我想，没有一种题材是绝对的坑，是不可以触碰的，关键是你怎么去写。怎么去写出自己独有的东西，这才是最重要的。每次想到这个问题的时候，我总会想起圣埃克苏佩里的一句话，他说，当我说到山，意思是指让你被荆棘刺伤过、从悬崖跌下过、搬动石头流过汗、采过上面的花，最后在山顶迎着狂风呼吸过的山。我觉得写作亦是如此，一座山可能千万人爬过、写过，但你要讲的那座山，因为有了你的参与、你的体悟，你要说的山便是与众不同的。

这几年，我有意识地将故乡的人与事当作一种观察对象来写，包括那些在外打工的人群，因为现在的乡村跟以前的乡村是不一样的，现在乡村里的人跟以前也不太一样了。他们有了更为复杂的生活背景，更为多元化的命运状态。这些素材在我的笔下也有了新的属性。后来，我嫁给了一个唐山人。因为当年那场震惊世界的地震，这个城市被很多人熟知。我开始关注这座城市里的一些人与事，这其中就有《唐山母亲》。

很长一段时间里，相对于当下，我似乎更愿意去言说时间、空间上离自己久远的东西。我把从记忆里分娩出来的一颗颗珍珠拿出来给别人看，喜欢切割已经逝去的风景或者某一个生活的横截面，有时觉得，当下的一切都需要放到时间和记忆的大缸里腌制一下，才更有独特的味道。我逃离不了当下，但我落笔时，一切又都成了过去。我让触角探寻的更久远一些，那些以往的块状记忆，我把它撕碎，重新组合变成其他的图形。记忆与现实其实是重叠交互的。既主观又客观。它们相互产生化学反应才能使作品更丰富，从而形成更立体的维度。

我明白撕碎记忆，也就是撕碎自己，然后再将当下的情绪作为粘合剂，把这些碎片黏合，有些碎片丢失了，也许那是本来就该被遗弃的，有些碎片变换了形状，磨去了棱角，也有一些，失去了原有的弧度，忽然尖利起来。记忆在舞台上演练，而当下自己的思考像光一样，从某一个角度照过来，那黏合的缝隙恰好是作者与读者之间的留白，我需要撕掉一部分记忆，让读者的想象来发挥作用。文字本身就是作者与读者之间的一场合奏。

散文的边界其实是很宽泛的，所以，我常会对自己说，要勇于不断去打破自己，不断在这个文体上向外探索。

在具体写作的时候，我其实是很注意文字的美术性的。写某一个片段或场景的时候，色彩、布局、光影，等等，让呈现出来的东西更具有美感。展现出来的人物或场景更加真实立体，有生命的质感。也经常摒弃一些现成的词句，通过自己的发现、感受来形成有新意的、个性化的、有独特韵味的语言排列。

前阵，我还看到一句话，忘了是哪位作家说的了，他说散文家更应该遍读天下诗。我的理解：不光诗歌可以磨砺散文作家的语言，可能散文本就是生活的映照，它要以真实为基础，以真诚为根本，所以，更需要诗意飞扬的思绪。从另外一个层面上讲，散文作家更需要把自己的感官打开，有更多深入的、具体的感受。

　　这本《给树把脉的人》收录了我这几年创作的散文，有写故乡的，有写打工生活的，这些与我相关联的人与事，在我的生活和记忆里留下痕迹，有痛楚、有不容易，而更多的是温暖和慰藉。从付诸笔端到现在，这本书稿能够面世，分享给更多的读者，于我而言是一件非常有意义的事。

　　感谢为这本书付出的每一个人。

刘云芳

2020.10.19